HEYNE BÜCHER

W0221164

SCIENCE FICTION

STAR TREK – Die neue Grenze

Peter David: *Captain Calhoun* · 06/6551
Peter David: *U.S.S. Excalibur* · 06/6552
Peter David: *Märtyrer* · 06/6553
Peter David: *Die Waffe* · 06/6554

Ein Verzeichnis aller weiteren im HEYNE VERLAG erschienenen STAR TREK-Romane finden Sie am Schluss des Bandes

STAR TREK™
DIE NEUE GRENZE

PETER DAVID

DIE WAFFE

Roman

Star Trek®
Die neue Grenze
Band 4

Deutsche Erstausgabe

WILHELM HEYNE VERLAG
MÜNCHEN

HEYNE SCIENCE FICTION & FANTASY
Band 06/6554

Titel der amerikanischen Originalausgabe
FIRE ON HIGH
Deutsche Übersetzung von Bernhard Kempen

Umwelthinweis:
Dieses Buch wurde auf chlor- und säurefreiem Papier gedruckt

Redaktion: Rainer Michael Rahn
Copyright © 1998 by Paramount Pictures
All Rights Reserved.
STAR TREK is a Registered Trademark of Paramount Pictures
Erstausgabe by Pocket Books/Simon & Schuster Inc., New York
Copyright © 2001 der deutschen Ausgabe und der Übersetzung
by Wilhelm Heyne Verlag GmbH & Co. KG, München
http://www.heyne.de
Printed in Germany 2001
Umschlagbild: Pocket Books/Simon & Schuster, New York
Umschlaggestaltung: Nele Schütz Design, München
Technische Betreuung: M. Spinola
Satz: Schaber Satz- und Datentechnik, Wels
Druck und Bindung: Ebner Ulm

ISBN 3-453-19660-0

ANDERSWO...

Der einzige Laut auf dem Planeten Ahmista ist der Gesang einer Frau.

Es gibt dort natürlich noch andere Geräusche, aber es sind lediglich die normalen Geräusche dieses Planeten. Die leichte Brise streift über die Ebenen und treibt die Asche sanft, aber unablässig fort. (Die Asche gibt es schon seit einiger Zeit, aber sie wird von Tag zu Tag weniger, wenn sie vom Wind verteilt oder durch gelegentliche Regenschauer aus der Luft gewaschen wird.)

Außerdem sind die üblichen Geräusche der tektonischen Platten zu hören und neben dem nächsten Kontinent liegt eine Vulkaninsel, die beträchtlichen Lärm produzieren kann. Vögel flattern mit den Flügeln, Wellen schlagen schwappend gegen die Ufer und hinterlassen gelegentlich einen feinen Aschestreifen am Strand.

Doch ansonsten ... ist nichts zu hören.

Durch die Abwesenheit anderer Laute ist der Gesang recht auffällig. Es gibt keine Geräusche einer lebenden und atmenden Bevölkerung, keinen Industrielärm, kein Lachen oder Rufen von Menschen, kein Geschrei von Kindern, die nach Aufmerksamkeit verlangen. Es gibt weder die leisen Geräusche von Liebenden, die in der Dunkelheit flüstern, noch den lauten Krach von Bomben, die durch die Luft pfeifen.

Hier gibt es nur den Gesang der Frau.

Sie singt ein seltsames Lied, dessen Melodie sich ständig zu verändern scheint. Sie singt unentwegt und hört nur auf, wenn sie sich geistig und körperlich erschöpft fühlt und Schlaf benötigt. Sie gibt diesen Notwendigkeiten äußerst ungern nach, weil sie ihre Wachsamkeit einschränken, doch immer wieder fällt ihr Kopf einfach nach vorn, wenn sie vom Schlaf übermannt wird. In diesem Zustand kann sie mehrere Stunden verbringen, doch irgendwann wird sie plötzlich wieder wach. Manchmal macht sie sich Sorgen, manchmal ist es ihr gleichgültig, wie viel Zeit vergangen ist.

Selbst wenn es auf Ahmista Laute von anderen Lebewesen gäbe, wäre es unwahrscheinlich, dass die Frau sie hören würde. Sie lebt auf einem Berg, sofern ein Begriff wie ›leben‹ ihrer Existenzweise angemessen ist. Es handelt sich keineswegs um den höchsten Berg von Ahmista, aber dafür ist es ein recht netter Berg. In dieser Höhe verspürt sie noch keine allzu unangenehme Kälte. Andererseits würde sie kaum etwas spüren, wenn die Temperaturen unter dem Gefrierpunkt lägen, da ihr Geliebter sie warm hält.

Aber ihr Geliebter tut noch viel mehr für sie. Er leistet ihr Gesellschaft und gibt ihr Nähe. Ihr Geliebter ist das A und O ihrer gesamten Existenz auf dieser Welt, in diesem Universum. Sie spürt ihn in ihrem Geist und sie ist zufrieden.

Ihr Geliebter ist schlank und grau, von ungefähr zylindrischer Grundform, aber mit Verästelungen, die in alle möglichen Richtungen gehen. Diese Verästelungen sind an vielen Punkten direkt mit ihrem Nervensystem verbunden. In gewisser Weise ähnelt ihr Geliebter einem großen Dornbusch mit einem Gewirr aus Zweigen. Doch letztlich führen alle Zweige zu ihr. Die Frau und ihr Geliebter sind eins. Zusammen bilden sie ein Ganzes. Sie ergänzen sich gegenseitig.

Sie singt mehr für ihren Geliebten als für sich selbst.

Ihr Geliebter sagt ihr nie, was er von ihren Liedern hält. Aber das ist in Ordnung. Sie braucht seine Anerkennung nicht, da sie bereits weiß, dass er sie anerkennt. Wie könnte es anders sein? Schließlich hat sie ihrem Geliebten ihr Leben anvertraut. Ansonsten benötigt oder wünscht sie sich nichts. Ihr Geliebter gibt ihr so viel. Er gibt ihr Nahrung, Leben und die Fähigkeit zu leben. Dafür muss sie ihn nur zum Mittelpunkt ihres Lebens machen. Und das hat sie getan.

Plötzlich spürt sie, wie er unter ihren Fingern in einem anderen Rhythmus pulsiert. Sie war ein wenig geistesabwesend, aber die Reaktion ihres Geliebten bringt sie dazu, sich wieder zu konzentrieren. Sie streckt ihre geistigen Fühler aus – mit Hilfe ihres Geliebten.

Da ist ein Geschöpf.

Es ist soeben aus einem Ei geschlüpft, etwa dreißig Kilometer entfernt in einem dichten Wald, in dem es sonst kein tierisches Leben gibt. Das Geschöpf ist klein, trägt ein Fell und sucht nach einer Mutter, die schon lange tot ist. Es hat keine Krallen – noch nicht. Es ist recht hilflos – zumindest zu diesem Zeitpunkt. Ohne Mutter wird es vielleicht sehr bald sterben. Es könnte aber auch genügend Geschick entwickeln, um zu überleben und erwachsen zu werden – und eines Tages möglicherweise eine Gefahr darzustellen.

Vögel waren noch nie eine Gefahr und aus einem unerfindlichen Grund hat sie die Geräusche ihrer schlagenden Flügel stets als angenehm empfunden. Doch bei diesem Geschöpf darf sie kein Risiko eingehen. Sie weiß es und ihr Geliebter weiß es. Oder zumindest weiß sie es jetzt, nachdem ihr Geliebter es ihr gesagt hat, aber sie ist natürlich völlig mit seiner Einschätzung einverstanden.

Auf ihr Drängen erzeugt ihr Geliebter eine knisternde Energiekonzentration. Er erzittert und stößt die Ladung aus. Es ist kein besonders großer Energieball, weil ein kleiner völlig ausreicht. Die Energie, die ihr Geliebter abgeben kann, ist direkt proportional zur jeweiligen Aufgabe. Und in diesem Fall ist es nur eine kleine Sache.

Der Energieball überwindet die Entfernung in kürzester Zeit. Das neugeborene Geschöpf bemerkt, dass sich etwas nähert, es spürt eine Quelle von Licht und Wärme. Seine kleinen Augen sind noch blind, sodass es nicht sehen kann, was sich nähert. Dennoch zieht es die falsche, wenn auch verständliche Schlussfolgerung, dass seine Mutter kommt. Es reißt das Maul weit auf und gibt ein leises Fiepen von sich.

Eine Sekunde später wird es von der Energie eingehüllt. Dem Geschöpf blieb nicht einmal die Zeit, sich seiner Existenz vollständig bewusst zu werden, bevor diese Existenz schon wieder vorbei ist. Im nächsten Augenblick ist es nur noch ein Häufchen Asche. Lediglich eine nicht vollständig verbrannte winzige Kralle und ein paar verwehende Fellbüschel sind übrig geblieben. Der Wind hat die Asche bald über eine große Fläche verstreut. Ansonsten gibt es keinen Hinweis mehr, dass das Geschöpf jemals existiert hat.

Die Frau auf dem Berg erzittert. Sie drängt sich näher an ihren Geliebten, weil sie weiß, dass er durch diese Aktion ihr Leben beschützt hat. Dieses Wissen ist aufregend und stimulierend für sie und sie zittert noch heftiger.

Sie streicht mit den Händen über die Oberfläche ihres Geliebten. Jetzt singt sie nicht mehr. Sie ist jedes Mal so aufgeregt, wenn ihr Geliebter für sie seine Stärke demonstriert. Und ihr Geliebter weiß, dass es ihr gefällt, was wiederum für ihn ein aufregendes Gefühl ist.

Sie keucht seinen Namen … einen Namen, der nur ihr und ihrem Geliebten bekannt ist. Ein Name, der noch nie laut ausgesprochen wurde, der nicht durch das unbeholfene Mittel der Sprache kommuniziert werden kann. Der Name ist ein Geheimnis ihrer tiefsten gemeinsamen Seele, denn ihr Geliebter war ohne Seele, bevor sie sich mit ihm vereinigte.

Es ist schon so lange her, seit sie zuletzt das Feuer in

sich spürte, dass sie sich für einen kurzen Moment der Vorstellung hingibt, ihr Geliebter hätte nach etwas gesucht, das er für sie töten kann. Weil er sie nur auf diese Weise genügend stimulieren kann, um ihre – und seine – Bedürfnisse zu befriedigen.

Doch dann verdrängt sie diese Vorstellung. So etwas würde ihr Geliebter niemals tun, weil es völlig unnötig wäre. Ihr Geliebter ist keineswegs die Verkörperung der Zerstörung. Nein. Ihr Geliebter ist ihre Quelle des Lichts und Glücks.

Die Wärme strahlt von ihrem Geliebten aus und erfüllt ihren Geist. Sie spürt, wie ihr Herz schneller klopft und mit solcher Heftigkeit gegen ihre Brust pocht, dass es ihre Rippen zu sprengen droht. Wenn das geschieht, würde sie natürlich sterben, aber sie macht sich keine Sorgen. Sie vertraut ihrem Geliebten uneingeschränkt. Sie weiß, dass er ihr niemals wehtun würde.

Ihr Geliebter ist nicht sterblich. Dessen ist sie sich auf elementare Weise bewusst. Ihr Geliebter ist von anderer Art, er ist etwas Besonderes, das über alles hinausgeht, was sie jemals zuvor erfahren hat.

Und während sie von Liebe durchströmt wird, gelangt sie zur Erkenntnis, dass sie niemals zu dem zurückkehren kann, was sie einmal war.

Ihr Geliebter zieht die Stille vor, denn so kann er viel besser hören, wie sie aus ungetrübtem Glück über ihre Verbindung schluchzt.

Früher geschah es wesentlich häufiger, als es noch mehr Leben auf dem Planeten gab. Alles, was eine Gefahr für sie darstellte, wurde von ihrem Geliebten beseitigt, und jeder Akt der Tötung erfüllte sie mit orgiastischer Ekstase. Nun geschieht es nur noch selten, aber das ist in Ordnung. Sie hat ihre Erinnerungen und ihren Geliebten, der ihr Wärme, Sicherheit und Liebe gibt.

Ganz langsam versucht sie, ihr pochendes Herz zu beruhigen. Sie klammert sich erschlafft an ihren Geliebten, ihre Finger öffnen und schließen sich krampfartig. Leise lacht sie in sich hinein und genießt das Gefühl der Wärme und Sicherheit, das ihr Geliebter ihr gibt.

»Danke«, flüstert sie – die ersten Worte, die seit langer Zeit auf diesem Planeten gesprochen wurden. »Ich danke dir … für alles. Danke, dass du bei mir bist. Danke … dass du mich erwählt hast.«

Ihr Geliebter antwortet nicht, aber das ist auch gar nicht nötig. Er pulsiert einfach nur unter ihrer Berührung. Ob er zufrieden ist, sie glücklich gemacht zu haben, oder Missfallen über ihre Reaktion empfindet, oder ob es ihm völlig gleichgültig ist, lässt sich unmöglich sagen. Er bleibt still, unverändert und regungslos. Wieder streichelt sie ihn und spürt, wie ihr Bewusstsein abdriftet. Sie möchte wach bleiben, möchte sich nicht einem nebulösen Glücksgefühl hingeben, das sie nur immer schläfriger macht. »Ich bin … nicht müde«, stöhnt sie wie ein trotziges Kind, das nicht zu Bett gehen will. Sie bemüht sich, Widerstand zu leisten.

Doch letztlich gelingt es ihr nicht. Ihre Augenlider flattern und schließen sich, ihr Kopf kippt langsam gegen die Metallverkleidung, die die Oberfläche ihres Geliebten bildet. Die sanfte Ekstase wärmt sie immer noch, als sie kurz darauf friedlich einschläft. Sie schnarcht nicht und gibt auch keine anderen Laute von sich. Daher gibt es – zumindest für einige Zeit – kein auch nur annähernd humanoides Geräusch auf dem Planeten Ahmista, abgesehen von ihren leisen, gleichmäßigen Atemzügen. Doch früher oder später wird sie wieder erwachen. Und dann wird sie erneut singen, auf ihre seltsame, ziellose Art, während sie sich an ihre letzte Ekstase erinnert und sich fragt, wann sich die nächste Gelegenheit ergeben wird …

1

Commander Elizabeth Shelby spielte das Video-Logbuch von der Brücke der *Excalibur* ab und konnte nicht fassen, was sie sah.

In der Nähe stand Dr. Maxwell und beobachtete sie mit bedauerndem Gesichtsausdruck. Hinter ihm gingen die Mitarbeiter der Krankenstation ihrer Arbeit nach. Shelby saß im Büro, das normalerweise von Dr. Selar benutzt wurde, und verfolgte die letzten Augenblicke, bevor sie vor einigen Tagen das Bewusstsein verloren hatte. Sie war überzeugt gewesen, sich inzwischen vollständig erholt zu haben. Doch als sie die Aufzeichnung mit zunehmender Bestürzung betrachtete, fragte sie sich, ob sie sich vielleicht auf längere Zeit krank schreiben lassen sollte.

Mittels ihrer aus dem Handgelenk geschüttelten Strategie war es ihr gelungen, mit einem Kriegsschiff der Erlöser fertig zu werden, indem sie buchstäblich die Energie einer Sonne zu seiner Vernichtung einsetzte. Doch während dieser Aktion hatte sie immer noch unter den Kopfverletzungen gelitten, die sie sich während einer katastrophalen Expedition zum Planeten Zondar zugezogen hatte. Sie erinnerte sich nur noch daran, dass sie kurz nach der Rettung der *Excalibur* weggetreten war, und nun beobachtete sie erstmals, was sich unmittelbar danach zugetragen hatte.

Sie sah, wie sie aufsprang und überschwänglich die Faust in die Luft reckte. Triumphierend rief sie: »Ha! Beeindruckend! Maschinenraum, hervorragende Arbeit!

McHenry, Sie ebenfalls! An alle ein dickes Lob! – Oh, was ist das …?« Sie zeigte auf einen Punkt in der Luft.

»Was ist was, Commander?«, fragte McHenry.

»Die Farben!«, rief Shelby aufgeregt – dann kippte sie um. Si Cwan konnte sie gerade noch rechtzeitig auffangen, bevor sie auf dem Boden aufgeschlagen wäre.

Aber das war noch gar nicht das Schlimmste.

Sie war nicht bewusstlos, keineswegs. Nein, das wäre zu gnädig gewesen. Stattdessen starrte sie in die Luft. Und Si Cwan fragte besorgt: »Ist alles in Ordnung, Commander?«

»Es sind ganz unterschiedliche Farben!«, hatte Shelby geantwortet. »Blau, Grün, Rosa …«

Si Cwan blickte sich verdutzt zum übrigen Brückenpersonal um, doch die Leute wirkten genauso verblüfft wie er. »Wovon reden Sie, Commander?«

»Von den Farben!«, hatte Shelby begeistert entgegnet. Dann war sie in Ohnmacht gefallen.

Nachdem sie nun mehrere Tage von diesen Ereignissen trennten, schaltete Shelby die Videoaufzeichnung ab und bemühte sich, ihre Empfindungen nicht zu deutlich zu zeigen. Allerdings war sie dabei nicht besonders erfolgreich.

»Sie haben darauf bestanden, es zu sehen, Commander«, rief Maxwell ihr ins Gedächtnis, als würde er befürchten, sie könnte ihre Verärgerung an ihm auslassen. »Ich habe abgeraten. Erinnern Sie sich noch?«

»Ich erinnere mich«, sagte sie seufzend.

»Es hat nichts zu bedeuten, Commander. Es waren nur … irgendwelche unbewussten Assoziationen. Sie haben mit offenen Augen geträumt. Ich versichere Ihnen, dass inzwischen niemand mehr daran denkt. Alle Beteiligten haben es längst vergessen. Und ich bin überzeugt, dass niemand Sie deswegen aufziehen wird.«

Sie warf ihm einen trostlosen Blick zu. »In *diesem*

Schiff? So etwas wird niemand vergessen!«, sagte sie, als wäre sie soeben in den Wagen gestiegen, der sie zur Guillotine bringen sollte. Sie schlug die Hände vors Gesicht. »Es führt kein Weg an der Wahrheit vorbei, Doktor! Ich bin so gut wie tot!«

»Für eine Tote sieht sie ziemlich gesund aus.«

Mackenzie Calhoun, der Captain der *Excalibur*, kratzte sich nachdenklich am Kinn, während er das Bild auf dem Computermonitor betrachtete. Links und rechts von ihm saßen Botschafter Si Cwan – ein ehemaliger Angehöriger des Herrscherhauses der Thallonianer – und Lieutenant Robin Lefler, die als Einsatzoffizier des Schiffes arbeitete und zeitweise als Verbindungsoffizier für Cwan tätig gewesen war. Obwohl Lefler normalerweise gut gelaunt war, zeigte sie nach dieser Bemerkung des Captains nicht die Spur eines Lächelns. Si Cwan, der meistens eine unbewegliche Miene an den Tag legte, wirkte nicht anders als sonst.

Calhoun beugte sich nachdenklich vor, als könnte er aus größerer Nähe irgendwelche Informationen gewinnen, die ihm bislang entgangen waren. Der Bildschirm zeigte eine Frau mit langem schwarzem Haar, einem kantigen Kinn, einer schmalen Nase und einem intensiven Blick, der etwas Durchdringendes und äußerst Intelligentes hatte. Vielleicht war es zu weit hergeholt, all diese Dinge in eine bloße Fotografie zu interpretieren, die zum Zweck der elektronischen Identifizierung angefertigt worden war. Er konnte nur rätseln, ob sie in Wirklichkeit genauso wie auf diesem einfachen Foto wirkte.

»Schauen wir mal, ob ich alles richtig verstanden habe«, sagte er nach einer Weile und wandte Lefler den Blick zu. »Die Momidianer, die im Gamma-Hydrina-System leben, behaupten, dass sich diese Frau vor etwa fünf Jahren auf ihrem Planeten herumgetrieben hat. Damit hätte sie sich des unbefugten Eindringens schuldig gemacht, was sowohl die Momidianer als auch die Herrscher des Thallonianischen Imperiums betrifft.« Bei seinen letzten Worten bedachte er Si Cwan mit einem respektvollen Blick.

»Korrekt.«

»Wenn die Momidianer sie an die Thallonianer ausgeliefert hätten, wäre sie höchstwahrscheinlich exekutiert worden.«

»Mir missfällt der Begriff ›exekutieren‹«, sagte Si Cwan. »Er klingt in meinen Ohren geschmacklos, grausam und äußerst unpersönlich.«

»Verzeihung, Botschafter«, erwiderte Calhoun. »Wie wäre es mit ›getötet‹?«

»Schon viel besser.«

»Wie Sie meinen. Also hätte man sie höchstwahrscheinlich getötet.« Als Si Cwan zustimmend nickte, fuhr er fort. »Dennoch war man nicht bereit, ihr unbefugtes Eindringen und eine mögliche Spionagetätigkeit ungesühnt zu lassen, sodass man sie inhaftierte. Haben die Momidianer irgendeinen Hinweis gegeben, was sie zu verbergen haben, das möglicherweise das Interesse eines Spions wecken könnte?«

Si Cwan blickte zu Lefler, an die sich die Frage offenbar richtete. Doch sie gab keine Antwort und machte überhaupt den Eindruck, als würde sie kaum zuhören. Unter dem Tisch versetzte er ihr einen leichten Stoß gegen das Schienbein, während er die Beantwortung der Frage übernahm. »Nicht den geringsten Hinweis, Captain. Sie verhalten sich äußerst vorsichtig. Wie die meisten vernunftbegabten Lebewesen hüten sie eifersüchtig ihre Geheimnisse.«

»Gut. Damit müssen wir uns vorläufig nicht weiter beschäftigen. Aber jetzt«, sagte er und trommelte mit den Fingern auf dem Tisch, »wollen sie sich bei uns einschmeicheln und bieten an, uns diese Frau zu übergeben. Eine gewisse Morgan Primus.« Obwohl er den Namen kannte, schaute er zur Sicherheit noch einmal auf den Computerbildschirm – wie jemand, der automatisch ein zweites Mal auf seine Armbanduhr sah, wenn ihn nur eine Sekunde später jemand nach der Uhrzeit fragte. »Als Gegenleistung für die Übergabe stellen die Momidianer gewisse Bedingungen, die Sie, *Lieutenant Lefler*, für durchaus vernünftig halten.«

Als er ihren Namen so nachdrücklich betonte, wurde sie abrupt aus ihrem verträumten und geistesabwesenden Zustand gerissen. »Wie bitte …?« Anscheinend wurde ihr nun bewusst, dass sie sich überhaupt nicht auf die Frage konzentriert hatte.

»Die Momidianer«, gab Si Cwan ihr ein Stichwort. »Ihre Bedingungen …«

»Ja, sicher! Sie sind durchaus vernünftig, Captain«, sagte sie hastig. »Es handelt sich um ein einfaches Volk. Sie möchten den Rat von Landwirtschaftsexperten, was die Konstruktion eines neuen Bewässerungssystems betrifft, das sie für den Ackerbau entwickelt haben. Ach ja, dann ist noch eine Grippeepidemie in einer abgelegenen Provinz aufgetreten. Sie glauben, dass sie ein Heilmittel haben, aber es würde noch schätzungsweise zwei Wochen dauern, bis sie die Tests abgeschlossen haben. Sie möchten wissen, ob wir mit unseren Möglichkeiten diese Zeitspanne verkürzen können.«

»Und …?«

»Ich habe die Anfrage bereits an Dr. Maxwell weitergeleitet, Captain. Er hat mir versichert, dass unser Labor die Wirksamkeit des Mittels durch Vergleichs- und Molekularanalysen innerhalb von drei Stunden überprüfen könnte.«

»Gut. Und falls der Doktor irgendeinen Fehler in der Formel entdeckt, wäre er sicherlich nicht damit überfordert, die Sache zu korrigieren, wie ich vermute.«

»Was in die Nähe einer Verletzung der Ersten Direktive käme, nicht wahr, Captain?«, warf Si Cwan ein.

»In die Nähe, aber nicht nahe genug, Botschafter«, erwiderte Calhoun. »Doch für einen derartigen Fall hat uns Starfleet einen gewissen Handlungsspielraum gewährt. Wenn wir uns also mit diesen Bedingungen einverstanden erklären, Lieutenant, würden die Momidianer uns diese Frau überlassen.«

»Richtig, Captain.«

»Eine Frau, von der Sie behaupten, sie könnte die Zwillingsschwester Ihrer Mutter sein.«

»Nicht die Zwillingsschwester«, sagte Lefler und klopfte mit einem Fingerknöchel auf den Bildschirm. »Es *ist* meine Mutter.«

»Ihre Mutter, von der Sie sagen, dass sie vor etwa zehn Jahren bei einem Shuttle-Unfall ums Leben kam.«

Lefler reckte die Schultern, da Calhoun sich keine Mühe gegeben hatte, seine Ungläubigkeit vor ihr zu verbergen. »Richtig, Captain. Morgan Lefler. Zumindest habe ich sie immer unter diesem Namen gekannt. ›Primus‹ war nicht einmal ihr Mädchenname. Ich habe keine Ahnung, was es mit diesem Namen auf sich haben könnte.«

»Und hat sich der Shuttle-Unfall irgendwo hier in der Nähe ereignet?«

»Nein, Captain. Es geschah auf der Erde – in New Jersey, um genau zu sein. Sie hatte Urlaub und besuchte dort ihre Familie. Sie war mit einem privaten Shuttle unterwegs, als sie die Kontrolle über das Fahrzeug verlor und damit in den Atlantischen Ozean stürzte.«

»Entschuldigen Sie bitte, falls ich den Eindruck mangelnder Anteilnahme an Ihrem … äh … Verlust erwecke«, sagte er und lehnte sich zurück. »Aber haben Sie irgendeine Theorie oder Vermutung, wie Ihre verstorbene Mutter vom nassen Grab auf der Erde ins Gamma-Hydrinae-System gelangt sein könnte?«

»Ich glaube«, sagte sie, ohne zu zögern, da sie selbstredend gründlich über dieses Problem nachgedacht hatte, »dass sie gar nicht bei diesem Unfall starb.«

»Diese Schlussfolgerung läge in der Tat recht nahe.«

»Nach dem Absturz wurde ihre Leiche nie gefunden. Man lokalisierte die zerstörten Überreste des Shuttles, aber von ihr selbst gab es keine Spur. Da es keine Anzeichen für den Einsatz von Transporterenergie oder einer sonstigen Fremdeinwirkung durch Intelligenzwesen gab, die auf eine Rettung oder Entführung hingewiesen hätten, gingen wir stets davon aus, dass irgendein … irgendeine ozeanische Lebensform ihre Leiche … äh … nun ja …«

»Gefressen hat?«, half Si Cwan ihr auf die Sprünge, als sie nicht weitersprach

Sie feuerte einen eisigen Blick in seine Richtung ab. »Ja, vielen Dank! Das war der Begriff, nach dem ich verzweifelt gesucht habe.«

»Keine Ursache«, erwiderte Si Cwan freundlich. Der Sarkasmus ihrer Bemerkung schien ihm völlig zu entgehen.

»Ich bin der Überzeugung«, fuhr Lefler fort, »dass wir – mein Vater und ich – glauben sollten, dass sie getötet wurde.«

»Sie könnte entführt worden sein.«

»So ist es.«

»Aber ich dachte, Sie hätten gesagt …«

»Soweit ich mich zurückerinnern kann, wurde sie mindestens achtmal entführt. Sie war alles andere als das Heimchen am Herd. Aber sie kam jedes Mal nach einigen Tagen wieder zurück. Nach dem Unfall machten mein Vater und ich uns noch längere Zeit Hoffnungen. Dass sie irgendwann einfach durch die Haustür hereinspazieren würde. Doch dann mussten wir davon ausgehen, dass sie tatsächlich ums Leben gekommen war.«

»Wie haben sich Ihre Eltern verstanden? Glücklich verheiratet und so weiter?«

»Meines Wissens, ja, Captain. Zumindest hat mein Vaters nichts gesagt, was auf das Gegenteil hingedeutet hätte. Er, äh …« Sie senkte den Blick. »Er … starb einige Jahre später, kurz nachdem ich zu Starfleet gegangen war. Er hatte sich seit ihrem Tod sehr verändert und ich hatte den Eindruck, dass er sich … einfach vom Leben verabschiedete. Als hätte er nur gewartet, bis ich mir ein eigenes Leben eingerichtet hatte, um dann …«

Si Cwan legte seine Hand auf ihre. Es war ein recht extremer Kontrast, da seine Hände groß und rot waren und ihre klein, blass und eher zierlich. Unter anderen Umständen hätte sie mit einem wohligen, erregten Schauder auf den körperlichen Kontakt reagiert, doch nun war sie ihm einfach nur dankbar für diese Geste. Sie drückte seine Hand und er nickte leicht, als wollte er ihr damit sagen, dass er verstanden hatte.

»Das tut mir Leid, Lieutenant«, sagte Calhoun zu ihr. »Aber damit haben wir immer noch nicht die Frage beantworten können, warum sie vor zehn Jahren spurlos verschwand und nun plötzlich im thallonianischen Raumsektor wieder aufgetaucht ist.«

»Ich weiß es nicht!«, entgegnete Lefler mit unangemessener Lautstärke, wie ihr im nächsten Moment bewusst wurde. Unangemessen insbesondere gegenüber ihrem Vorgesetzten. Sie sah ihn verlegen an, doch er hob nur beschwichtigend eine Hand, damit sie sich keine Sorgen wegen dieses Bruchs der Etikette machte. »Ich weiß es nicht«, wiederholte sie etwas ruhiger. »Das dürfte wohl auch der Grund sein, warum ich es gerne herausfinden möchte. Wann brechen wir auf, Captain? Unsere Mission auf Zondar ist abgeschlossen, aber wir haben den Orbit noch nicht verlassen. Wir könnten unverzüglich Kurs auf …«

»Falls es Ihnen entgangen ist, Lieutenant, möchte ich Sie darauf hinweisen, dass unser wissenschaftlicher Offizier noch nicht aufs Schiff zurückgekehrt ist.«

»Ja, natürlich ist es mir nicht entgangen, Captain. Sie untersucht auf Zondar irgendeine archäologische Ausgrabungsstätte. Ließe sich diese Arbeit nicht ein andermal weiterführen, Captain? Oder könnten wir sie später hier abholen?«

»Lieutenant, so sehr ich ihre Beunruhigung verstehen kann, aber es handelt sich nicht um einen Notfall.«

»Captain!«

Er schüttelte den Kopf und ein amüsiertes Lächeln spielte um seine Mundwinkel. »Wenn es sich tatsächlich um Ihre Mutter handelt, Lieutenant, und wenn Sie sie in den vergangenen zehn Jahren für tot gehalten haben und sie die letzten fünf Jahre auf Momidium verbracht hat, dann werden ein paar Tage mehr oder weniger diese Galaxis nicht ins Chaos stürzen.«

»Dann lassen Sie mich vorausfliegen.«

»Negativ, Lieutenant. Als ich das letzte Mal Mitglieder meiner Besatzung in einem Shuttle vorausgeschickt habe, geschah es mit den besten Absichten und mit katastrophalen Ergebnissen.«

»Captain, die Situationen sind kaum miteinander vergleichbar«, sagte Si Cwan. »Ich weiß, worauf Sie anspielen. Als das Raumschiff *Kayven Ryin* uns mitteilte, dass meine Schwester an Bord sei, erwies sich das Ganze als Falle, die von meinem Erzfeind inszeniert wurde. Doch jetzt haben wir es mit ganz anderen Voraussetzungen zu tun. Schließlich hat Lieutenant Lefler keine Erzfeinde in diesem Sektor.«

»Das habe ich auch nicht behauptet, Botschafter«, erwiderte Calhoun. »Aber wenn ich zulasse, dass irgendein Besatzungsmitglied die *Excalibur* verlässt, begibt es sich damit in potenzielle Gefahr. Ich würde nicht zögern, einen solchen Befehl zu geben, wenn es notwendig wäre. In diesem Fall habe ich jedoch nicht den Eindruck, dass dem so ist.«

»Aber, Captain ...«, begann Lefler.

Er sah sie ruhig an. »Lieutenant, sind Sie der Ansicht, dass meine Entscheidung ausführlich diskutiert werden müsste?«

Sie öffnete den Mund, doch kurz darauf schloss sie ihn wieder und senkte den Blick. »Nein, Captain«, sagte sie schnell.

»Gut. Denn Lieutenant Soletas Untersuchungen könnten sich für unsere laufende Mission als äußerst bedeutsam erweisen. Daher werde ich sie nicht mit gezücktem Phaser auffordern, sich zu beeilen. Genauso wenig werde ich sie auf Zondar zurücklassen, nur damit wir Ihre angebliche Mutter abholen können.«

»Verstanden, Captain«, sagte Lefler seufzend.

Calhoun tippte auf seinen Kommunikator. »Calhoun an Soleta.«

Es dauerte nicht lange, bis sich die Stimme des Wissenschaftsoffiziers meldete. »Soleta hier.«

»Lieutenant, ich möchte Sie nicht drängen, aber es gibt eine neue Entwicklung, die möglicherweise unsere Aufmerksamkeit erfordert. Können Sie eine grobe Schätzung abgeben, wann Sie die Untersuchung von Ontears Höhle abgeschlossen haben?«

»In neunzehn Stunden und siebenundzwanzig Minuten, Captain.«

Er blinzelte verdutzt. »In neunzehn Stunden und siebenundzwanzig Minuten?«

»Ja, Captain.«

»Es erstaunt mich, dass Sie keine Angabe über die Anzahl der noch verbleibenden Sekunden gemacht haben.«

»Sie haben mich um eine *grobe* Schätzung gebeten, Captain«, erwiderte sie.

»Richtig«, musste Calhoun einräumen. »Also gut,

vielen Dank, Lieutenant. Calhoun Ende.« Er wandte sich wieder Lefler und Si Cwan zu. »Botschafter, ich möchte, dass Sie Kontakt mit der Regierung von Momidium aufnehmen. Teilen Sie mit, dass die angegebenen Bedingungen akzeptabel sind. Ich bin mir der Tatsache bewusst, dass hinsichtlich der Epidemie ein gewisser Zeitdruck besteht, aber wir können erst in etwa einem Standardtag aufbrechen. Ich gehe davon aus, dass sie es noch so lange aushalten werden.«

»Ich schätze, ihnen wird nichts anderes übrig bleiben«, sagte Si Cwan.

»Lieutenant, halten Sie Dr. Maxwell auf dem Laufenden. Informieren Sie ihn, dass wir in dieser Angelegenheit die Unterstützung der Krankenstation benötigen und dass man zu diesem Zweck Laborzeit freihalten soll.«

»Ja, Captain.«

Er schlug mit den Handflächen auf den Tisch. »Dann an die Arbeit! Sofern keine weiteren Probleme anliegen …«

Si Cwan und Lefler tauschten einen fragenden Blick aus. »Nein, ich denke, das dürfte vorläufig alles sein, Captain«, sagte Lefler.

»Gut.« Er stand auf, zögerte kurz und fügte hinzu: »Lieutenant … ich möchte nur noch sagen, dass es mir aufrichtig Leid tut, was mit Ihren Eltern geschehen ist.«

»Vielen Dank, Captain.«

Er nickte und ging hinaus.

Lefler seufzte. »Das lief nicht so gut, wie ich gehofft hatte.«

»Immerhin ist er einverstanden, als nächstes Ziel Momidium anzufliegen«, gab Si Cwan zu bedenken. »Angesichts der großen Zahl von Welten, die um unsere Aufmerksamkeit buhlen, würde ich das als Erfolg werten.«

Sie beugte sich nachdenklich vor und stemmte die

Ellbogen auf den Tisch. »Es ist verrückt, Si Cwan. Ich komme mir vor wie Alice.«

»Alice?« Er runzelte die Stirn. »Was ist ein ›Alice‹?«

Sie seufzte. »Es war mein Lieblingsbuch in der Kindheit. *Alice im Wunderland.* Meine Mutter hat es mir geschenkt.«

»Ich bedaure es zutiefst, aber ich habe nie davon gehört.«

»Ich kann mir kaum vorstellen, dass es jemals in der thallonianischen Bestsellerliste auftauchen würde«, sagte sie, obwohl ihr eigentlich gar nicht nach Scherzen zumute war. »Zum Zeitpunkt des Erscheinens war es recht subversiv. Es war als Satire auf die britische … auf eine damalige Lokalregierung der Erde gedacht. Aber die Geschichte funktioniert auch ohne diesen Hintergrund. Es geht um ein junges Mädchen, das in ein Loch fällt, das von einem Tier namens Kaninchen gegraben wurde. So landet Alice in einer sehr seltsamen und geheimnisvollen Welt, in der es ziemlich unsinnig zugeht. Das Buch ist seit Jahrhunderten recht populär.«

»Das kann ich mir problemlos vorstellen. Der Eintritt in eine unsinnig erscheinende Welt? Mein lieber Lieutenant, dieser Vorgang wird für gewöhnlich mit dem Begriff ›Geburt‹ umschrieben. Oder geben Sie sich etwa der Illusion hin, das Leben sei in irgendeiner Weise sinnvoll?«

»Ich bin mir nicht sicher … Verdammt, Sie müssen doch auch davon ausgehen, dass gewisse Dinge einfach gegeben sind, oder?«

»Gegeben?« Er sah sie zweifelnd an, dann stand er auf und ging langsam im Raum herum, ohne den Blick von ihr abzuwenden. Seine Augen hatten etwas Durchdringendes, was sie normalerweise als sehr attraktiv empfand, doch in diesem Moment konnte sie gar nicht richtig darauf achten. »Welche Dinge sollen gegeben sein?«

»Meine Mutter zu verlieren war …« Sie atmete tief durch. »Hören Sie, über so etwas müssen wir eigentlich nicht diskutieren. Ich meine, es ist ziemlich persönlich. Und wir beide … kennen uns noch gar nicht besonders gut, wenn wir mal ehrlich sind. Ich meine, wir kennen uns zwar schon seit einiger Zeit, aber noch nicht so lange, dass ich mühelos mit Ihnen über solche Sachen reden könnte.«

»Sind Sie sicher?«

Er stand jetzt genau hinter ihr und legte ihr eine Hand auf die Schulter. Sie spürte seine Kraft – noch mehr als vorhin, als er ihre Hand berührt hatte. Ein Teil von ihr wollte ihn umarmen, einfach vor dem Durcheinander in ihrem Kopf in seine großen und starken Arme flüchten, um sich vor dem Rest der Welt abschirmen zu lassen. Aber sie kam sich so schwach und verletzlich vor, mehr als jemals zuvor in ihrem Leben. Ihre Instinkte rieten ihr, auf Abstand zu ihm zu gehen, und nach kurzer Überlegung war es genau das, wofür sie sich entschied.

Sie stand hastig auf und stieß dabei behutsam seine Hand zurück. »Es tut mir Leid«, sagte sie. Es klang schroffer, als sie beabsichtigt hatte.

»Sie müssen sich nicht entschuldigen«, erwiderte er sanft. »Für Sie ist es im Augenblick nicht einfach.«

»Eigentlich sollte ich froh sein«, sagte sie, obwohl sie eher mit sich selbst als zu ihm sprach. »Wirklich. Ich meine … wenn sie es ist, wenn sie es tatsächlich ist … bekomme ich eine zweite Chance. Ganz gleich, wieso es geschieht, ich habe eine zweite Chance und das ist doch schon eine ganze Menge, nicht wahr?«

»So?«

»Ja«, sagte sie entschieden. »Ja, das ist es. Alles ist in Ordnung, und wir müssen nicht mehr darüber reden. Ich danke Ihnen für Ihre Hilfsbereitschaft, aber ich komme jetzt zurecht. Okay?«

»Okay.«

»Und ich sollte nicht nach einem Makel suchen, wenn ich mich eigentlich freuen sollte. Leflers Gesetz Nummer zweiunddreißig: Wenn das Leben dir eine Limonade in die Hand gibt, versuch nicht, Limonen daraus zu machen. Stimmen Sie mir zu?«

»Möglicherweise – wenn ich wüsste, was eine Limonade ist.«

»Gut. Sehr gut.« Sie schien noch etwas sagen zu wollen, doch dann verließ sie überstürzt den Raum und ließ einen reichlich verwirrten Si Cwan zurück, der sich fragte, ob er vielleicht etwas Falsches gesagt hatte.

2

Fähnrich Ronni Beth lag auf einer Untersuchungsliege in der Krankenstation. Ihr lockiges Haar umrahmte ihr Gesicht wie eine strahlende Korona. Dr. Karen Kurdziel las die Anzeigen der Instrumente ab und nickte zufrieden. Sie war eine adrette Frau mit blauen Haaren, einem offenbar unerschöpflichen Vorrat an Geduld und einem scharfen Sinn für das Absurde. Diese Eigenschaften waren ihr in der gegenwärtigen Situation äußerst nützlich.

»Ich werde ihn umbringen«, sagte Beth ungefähr zum hundertsten Mal.

»Ich weiß«, sagte Kurdziel. »Diese Absicht haben Sie mit aller Deutlichkeit zum Ausdruck gebracht.« Sie richtete einen Tricorder auf Beths Fußknöchel. »Er ist schon ganz gut verheilt. Tun Sie mir doch bitte den Gefallen und halten sich von den Pisten fern, Ron. Selbst Holodeck-Abfahrten können für Ski-Neulinge äußerst tückisch sein.«

»Ja, ja, ja«, sagte Ronni ungeduldig. »Kann ich mich jetzt aufsetzen?«

Kurdziel nickte und Beth richtete sich auf. Vorsichtig zog sie wieder ihren Schuh an. »Er sollte eigentlich dabei sein«, schnaubte sie. »Habe ich Ihnen das schon gesagt?«

»Ja«, antwortete Kurdziel.

Beth sprach weiter, als hätte sie der Ärztin gar nicht zugehört. »Ich war mit Christiano auf der Piste verabredet. Er hat mir versprochen, da zu sein. Dann hat er sich verspätet und ich dachte mir, kein Problem, dann mache ich eben selbst einen Probelauf. Ich meine, das kann doch nicht so schwierig sein!«

»Und dann wurden Sie eines Besseren belehrt.« Kurdziel bemühte sich um Mitgefühl, doch selbst ihre nahezu unerschöpfliche Geduld ließ allmählich nach. Beth hatte eine Affäre mit Fähnrich Christiano, der genauso wie sie im Maschinenraum arbeitete. Doch diese Beziehung war offensichtlich vor kurzem in die Brüche gegangen, wie Beth jeder Person mitteilte, die sich länger als fünf Sekunden in ihrer Nähe aufhielt.

»Ja, aber dann kam es noch viel schlimmer, als ich in Bezug auf Christiano eines Besseren belehrt wurde. Er war nämlich mit einer anderen Frau zusammen. Und das, nachdem ich ihm den Ring geschenkt habe!«

»Einen Ring?« Das war Kurdziel neu. »Was für einen Ring?«

»Ich habe ihn in der Raumstation K-Neunzehn von einem Händler gekauft. Kurz bevor ich hier meinen Dienst angetreten habe. Ich wollte ... ich weiß auch nicht ... ich wollte ihn aufheben, bis ich den richtigen Mann gefunden habe. Und ich dachte, Christiano wäre der richtige Mann.«

»Dann verlangen Sie einfach, dass er Ihnen den Ring zurückgibt«, sagte Kurdziel völlig sachlich.

»Das werde ich niemals tun!«, erwiderte Beth entrüstet. »Es war ein Geschenk!«

»Ist es nicht üblich, die Ringe zurückzugeben, wenn eine Verlobung gelöst wird?«

»Aber es hatte gar nichts mit einer Verlobung zu tun. Ich habe ihm den Ring nur geschenkt, weil ...« Sie wandte den Blick ab. »Weil ich wirklich geglaubt habe, er sei der Richtige. Also habe ich nicht weiter nachgedacht und etwas Dummes getan. Aber jetzt weiß ich für die Zukunft Bescheid. Lebe und lerne.«

»Das tut mir Leid, Fähnrich.«

»Ja, dieses Universum schafft viel Leid.«

Sie schien noch etwas hinzufügen zu wollen, doch dann fiel ihr etwas anderes auf. Sie wollte nicht mit dem Finger darauf zeigen, weil es ihr unhöflich vorgekommen wäre. Also deutete sie nur mit einem Nicken in die ungefähre Richtung und fragte: »Sie ist schon wieder auf den Beinen?«

Kurdziel drehte sich um und statt einer direkten Antwort auf die Frage sagte sie: »Commander. Sie scheinen sich gut erholt zu haben.«

Commander Shelby marschierte in ihrer gewohnt selbstbewussten Art durch die Krankenstation. Ihr Gesicht war noch etwas farblos nach den Verletzungen, die sie sich im Verlauf einer recht rabiaten Exkursion auf der Oberfläche von Zondar zugezogen hatte, doch ansonsten wirkte sie ziemlich fit.

»Sind Sie bereit, wieder Ihre Arbeit aufzunehmen?«, fragte Dr. Kurdziel.

»Ich denke schon«, sagte Shelby freundlich und bewegte ihre Schultern. »Ich fühle mich noch etwas verspannt, aber Dr. Maxwell versichert mir, dass es sich demnächst geben wird.«

»Wenn er es sagt, wird es bestimmt so sein.«

»Zumindest bin ich diensttauglich.« Sie lächelte mit einer gewissen Erleichterung. »Es bekommt mir nicht, herumzusitzen und auf meine vollständige Genesung zu warten. Ich bin froh, dass ich wieder etwas zu tun habe.«

»Beim letzten Mal sollen Sie sich … etwas zu schnell zum Dienst zurückgemeldet haben …«, sagte Ronni Beth. Unter dem leicht benebelnden Einfluss des Schmerzmittels wurde ihr erst jetzt bewusst, dass sie laut gesprochen hatte. Vermutlich gab es keinen Punkt, an dem sie Shelby schlimmer hätte treffen können. Wenn sie bei klarem Verstand gewesen wäre, hätte sie so etwas niemals gesagt.

Shelby, die mit dem Rücken zu ihr stand, drehte sich langsam um. Das Lächeln war auf ihrem Gesicht erstarrt. »Wie bitte?«, fragte sie mit einer Stimme, die eine Supernova vereist hätte.

»Entschuldigung, ich wollte nicht … Oh, jetzt sehe ich erst, wie spät es ist.« Beth sprang von der Liege und bemühte sich, nicht zu humpeln. »Ich sollte mich schleunigst auf den Weg machen …«

»Ich habe Ihnen eine Frage gestellt, Fähnrich«, sagte Shelby, trat einen Schritt vor und versperrte Beth den Weg, um ihr unmissverständlich klar zu machen, dass sie jetzt nirgendwohin gehen würde.

»Ich …« Sie blickte sich hilfesuchend zu Kurdziel um, doch die Ärztin zuckte nur mit den Schultern, als wollte sie sagen: *Diesen Kampf müssen Sie alleine austragen.* »Nun«, sagte Beth, der die Situation sichtlich unangenehm war, »man sagt, dass Sie während eines Alarms auf die Brücke zurückkehrten und auf Kollisionskurs mit einer Sonne gingen. Und dass Sie das Bewusstsein verloren, nachdem Sie … etwas sahen …«

»Nachdem ich was sah?«, bohrte Shelby gnadenlos weiter.

Beth sagte etwas, das zu leise war, als dass der Commander es hätte verstehen können.

»Könnten Sie das bitte etwas lauter wiederholen«, drängte Shelby.

»Farben«, sagte Beth. »Man erzählt, dass Sie in die Luft zeigten und sagten: ›Oh, was ist das? Farben!‹ Dann sollen Sie in Ohnmacht gefallen sein.«

»Und hat ›man‹ auch erwähnt, dass ich durch dieses Manöver vor der Sonne von Zondar dieses Schiff und die gesamte Besatzung gerettet habe?«, fragte Shelby. »Einschließlich Ihrer Person, wenn ich das hinzufügen darf?«

»Ja … daran besteht kein Zweifel«, räumte Beth ein.

»Gut. Denn falls die Besatzung sich auf meine Kosten

amüsiert«, sagte Shelby laut genug, um von allen Anwesenden in der Krankenstation gehört zu werden, »sollte ›man‹ keineswegs vergessen, dass den Offizieren eines Föderationsraumschiffs ein gewisser Respekt entgegengebracht werden sollte. Insbesondere solchen Offizieren, die durch ihre Aktionen dafür gesorgt haben, daß alle Besatzungsmitglieder der *Excalibur* noch am Leben sind. Verstanden?«

»Verstanden, Commander.«

»Verstanden?«, wiederholte sie in die Richtung des übrigen Personals der Krankenstation, das ihre Frage mit einem Nicken beantwortete. Nachdem das geklärt war, reckte sie die Schultern und verließ den Raum.

Leflers Quartier war nicht besonders groß, aber sie hatte sich nie viel aus Luxus gemacht. Sie hielt sich gerne in Gesellschaft anderer Menschen auf und verbrachte daher nur wenig Zeit in ihrem Quartier. Einer ihrer Freunde hatte einmal gesagt, dass Robin Lefler sich nur vor einer Sache in der ganzen Galaxis fürchtete, nämlich allein zu sein. Ihr Bedürfnis nach Gesellschaft war so beherrschend, dass ihr die bloße Vorstellung völliger Einsamkeit ein Gräuel war. Als die Einschätzung ihres Freundes an ihre Ohren gedrungen war, hatte Lefler sie vehement zurückgewiesen, sich allerdings insgeheim gefragt, ob vielleicht ein Körnchen Wahrheit darin stecken könnte.

Doch zum gegenwärtigen Zeitpunkt wünschte sie sich nichts sehnlicher, als allein zu sein. Obwohl sie im Dienst war, obwohl sie eigentlich ihren Posten auf der Brücke hätte besetzen sollen, verkroch sie sich in ihrem Quartier und war froh, als die Tür hinter ihr zuglitt. Sie schloss die Augen, lehnte sich gegen eine Wand und schüttelte langsam den Kopf. »Sie kann es nicht sein«, flüsterte sie. »So etwas kann sie unmöglich getan haben. Sie kann es einfach nicht sein.«

Sie wiederholte diese Sätze noch einige Male, bevor sie sich zusammenriss und an einen Schrank trat. Sie öffnete eine Schublade, kramte eine Weile darin herum und holte dann eine Holoröhre hervor. Der Zylinder war etwa fünfzehn Zentimeter lang und enthielt ein sorgsam konserviertes Hologramm ihrer Mutter Morgan Lefler.

Sie erinnerte sich noch genau an den Tag, als sie den Zylinder erhalten hatte. Es war einen Tag vor dem Tod ihrer Mutter gewesen.

Und sie erinnerte sich an die Ironie, die ihr schwer zu schaffen gemacht hatte. Denn ihre Mutter hatte das Hologramm angeblich ganz spontan anfertigen lassen. Als Geschenk für ihre geliebte Tochter, ein Souvenir ohne besondere Bedeutung, außer dass ihre Mutter an sie dachte. Nein … nein, es hatte doch eine Bedeutung gehabt, wie Lefler sich jetzt erinnerte. Am Abend zuvor hatte sie sich heftig mit ihrer Mutter gestritten. Dann hatte Morgan erklärt, dass sie sich um andere Dinge kümmern und unbedingt am nächsten Tag Verwandte besuchen musste, sodass sie ihre Tochter – zum letzten Mal, wie sich später erwies – allein zurückgelassen hatte, ohne den Streit beigelegt zu haben. Robin zermarterte sich das Hirn und versuchte sich zu erinnern, was der Anlass für ihre Auseinandersetzung gewesen war, aber es wollte ihr nicht einfallen.

Sie wusste nur noch, wie schuldig sie sich gefühlt hatte, als sie das Hologramm bekommen hatte, einen Tag nachdem ihre Mutter gestorben war.

Nicht gestorben.

Nachdem sie sie verlassen hatte.

Mit einem erstickten Schrei der Verzweiflung, Wut und Erniedrigung holte Lefler aus und schleuderte die Holoröhre mit aller Kraft von sich. Sie verfolgte den Flug quer durch den Raum und stellte sich bereits vor, wie das Ding an der Wand zersplitterte, wie sich die empfindliche Technik in Form metallener Splitter über den Boden verteilte.

Bedauerlicherweise – oder glücklicherweise, je nach dem, wie man es betrachtete – war die Holoröhre sehr stabil konstruiert. Sie prallte lediglich von der Wand ab und landete mit einem nicht allzu lauten Poltern auf dem Boden. Dort rollte sie noch ein Stück weiter und kam dann zur Ruhe.

Lefler betrachtete den Gegenstand und hatte das Gefühl, er würde ihren Blick spöttisch erwidern. Neue Wut baute sich in ihr auf, dann lief sie zur Holoröhre und schlug mit dem Stiefelabsatz darauf. Doch das Ding sprang einfach zur Seite weg, rollte bis zur Wand und blieb dort liegen.

Robin stieß einen Seufzer aus, als ihre größte Wut verraucht war. Sie hob die Holoröhre wieder auf, betrachtete sie nachdenklich und schüttelte langsam den Kopf. »Du hattest schon immer die Begabung, alles von dir abprallen zu lassen, Mutter«, sagte sie bedauernd, bevor sie die Röhre sorgfältig in die Schublade zurücklegte, aus der sie sie genommen hatte.

Shelby war überzeugt, dass sie von allen angestarrt wurde.

Hör auf! Du leidest an Verfolgungswahn! tadelte sie sich, aber sie konnte einfach nicht anders. Als sie durch die Korridore der *Excalibur* lief, interpretierte sie eine verborgene Bedeutung in jeden Blick und jedes Nicken, obwohl sie sich früher bei den gleichen Reaktionen nichts Besonderes gedacht hatte. Sie war überzeugt, dass die gesamte Besatzung hinter ihrem Rücken über sie lachte.

Farben?

Was hatte sie sich dabei gedacht? Was in Gottes Namen war ihr durch den Kopf gegangen?

Obwohl sie sich alle Mühe gab, konnte sie sich keinen Grund vorstellen, warum ihr eine so unsinnige Bemerkung über die Lippen gekommen sein sollte. Gut, sie war etwas angeschlagen gewesen. Als man sie wieder in die Krankenstation geschafft hatte, konnten die Ärzte gar nicht fassen, dass sie sich überhaupt auf den Beinen hatte halten können. Trotzdem …

Farben?

Welcher Teufel hatte sie geritten?

Es war einfach lächerlich, erkannte Shelby, als sie sich auf den Weg zum Turbolift machte. Sie hatte keine Ahnung, warum sie sich so verhalten hatte.

Okay, das stimmte natürlich nicht ganz. Sie hatte zumindest eine leise Ahnung. Es hatte mit der Tatsache zu tun, dass sie sich in diesem Schiff gelegentlich wie ein Außenseiter vorkam. Ihre Dienstauffassung unterschied sich erheblich von der Mackenzie Calhouns, und obwohl sie als Team arbeiten sollten, gewann sie immer wieder den Eindruck, in starker Konkurrenz zu ihm zu stehen. Das war der wahre Hintergrund. In vielerlei Hinsicht – eigentlich in *jeder* Hinsicht – glaubte Shelby, dass sie nicht besonders gut für einen Führungsposten qualifiziert war, aber immer noch besser als Calhoun. Trotzdem unterstützte sie ihn, wo sie konnte, aber wie es schien, war er bei der Besatzung beliebter als sie.

Es geht nicht darum, sich beliebt zu machen, tadelte sie sich. Ganz und gar nicht. Es ging darum, die Arbeit zu erledigen und im Sinne von Starfleet tätig zu werden. Es ging um Routine und Vorschriften. Und darum, mit heilem Schiff und gesunder Besatzung zurückzukehren. Der verdammte Calhoun konnte es sich erlauben, extravagant, wagemutig und heldenhaft aufzutreten. Schließlich hatte er Shelby, die anschließend für ihn aufräumte. Shelby, die ihm den Ärger mit Starfleet vom Hals hielt, die ihn an das korrekte Procedere erinnerte, während er gedankenlos die Regeln verletzte. Calhoun arbeitete fleißig daran, sich einen legendären Status zu schaffen, während sich Shelby wie sein Hiwi vorkam.

Außerdem fühlte sie sich in ihrer Position äußerst verletzlich. Und die jüngsten Entwicklungen waren nicht gerade dazu angetan, etwas daran zu verbessern.

Verdammt noch mal, sie hatte Verletzungen erlitten! Das durfte man nicht vergessen. Das sollte sie sich ständig vor Augen halten.

Der Turbolift öffnete sich und sie trat in die Kabine. »Brücke«, sagte sie knapp.

Der Lift setzte sich in Bewegung, während sie weiter nachdachte. Sie wusste, welchen Ruf sie sich an Bord des Schiffes erworben hatte. Unerbittlich, humorlos, knallhart.

Der Turbolift bremste ab und die Tür glitt auf. Draußen stand Robin Lefler, die Hände hinter dem Rücken verschränkt und mit gedankenverlorenem Blick. Dann schien sie leicht überrascht zu reagieren, als sie Shelbys Anwesenheit wahrnahm. »Oh! Commander! Geht es Ihnen wieder besser?«

»Ich bin auf dem Weg zur Brücke.« Sie winkte Lefler hereinzukommen. Als sich die Tür schloss und der Lift weiterfuhr, fragte Shelby unvermittelt: »Lieutenant … Sie hören doch, was die Leute reden. Sie kommen herum. Sie wissen, was der Besatzung durch den Kopf geht.«

»Ja … das kann sein«, erwiderte Lefler. »Ich leite die Einsatzzentrale, also habe ich im Allgemeinen …«

»Geben Sie mir eine ehrliche Antwort! Machen sich die Leute über mich lustig? Hinter meinem Rücken? Diskutieren sie über meine Leistungen und Fähigkeiten?«

Lefler schien überhaupt nicht mit einer derartigen Frage gerechnet zu haben. »Wie bitte?«

»Bin ich …« Sie suchte nach einer passenden Formulierung, aber auf die Schnelle fiel ihr nichts Geistreiches ein. Also begnügte sie sich damit zu sagen: »Gehöre ich … dazu?«

Lefler starrte sie an, als wäre ihr plötzlich ein drittes Auge gewachsen. »Wie ... wozu?«

»Nun ja ...« Sie hatte Lefler angesehen, doch nun senkte sie verlegen den Blick. »Wahrscheinlich ist es gar nicht so gut, wenn sich Offiziere und Besatzung verbrüdern.«

»Aber die ganze Zeit streng und abweisend zu sein, ist auch nicht besonders gut.«

Jetzt sah sie Lefler wieder an. Auf ihrem Gesicht stand ein leicht schmerzhaftes Lächeln. »Das sagt man über mich?«

Die Tür öffnete sich zischend und Shelby trat mit erneuertem Selbstbewusstsein auf die Brücke. Lefler folgte ihr und begab sich hastig zur ihrer Einsatzstation. Der Navigator Mark McHenry starrte verträumt auf den Planeten Zondar, der sich langsam unter ihnen drehte. Er machte den Eindruck, als wären seine Gedanken lichtjahreweit entfernt, doch inzwischen hatte sich Lefler – wie jeder andere auf der Brücke – daran gewöhnt. Jeder wusste, dass seine scheinbare Zerstreutheit eben nur scheinbar war.

Calhoun saß im Kommandosessel und las einen Bericht. Er blickte auf, als Shelby eintrat. Es war, als hätte er sie erwartet. Aber sie hatte es nicht besonders eilig, in seine Nähe zu gelangen, sondern fühlte sich auf der erhöhten Ebene der Brücke völlig wohl – von wo aus sie hinunterschauen konnte. Es vermittelte ihr ein angenehmes Gefühl der Dominanz, sie fühlte sich wie eine Königin, die auf ihr Reich hinabblickte. Zak Kebron, der an der taktischen Station stand, drehte sich nicht einmal zu ihr um.

Der Captain hob fragend eine Augenbraue. »Schön, Sie zu sehen, Commander. Haben Sie vor, herunterzukommen und sich zu uns zu gesellen?«

»Natürlich, Captain. Es ist gut, wieder hier zu sein.«

Langsam spazierte sie die Rampe hinunter und behielt dabei das Brückenpersonal im Auge. Sie versuchte zu erkennen, ob irgendwer in ihre Richtung grinste, ob irgendwo getuschelt wurde oder ob es irgendein sonstiges Anzeichen der Respektlosigkeit oder Unhöflichkeit gab, das nicht dem bei Starfleet üblichen Anstand entsprach.

Calhoun warf ihr einen Blick zu und forderte sie mit einer kaum merklichen Geste auf, sofort zu ihm zu kommen. Als sie neben ihm stand, fragte er leise: »Ist alles in Ordnung mit Ihnen?«

»Mir geht es gut, Captain. Wieso?«

»Sie wirken etwas … steif.«

»Ich habe lediglich die Haltung angenommen, die für einen Starfleet-Offizier angemessen ist«, erwiderte sie.

Es verschaffte ihr eine gewisse Genugtuung, als Calhoun unwillkürlich eine aufrechtere Sitzhaltung einnahm. Sie nickte leicht, als hätte sie damit einen persönlichen Triumph verbucht, und ging zu ihrem Sessel.

»Nur um Sie über unsere gegenwärtige Situation auf dem Laufenden zu halten«, sagte Calhoun. »Wir befinden uns immer noch im Orbit um Zondar und warten auf die Rückkehr von Wissenschaftsoffizier Soleta. Dann werden wir Kurs auf den Planeten Momidium setzen, um eine Person aufzunehmen, die dort … unter ungewöhnlichen Umständen festgehalten wird.«

Lefler, die das Gespräch mithörte, stieß einen leisen Seufzer der Erleichterung aus, weil der Captain sich bewusst vage ausdrückte. Es wäre ihr gar nicht recht gewesen, wenn die bizarren Umstände ihrer möglichen Familienzusammenführung hier hinausposaunt würden.

»Alle weiteren Informationen«, fuhr Calhoun fort, »befinden sich in ihrem Dienstlogbuch, Commander. Sie können sich jederzeit sachkundig machen.«

»Vielen Dank, Captain«, sagte sie förmlich.

Dann wartete sie … dass er etwas sagte, dass er irgendeine Bemerkung machte, wie sie sich während seiner Abwesenheit verhalten hatte. Es würde seinem Charakter entsprechen, wenn er sich scherzhaft über die Leistung der »Mädels« geäußert hätte, obwohl selbst ein beiläufiges »Gut gemacht!« deutlich angemessener wäre. Irgendeine Anerkennung, wie sie den Konflikt mit dem Kriegsschiff der Erlöser bewältigt hatte.

Aber Calhoun sagte nichts. Stattdessen widmete er sich wieder dem Bericht. Er hatte die Beine übereinander gelegt und wippte lässig mit dem linken Fuß.

Sie sah sich gründlich auf der Brücke um. Niemand schaute in ihre Richtung. Niemand schien ihre Rückkehr mit mehr als einem knappen Nicken zur Kenntnis zu nehmen.

Im Grund hätte sie froh darüber sein müssen, vielleicht sogar erleichtert. Trotzdem fühlte sie sich aus irgendeinem Grund unzufrieden, auch wenn sie nicht wusste, warum.

Der Turbolift öffnete sich und Lieutenant Commander Burgoyne 172, der Chefingenieur der *Excalibur*, trat herein. Shelby drehte sich zu dem Hermat um. Wenn es jemanden gab, der unter Garantie eine hemmungslose Bemerkung fallen lassen würde, dann war es Burgoyne.

»Chief«, begrüßte Calhoun ihn/sie.

»Captain«, erwiderte Burgoyne mit der Andeutung einer Verbeugung. »Ich würde gerne ein paar Daten überprüfen, die im Zusammenhang mit unseren Energietransferproblemen stehen. Dürfte ich vielleicht die Brückenstation benutzen, da das Terminal im Maschinenraum für Forschungszwecke benötigt wird?«

»Selbstverständlich«, sagte Calhoun.

»Guten Tag, Burgy«, sagte Shelby.

»Commander«, erwiderte Burgoyne und machte sich an die Arbeit.

Das war alles. Mehr wurde nicht gesagt.

Shelby fühlte sich am Boden zerstört.

Es gab nicht den geringsten Grund, warum die Brückenbesatzung ein großes Aufheben machen sollte, wie Shelbys die Krise bewältigt hatte. Im Grunde wusste sie das auch. Bestenfalls würde der Captain eine lobende Erwähnung ins Logbuch eintragen. Damit wäre die Sache erledigt. Eine darüber hinausgehende Anerkennung war überflüssig, denn im Grund hatte Shelby ganz einfach ihre Arbeit getan. Die Tatsache, dass sie außergewöhnlich gute Arbeit geleistet hatte, sollte eigentlich keine besondere Rolle spielen.

Nur dass …

Nur dass die *Excalibur* ganz anders als alle anderen Schiffe war, auf denen sie bislang gedient hatte.

Irgendwie schien es damit zusammenzuhängen, dass die Besatzung auf den Captain fixiert war. Calhoun war fraglos ein Cowboy, der stolz dahergestapft kam, verwegen grinste und unorthodoxe Methoden einsetzte. Und es schien ihm Spaß zu machen, die gewohnten Regeln, die für andere Schiffe und befehlshabende Offiziere galten, in den Wind zu schlagen.

Was die übrigen Leute betraf, von denen Shelby umgeben war …

Ein Botschafter, der sich als blinder Passagier im Gepäck des Wissenschaftsoffiziers an Bord geschmuggelt hatte, ein Navigationsoffizier, der … ja, was tat McHenry eigentlich gerade? Sie sah, dass er seine Finger auf seltsame Weise bewegte, als würde er einen unsichtbaren Katzenkorb flechten. Gut, sie hatten einen Navigationsoffizier, der die meiste Zeit abwesend zu sein schien, außer wenn er gebraucht wurde. Und er hatte eine Äffare mit einem multisexuellen Chefingenieur, der/die wiederum den Paarungstrieb des ansonsten recht abgeklärten Ersten Medo-Offiziers befriedigte – wenn man den jüngsten Gerüchten vertrauen durfte, die vermutlich den Tatsachen entsprachen, da dieses Schiff, wie allgemein bekannt war, nicht von seinen

Triebwerken, sondern der Gerüchteküche angetrieben wurde. Der Sicherheitsoffizier war relativ normal … sofern man das von einem wandelnden Gebirgsmassiv behaupten konnte. Mit dem Sicherheitschef der Nachtschicht hatte es wiederum eine ganz eigene Bewandtnis. Eine große, zottige Bewandtnis. Es war, als hätte Calhoun sich alle Mühe gegeben, eine handverlesene Besatzung zusammenzustellen, die seinem eklektischen und exzentrischen Geschmack entsprach. Die einzige Person, die einen verhältnismäßig normalen Eindruck machte, war Lefler.

Shelby warf einen Blick auf ihr Dienstlogbuch, mit dem sie sich jederzeit über den aktuellen Status informieren konnte. Sie verschaffte sich einen Überblick und las, dass die Person, die von Momidium abgeholt werden sollte, Leflers Mutter war, die eigentlich vor zehn Jahren gestorben war. Shelby stöhnte leise. *Et tu, Lefler,* dachte sie.

Doch trotz aller Verschrobenheiten und Merkwürdigkeiten, die dieses Schiff beherrschten, schien jeder … nun ja, ›Spaß zu haben‹ war nicht ganz der richtige Ausdruck. Es war eher eine Kombination aus Professionalität und Kameradschaft.

Das war es. Darauf lief es letztlich hinaus. An Bord dieses Schiffes herrschte eine ungebändigte Lebensfreude, die vom Captain bis zum untersten Dienstrang reichte. Doch Shelby hatte das Gefühl, dass sie nicht dazugehörte. Sie war lediglich die Anstandsdame, die Inkarnation der Starfleet-Vorschriften. Im Schiff wurde eine große Party gefeiert und sie war die Spielverderberin.

In dieser Rolle fühlte sie sich nicht besonders wohl, aber schließlich war sie ein ausgebildeter Starfleet-Offizier. Nur weil Calhouns Führungsstil eher dem eines Westernhelden entsprach, hieß das nicht, dass sie zwangsläufig mitmachen musste. Sie stand auf eigenen

Beinen und war völlig von der Richtigkeit ihrer Weltanschauung überzeugt.

Dennoch … kam sie sich einsam vor.

Sie gestand es sich nur ungern ein, aber so war es. Sie hatte sich für eine bestimmte Weise entschieden, wie sie gesehen werden wollte, und ihre Rückkehr auf die Brücke war für sie so etwas wie eine Prüfung dieser Umstände gewesen. Wenn man sie verspottet oder ausgelacht hätte, wäre der Tatbestand einer unumwundenen Beleidigung gegeben. Dann wäre es ihr gutes Recht gewesen, jeden zur Schnecke zu machen, der sie mit einem derartigen Mangel an Respekt behandelte. Doch stattdessen brachte man ihr die Wertschätzung entgegen, die ihr zustand. Eigentlich hätte sie damit zufrieden sein müssen, aber sie wurde eben den Eindruck nicht los, dass damit ihr Status als Außenseiter zementiert wurde … mit dem sie noch vor wenigen Minuten vor Lefler geprahlt hatte.

Dann hörte sie etwas – das Geräusch zweier Hände, die langsam und gleichmäßig zusammengeschlagen wurden. Sie öffnete die Augen und sah Calhoun, der vor ihr stand und anerkennend nickte und applaudierte.

Dann fiel McHenry ein und kurz darauf Lefler. Als Kebron versuchte, die menschliche Geste zu imitieren, gab es einen nahezu ohrenbetäubenden Knall, worauf er die Hände etwas behutsamer bewegte. Innerhalb weniger Sekunden wurde Shelby vom gesamten Brückenpersonal beklatscht und bejubelt.

Und Shelby musste zu ihrer eigenen Überraschung lachen.

Sie konnte nicht anders. Die Sache war ganz offensichtlich inszeniert, und zwar von Calhoun. Er wollte ihr Lob und Anerkennung zukommen lassen, aber in seiner Unkonventionalität war es ihm einfach nicht möglich gewesen, es auf annähernd normale Weise zu tun.

Sie lachte immer lauter und überschwänglicher, weil sie aufrichtig gerührt war und sich geliebt fühlte. Eine ganze Flutwelle von Emotionen schwappte über sie hinweg.

Als Calhoun ihr auf die Schulter klopfte, sagte sie zu ihm: »Weißt du, dass du es nie auf die übliche Art machen kannst, Mac?«

»Diesen Vorwurf muss ich mir ständig von meinem Ersten Offizier anhören«, erwiderte er lächelnd.

»Aber was ist mit ...«, Shelby stockte. »Du weißt schon ... was ich gesagt habe ...«

»Nichts ist damit«, sagte Calhoun. »Was du gesagt hast, spielt keine Rolle. Es kommt darauf an, was du getan hast.«

Sie bemerkte die bewundernden Blicke ihrer Kollegen und schämte sich plötzlich, dass sie sich von solchen Zweifeln hatte plagen lassen.

Als hätte Calhoun ihr Unbehagen gespürt, unterbrach er das betretene Schweigen. »Ich möchte Ihnen etwas erzählen, Commander«, sagte er, »und zwar über die Farben, die ich sah, als ich verwundet und fiebernd darniederlag, nachdem ich auf Xenex die Schlacht von Maja gewonnen hatte ...«

3

Allmählich ging Soleta das Schnarchen ihres Sicherheitswächters auf die Nerven.

Der Wissenschaftsoffizier hatte jeden Quadratzentimeter der Stelle untersucht, die als Ontears Höhle bezeichnet wurde, und dabei die gewohnte Geduld an den Tag gelegt, die einen wertvollen Teil ihres vulkanischen Erbes darstellte. Ihre Neigung zur Ungeduld, ganz zu schweigen von ihren noch menschlicheren Reaktionen, musste bedauerlicherweise dem Teil von ihr zugeschrieben werden, der auf ihr romulanisches Erbe zurückging. Doch darüber dachte sie nicht gerne nach, sondern konzentrierte ihren Geist viel lieber auf die anstehenden Aufgaben.

Ontears Höhle lag in einer unzugänglichen und felsigen Gegend auf Zondar, viele Kilometer außerhalb der Hauptstadt. Der Boden war steinig und tückisch und es gab Spalten, die man praktisch erst in dem Moment bemerkte, wenn man bereits hineingetreten war. Nach Soletas Erkenntnissen war Ontear ein Seher und Weiser gewesen, der vor fünfhundert Jahren gelebt und nachhaltigen Einfluss auf die Entwicklung dieser Welt genommen hatte. Er war unter höchst mysteriösen Umständen gestorben oder entschwunden, je nach dem, wie man die Ereignisse interpretierte. Die Legende behauptete, er wäre buchstäblich von den zornigen zondarianischen Göttern in den Himmel entrückt worden. Für Soleta jedoch klang das einen Tick zu mystisch und übertrieben. Erheblich sinnvoller war die Erklärung, dass er von einem ungewöhnlich heftigen Sturm in die »Ewigkeit« befördert worden war.

Darüber hinaus gaben ihr die Berichte von Captain Calhoun zu denken, der behauptet hatte, in der Höhle eine geisterhafte Erscheinung gesehen zu haben, während er dort gefangen gehalten wurde. Diese Angelegenheit hatten weder er noch sie zufriedenstellend klären können, und bislang hatte sie keinen Hinweis entdeckt, der die Beobachtung des Captains bestätigt hätte.

Calhouns Beschreibung des Phantoms war sehr detailliert. Oberflächlich betrachtet schien es sich um den Geist Ontears zu handeln. Aber mit einer solchen Erklärung wollte sich Soleta keineswegs zufrieden geben. Noch irritierender war der Umstand, dass Burgoyne ebenfalls behauptete, dem Phantomschatten begegnet zu sein, und Soleta hatte nicht die geringste Ahnung, was sie davon halten sollte. Eine Massenhalluzination? Irgendeine Art Projektion? Außer Spekulationen hatte sie nichts in der Hand.

Dann waren da noch die mentalen Attacken. Ein telepathisches Wesen, das zudem künstlich erzeugt sein sollte, falls so etwas überhaupt möglich war. Es hatte die Aufgabe der Verteidigung gehabt, den Eindringlingen Angst eingeflößt und sie in den Wahnsinn getrieben, sie angegriffen und in einem Fall sogar getötet. Doch anschließend schien es sich spurlos aufgelöst zu haben, als hätte es seine Aufgabe erfüllt oder als wäre seine Zeit abgelaufen. Und nun saß Soleta mit einem großen Haufen Fragen da, zu denen es keine passenden Antworten zu geben schien.

Soleta war entschlossen, die Umgebung zu erkunden, bis sie irgendeine Erklärung für all diese Ereignisse gefunden hatte. Doch das politische Klima von Zondar blieb trotz gewisser Verbesserungen weiterhin unbeständig und Calhoun hatte darauf bestanden, dass sie sich nicht ohne Leibwache auf dem Planeten aufhielt.

Nach Soletas Ansicht war es pure Schadenfreude seitens Burgoyne 172 gewesen, als er/sie Calhoun gedrängt hatte, Fähnrich Janos mit dieser Aufgabe zu betreuen. Da Soletas Durchhaltevermögen beträchtlich war und die Forschungsarbeiten rund um die Uhr durchgeführt werden sollten, hatte die Tatsache, dass Janos hauptsächlich in der Nachtschicht tätig war, bei dieser Entscheidung eine Rolle gespielt. Außerdem hatte sich Janos bereits auf Zondar aufgehalten und war demnach mit der Umgebung vertraut. Aber es gab einen anderen Umstand, den Burgoyne dem Captain gegenüber nicht erwähnt hatte. Als Soleta das Kommando über das Schiff gehabt hatte, war sie dafür verantwortlich gewesen, dass Burgoyne auf seiner/ihrer Rettungsmission von Janos begleitet wurde. Also hatte Burgoyne diese Gelegenheit genutzt, es ihr angemessen heimzuzahlen.

Denn Fähnrich Janos war kaum mit üblichen Maßstäben zu messen … ein weißhaariges, affenähnliches Wesen aus einer Spezies, die im Allgemeinen mehr Neigung verspürte, zu knurren, zu fauchen und jemanden zu zerfleischen, als sich in höflicher Konversation zu ergehen. Janos jedoch sprach unablässig in leicht gestelztem, gelegentlich sogar manieriertem Plauderton. In dieser Hinsicht unterschied er sich erheblich von allen anderen Mitgliedern seines Volkes, obwohl er durchaus eine große Ähnlichkeit mit seinem Vater aufwies. Janos' Lebensgeschichte war, vorsichtig ausgedrückt, einzigartig und auf Soleta übte er in dieser Hinsicht eine große Faszination aus. Aber sie hielt es für unangemessen, einen Kollegen aus der Besatzung mit rein wissenschaftlichem Interesse zu betrachten. Es wäre gönnerhaft oder gar herablassend, auch wenn sie keine konkreten Gründe dafür angeben konnte.

Doch neben seiner Neigung zur Schwatzhaftigkeit gab es ein weiteres Problem mit Janos: Er schlief tief und fest, wenn er nicht gerade mit Essen, Arbeiten oder Sex beschäftigt war. (Da es ihm bei Starfleet jedoch an geeigneten Partnern mangelte, hatte er sich mit dem Zustand des permanenten Zölibats abfinden müssen, womit er nicht unbedingt glücklich war.)

Die Zeit war von entscheidender Bedeutung, daher war Soleta nicht mehr aufs Schiff zurückgekehrt, seit sie an der Ausgrabungsstätte eingetroffen war. Stattdessen hatte sie ständig gearbeitet, Sondierungen und Tests durchgeführt und die gesamte Umgebung nach Hinweisen abgesucht. Wenn sie sich erschöpft fühlte, ruhte sie sich ein paar Minuten aus – aber höchstens fünfzehn. Während all der Zeit war Janos auf seinem Posten geblieben, ohne in seiner Aufmerksamkeit nachzulassen und ohne den Mund zu halten. Soleta hatte ihn mehrere Male aufgefordert, etwas anderes zu tun als zu reden, und er hatte sich jedes Mal mit aller gebotenen Höflichkeit einverstanden erklärt, seine Redseligkeit einzuschränken. Doch in recht kurzer Zeit war er stets in seine alten Gewohnheiten zurückgefallen, bis Soleta irgendwann ihre Fähigkeit verfeinert hatte, ihn einfach vollständig auszublenden.

Dann war auch er endlich ermüdet und hatte vorgeschlagen, auf die *Excalibur* zurückzukehren und einen Ersatzmann zu schicken.

»Das«, hatte Soleta erwidert, »wäre eine Verschwendung von Personal, Janos. Um die Wahrheit zu sagen, ich habe den Eindruck, dass Ihre Anwesenheit hier im Grunde überflüssig ist. Es wäre unsinnig, für diese Aufgabe einen weiteren Sicherheitswächter abzuziehen. Gönnen Sie sich eine längere Ruhepause, und wenn es irgendwelche Schwierigkeiten gibt, verspreche ich, dass ich Sie unverzüglich alarmieren werden.«

»Das, Lieutenant, ist einfach zu rücksichtsvoll von Ihnen«, hatte Janos zu ihr gesagt und eine Grimasse gezogen. Eine derartige Grimasse war für ihn so ziemlich die einzige Möglichkeit, seinen Gesichtsausdruck zu verändern, da seine Biologie nicht auf Lächeln, Stirnrunzeln oder anderes menschliches Mienenspiel ausgelegt war. »Dann werde ich mal abzwitschern und mir ein kleines Nickerchen genehmigen, wenn es Ihnen recht ist.«

»Ich entbinde Sie vorübergehend von allen weiteren Pflichten.«

Janos suchte sich einen Felsvorsprung in der Nähe des Höhleneingangs und kurz darauf hing er kopfüber an der Felswand, wie es seine Gewohnheit war. Soleta konnte die himmlische Ruhe mehrere Minuten lang genießen, bis Janos zu schnarchen anfing. Sie hätte schwören können, dass dieses Geräusch selbst den Boden zum Vibrieren brachte.

Als Erstes hatte sie die Höhle erkundet und sich dann den Hängen, Hügeln und Spalten zugewandt. Doch sie hatte keinen Hinweis auf die Technik gefunden, mit deren Anwesenheit sie fest rechnete. Eine Technik, die holographische Phantome, telepathische Wesen und Schilde erzeugt hatte, die mit den Sensoren der *Excalibur* interferiert hatten, sodass es nicht möglich gewesen war, den Captain aufzuspüren, während er hier gefangen gehalten wurde. Doch nach der Krise schien es, als wäre die gesamte Gegend mit einem Schlag energetisch tot. Es gab nicht die geringste Streustrahlung, die sie für ihre Suche hätte nutzen können. Nichts. Überhaupt nichts. Hier gab es nichts, was irgendwie interessant gewesen wäre, vielleicht mit Ausnahme von Janos' Geschnarche.

Soleta betrat erneut die Höhle, die vor nicht allzu langer Zeit Captain Calhouns Gefängnis gewesen war. Ein heiliger Mann von Zondar hatte ihn festgehalten und nicht nur die unerschütterliche Überzeugung vertreten, dass Calhoun ein Messias war, sondern dass er dazu verpflichtet war, eben jenen Messias zum Wohl seiner

Welt zu töten. Wohl zum hundertsten Mal suchte Soleta nun das Höhleninnere mit ihrem Tricorder ab, um irgendeinen Hinweis zu erhalten, und sei er auch noch so winzig. Aber auch diesmal half der Tricorder ihr nicht weiter.

»Also gut«, sagte sie, ohne dass ihre Worte an einen Gesprächspartner gerichtet waren. »Dann werde ich es auf die althergebrachte Art und Weise probieren.«

Sie nahm einen Beutel von der Schulter, legte ihn auf den Boden und kramte darin herum. Schließlich holte sie eine Werkzeugtasche heraus. Sie hatte sie an ihrem zwölften Geburtstag von ihren Eltern erhalten, als erstmals ihr Interesse an der Archäologie zutage getreten war. Es war eine qualitativ hochwertige und bestens gepflegte Sammlung von Werkzeugen. An ihrem dreizehnten Geburtstag hatte sich ihr Interesse übrigens zur Astronomie verlagert, während am vierzehnten die Xenobiologie angesagt war, worauf ihre Eltern erkannt hatten, dass ihre Tochter offensichtlich eine Karriere in der allgemeinen Wissenschaft anstrebte, da sie sich niemals auf ein Spezialgebiet festlegen wollte.

Vorsichtig holte Soleta einen kleinen Hammer aus der Tasche. Er sah noch genauso neu und tadellos aus wie am Tag, als sie das Geschenk bekommen hatte. Dann ging sie im Höhleneingang in die Knie und klopfte den Boden mit dem Hammer ab. Sie strengte ihr feines Gehör an und lauschte aufmerksam. Sie wollte erkunden, ob es im Höhlenboden irgendeinen Hinweis gab. Sie wusste nicht, was sie erwartete – einfach nur *irgendetwas*.

Auf diese Weise verbrachte sie die nächsten anderthalb Stunden. Sie arbeitete sich quadratzentimeterweise vor, während ihr nüchternes Gesicht kein Anzeichen von Ungeduld oder Erschöpfung zeigte. *Tick, tick, tick* machte der Hammer, ohne dass der unerbittliche Rhythmus ein einziges Mal unterbrochen wurde.

Nach einundneunzig Minuten fand sie etwas.

Der Klangunterschied war so geringfügig, dass ihn eine andere Person möglicherweise gar nicht wahrgenommen hätte. Doch Soletas Ohren reagierten darauf und sie kniff die Augen leicht zusammen, um den Boden dort zu untersuchen, wo sie die Abweichung entdeckt hatte. Konzentriert ertastete sie die Felsoberfläche mit den Fingerspitzen.

Sie hatte es praktisch im nächsten Augenblick gefunden – eine kreisförmige Struktur, etwa fünfzehn Zentimeter im Durchmesser. Es war, als hätte jemand ein Stück des Gesteins herausgeschnitten und fugenlos wieder eingesetzt. Das Ganze erschien ihr wie eine kleine Falltür und sie fragte sich, was darunter verborgen sein mochte.

Sie schlug mit dem Hammer auf das Gestein, aber es leistete ihren Bemühungen Widerstand. Dann holte sie einen miniaturisierten Laserschneider aus der Werkzeugtasche und zerschnitt vorsichtig den Stein. Mit zunehmender Erregung verfolgte sie, was unter den entfernten Stücken zum Vorschein kam.

Es war eine Art Scheibe, die in den Boden eingelassen war. Eine silbrig glänzende Scheibe mit einer Gravur, die entfernt an die Darstellung einer Flamme erinnerte. Soleta berührte das Symbol mit den Fingern und spürte, dass es Wärme ausstrahlte … Wärme … und noch etwas …

Du …

Sie spürte etwas.

Es war unglaublich sanft, als hätte ein Schmetterlingsflügel ihren Geist gestreift. Der zaghafte Beginn von etwas, das entfernt an eine vulkanische Bewusstseinsverschmelzung erinnerte.

Mit einer Scheibe? Sie konnte es nicht glauben. Bestenfalls war diese Scheibe eine Maschine oder der Teil einer Maschine. Doch eine Maschine konnte auf gar keinen Fall zu einer Mentalverschmelzung in der Lage sein.

Dann erkannte sie, dass sie sich irrte. Es gab einen Präzedenzfall für die Verschmelzung eines Geistes mit einer Maschine. Keinem Geringeren als Spock war diese Vereinigung gelungen, und zwar mit einer gefährlichen schwebenden Maschine namens ›Nomad‹. Wenn Spock dazu in der Lage gewesen war, und wenn es sich hierbei tatsächlich um eine technische Apparatur handelte, die Verbindung mit ihrem Geist aufnahm …

Du …

Beim ersten Kontakt hatte sie instinktiv die Hand zurückgezogen, doch nun wappnete sie sich und legte die offene Handfläche auf die Scheibe. Sie öffnete vorsichtig ihren Geist und spürte gleichzeitig eine mentale Berührung.

Du … hörst uns … du bist … da … trotz der langen Zeit …

Sie spürte, wie eine Kraft unbekannter Herkunft immer tiefer in ihren Geist einzudringen versuchte. Aber sie blieb natürlich vorsichtig und erhielt ihre mentale Abschirmung aufrecht, damit der andere ›Geist‹ ihr nicht zu nahe kommen konnte.

»Ich höre dich«, antwortete sie. Sie hatte laut gesprochen, um die mentale Projektion dieses Gedankens zu unterstützen.

Dann explodierte ihr Kopf.

Die Reaktion war so heftig und überwältigend, dass ihre Abschirmung wie ein Kartenhaus zusammenbrach. Soleta riss die Hand von der Scheibe zurück, doch der körperliche Kontakt war gar nicht mehr notwendig, da das fremde Etwas längst in ihren Geist eingedrungen war. Sie fiel auf den Rücken und zuckte, während sie all ihre Kraft einsetzte, um den Eindringling aus ihrem Schädel zu treiben.

Sie rollte sich herum und kroch auf den Ellbogen fort.

Sie wollte zum Höhleneingang, als würde sie spüren, dass sie außer Gefahr wäre, wenn sie die Höhle verlassen konnte. Doch ihr Geist wurde immer schwerfälliger, und ihr Körper schien gleichermaßen kaum noch in der Lage zu sein, die Muskelbewegungen zu koordinieren. Sie versuchte, genügend Luft in ihre Lungen zu bekommen, um Janos zu alarmieren, aber es gelang ihr nicht; sie brachte keinen einzigen Laut hervor. Ihre Finger tasteten verzweifelt nach ihrem Kommunikator, aber nicht einmal für diese einfache Aufgabe brachte sie die nötige Körperbeherrschung auf. Stattdessen riss ihre zuckende, taube Hand den Kommunikator ab, sodass er klappernd auf den Höhlenboden fiel. Dummerweise landete er auf der Kante und rollte ein gutes Stück davon – im Grunde nicht sehr weit, aber für Soleta hätte er sich genauso gut im Alpha-Centauri-System befinden können.

Komm zu mir … so viel Zeit ist vergangen und ich sehne mich nach Gesellschaft, wie jeder meiner Art …

Deiner … Art? Es kostete sie bereits eine gewaltige Anstrengung, nur diese zwei Worte zu denken.

Komm zu mir … Ja? Du wirst … zu mir kommen?

Sie erkannte, dass sie ohnehin nichts mehr zu verlieren hatte, da es für dieses Wesen kein Problem zu sein schien, ihr Gehirn zu Asche zu verbrennen. Also brachte sie ein einziges Wort heraus: »Ja.«

Dann komm zu mir … jetzt …

Sie hatte keine Ahnung, warum sie es tat, aber aus irgendeinem Grund griff Soleta nach dem Beutel, den sie mitgebracht hatte. Auch wenn es unlogisch war, stellte er für sie so etwas wie einen Rettungsanker dar, der ihr Leben schützte. Es erforderte ihre ganze Willensenergie; sie musste sich mit aller Kraft gegen die Vorstellung stemmen, dass sie sich nicht mehr bewegen konnte. Ihre Finger verfehlten das Ziel um wenige Zentimeter, dann gab sie sich einen weiteren Ruck und konnte die Finger um den Tragriemen schließen. Sie zog den Beutel näher heran …

Dann spürte sie, wie sich plötzlich unter ihr der Boden auftat.

Es war eine äußerst sonderbare Empfindung, als wäre das Gestein mit einem Mal weich geworden, wie Treibsand. Ganz anders als eine Falltür, die aufklappte und sie in einen unterirdischen Raum stürzen ließ. Es war, als würde der Boden unter ihr … schmelzen, nichtexistent werden, um über ihr wieder feste Gestalt anzunehmen. Und sie wurde mit der Gewalt einer Meeresströmung nach unten gezogen. Beine, Hüften und Rumpf waren bereits verschwunden, bevor sie in der Lage war, die Vorgänge geistig zu verarbeiten. Sie hatte die Arme über den Kopf gestreckt und in der letzten Sekunde glitt ihr der Riemen des Beutels aus der Hand. Sie bemerkte es nur am Rande ihres Bewusstseins, da die Gedanken ihres unbekannten und unbegreiflichen Widersachers immer noch durch ihren Schädel tobten und sie keine Möglichkeit hatte, sich seiner zu erwehren. Sie versuchte den Mund zu öffnen, um nach Janos zu rufen, aber es war, als hätte etwas das Sprachzentrum ihres Gehirns gelähmt. Die fremden Gedanken waren so mächtig, dass sie ihnen nichts entgegenzusetzen hatte.

Das Ungewöhnliche daran war, dass es sich keineswegs um Bilder oder individuelle Gedanken handelte. Es war vielmehr ein überwältigender Drang, ein Trieb und Soleta wich instinktiv davor zurück. Sie wollte die mentale Verbindung trennen. Aber sie steckte viel zu tief drin und es war so schnell geschehen, dass sie in der Falle saß, bevor sie sich ihrer Lage bewusst werden konnte. Sie wollte flüchten, doch von allen Seiten wurde sie mit Gedanken bestürmt: *Bleib bei mir! Du darfst mich nicht mehr verlassen! Du musst bei mir bleiben! Bleib für immer und ewig und alle Zeit …* Doch eigentlich waren es gar keine formulierten Worte, sondern nur ihre Interpretationen des intensiven Bedürfnisses, das in ihre Seele drang und danach strebte, sie völlig zu vereinnahmen.

In der letzten Sekunde, bevor ihr Kopf verschwand, wurde ihr plötzlich klar, dass sie keine Ahnung hatte, wohin sie befördert wurde oder wie viel Zeit sie unter der Oberfläche des Planeten verbringen würde. Als allerletzte Maßnahme holte sie noch einmal tief Atem, auch wenn keine Aussicht bestand, dass ihr das irgendetwas nützen würde. Sie füllte ihre Lungen mit Luft, dann verschwand sie gänzlich im felsigen Boden.

Die Gesteinsschichten zogen an ihr vorbei und sie fragte sich, wie in aller Welt sie noch etwas sehen konnte, während sie immer tiefer nach unten gezogen wurde. Schließlich gab es hier kein Licht mehr. Vielleicht konnte sie auf irgendeine mentale Weise sehen oder ihr Sehvermögen wurde durch einen unbekannten Effekt unterstützt.

Allerdings war sie nach wie vor körperlich existent. Daran bestand kein Zweifel, denn sie spürte, wie die Luft in ihren Lungen brannte. Sie hielt die Lippen fest verschlossen und versuchte, wissenschaftlich zu analysieren, was sich ereignete. Die allmähliche Anreicherung ihrer Atemluft mit Kohlendioxid vermittelte ihr das Bedürfnis, die Lungen zu entleeren. Es war lediglich eine Frage der Willenskraft, sich mit dem Mittel der Vernunft bewusst zu machen, dass ein Versuch, neue Atemluft zu schöpfen, an Selbstmord grenzte. Diese Option bestand gegenwärtig nicht und sie musste wohl oder übel noch eine Weile durchhalten. Doch weder ihre Lungen noch ihr Gehirn schienen vernünftigen Argumenten zugänglich zu sein, sodass es nur eine Frage der Zeit war, bis sie in diesem Konflikt unterlag.

Sie öffnete den Mund und entließ die verbrauchte Luft, während sie gleichzeitig überzeugt war, damit ihren letzten Atemzug getan zu haben.

In diesem Moment bemerkte sie, dass ihre Beine offenbar nicht mehr im Gestein steckten. Sie konnte sie frei bewegen, dann lösten sich schließlich auch ihr Kopf und ihre Arme aus dem Fels. Ihre Abwärtsbewegung ging sanft in einen freien Fall über. Doch zum Glück fiel sie nicht tief. Als ihre Füße den Boden berührten, ließ sie die Muskeln erschlaffen, dann rollte sie sich ab, um die Energie des Aufpralls zu absorbieren.

Die mentale Attacke ging mit unverminderter Kraft weiter. Ihr Körper zitterte, als sie mit den Empfindungen der Einsamkeit, der Sehnsucht und des Verlangens bombardiert wurde … mit einer ganzen Kakophonie verschiedenster Bedürfnisse.

Soleta sammelte ihre psychische Energie und konzentrierte sie zu einem Ball, den sie geistig visualisierte, dann ließ sie den Ball in alle Richtungen explodieren und schrie mit aller Kraft ihrer Gedanken: ***»LASS MICH IN RUHE!«***

Dann … hörte es plötzlich auf.

Sie war jedoch viel zu misstrauisch, um davon auszugehen, dass es wirklich vorbei war. Hastig rappelte sie sich auf und hob die Arme, um auf einen möglichen Angriff gefasst zu sein.

Vor ihr stand ein Vulkanier, der bereit schien, sich auf sie zu stürzen.

Janos schreckte aus dem Schlaf hoch.

Er war sich nicht sicher, was ihn alarmiert hatte, aber irgendetwas hatte ihn geweckt. Er hatte keine Schwierigkeiten damit, es einem elementaren tierischen Instinkt zuzuschreiben. Dieser Instinkt hatte ihn veranlasst, mit einem tiefen Knurren aufzuwachen. Dann kletterte er nicht etwa vom Felsvorsprung, an dem er hing, sondern sprang hinunter, drehte sich in der Luft und landete auf den Füßen, die Krallen ausgefahren und die langen Zähne gebleckt. Er sah sich suchend nach allen Seiten um, konnte aber nichts entdecken, was seine Instinktreaktion ausgelöst hatte.

»Soleta!«, rief er und wartete auf eine Antwort. Als keine kam, rief er den Namen ein zweites Mal. Sicherheitshalber aktivierte er seinen Kommunikator, falls sie einfach nur außer Hörweite war. »Janos an Soleta.« Als er auch diesmal keine Antwort erhielt, murmelte er: »Potztausend!«

Mit geblähten Nasenflügeln prüfte er die Luft und hatte kurz darauf Soletas Witterung aufgenommen. Er folgte der Spur und knurrte verärgert vor sich hin. Es war schlimm genug, dass Captain Calhoun verschwunden war, während Zak Kebron ihn im Auge behalten sollte. Dieses Versagen hatte dem steinernen Kebron schwer zugesetzt, da ihm Misserfolge äußerst zuwider waren. Um so wütender war Janos, dass er seiner Müdigkeit nachgegeben hatte, und Soletas Zuversicht, sie könne eine Weile auf sich selbst aufpassen. Offensichtlich war es nun doch zu einem Problem gekommen und er hatte nicht die geringste Ahnung, was die Ursache sein konnte. Aber er würde es sehr schnell in Erfahrung bringen.

Er bemerkte, dass die Spur direkt in Ontears Höhle führte, was ihn keineswegs überraschte. Obwohl sie die gesamte Region erkundet hatten, wurde Soleta immer wieder von diesem Ort angezogen, als hätte sie irgendwie gespürt, dass sich dort die Antworten auf all ihre Fragen verbargen. Und Janos hätte ahnen müssen, dass sie dort in Schwierigkeiten geraten würde, wenn es zu Schwierigkeiten kam. Die Vergangenheit und die Wahrheit neigten im Allgemeinen dazu, ihre Geheimnisse nur gegen einen hohen Preis zu offenbaren.

Janos hielt nicht viel von Waffen. Er fühlte sich wohler, wenn er seine Körperkraft und seine Klauen einsetzen konnte. Doch in diesem Fall entschied er, dass es an der Zeit war, auf Nummer sicher zu gehen.

Er zog seinen Phaser. Dabei handelte es sich um eine Spezialkonstruktion, deren Bedienungselemente auf die Größe seiner Hand zugeschnitten waren. Mit einem Schalter entsicherte er die Waffe und betrat vorsichtig die Höhle. Am Eingang wartete er einen Moment ab, bis sich seine Augen an die geringere Helligkeit angepasst hatten. Sein Nachtsichtvermögen war ausgezeichnet, sodass es nur wenige Sekunden dauerte, bis er das Innere der Höhle klar und deutlich erkennen konnte.

Langsam ging er weiter. Seine Fußkrallen verursachten auf dem felsigen Boden klickende Geräusche und sein Kopf drehte sich von links nach rechts. Sein gelenkiger Hals ermöglichte ihm eine Beinahe-Rundumsicht von 300 Grad. Er hielt den Phaser locker in der Hand und rief jetzt nicht mehr Soletas Namen. Stattdessen vertraute er darauf, dass seine Instinkte ihn zu ihr führen würden. Außerdem war er besorgt, mögliche Feinde aufmerksam zu machen, wenn er weiter nach ihr rief.

Sein Blick wurde von einem kleinen metallischen Gegenstand angezogen – Soletas Kommunikator. Er ging in die Knie, hob ihn auf und drehte ihn zwischen den Krallen, wie ein Zauberer, der Kunststücke mit einer Münze vorführte. Dann sah er noch etwas … einen Beutel. Sofort erinnerte er sich, dass Soleta diesen Beutel mit sich geführt hatte.

Er wollte ihn aufheben, musste jedoch zu seiner Überraschung feststellen, dass es nicht ging. Die Tasche ließ sich zwar ein Stück anheben, doch dann war Schluss. Es war, als würde der Riemen am Boden festkleben. Er sah genauer hin und bemerkte, dass ein Teil des Riemens im Boden zu stecken schien.

»Heiliger Strohsack!«, sagte er nachdenklich. Er zog noch einmal daran, um ganz sicher zu gehen, dass sich der Riemen wirklich nicht herausziehen ließ. Dann hockte er sich neben die Stelle und untersuchte sie. Er hatte damit gerechnet, dass der Boden von weicher Konsistenz war, doch es handelte sich um solides Gestein. »Es könnte sich um eine Art inverser Phasenwandlung handeln«, murmelte er. »Ein Effekt, der den Fels an dieser Stelle de- und rematerialisiert hat.« Er legte keine besondere Hektik an den Tag, denn falls Soleta tatsächlich im Boden versunken und von Gestein umschlossen war, konnte sie ohnehin nicht mehr am Leben sein. Bei der Rettung von Verstorbenen bestand nur selten Anlass zur Eile. Und wenn das Opfer noch lebte, konnte überstürzte Hast ihm leicht zum Verhängnis werden. Angesichts der Umstände war in jedem Fall äußerste Vorsicht angeraten.

Einen halben Meter weiter befand sich etwas Glänzendes im Boden. Doch er hielt sich davon fern, weil er befürchtete, es könnte sich um eine Vorrichtung handeln, mit der die Falle ausgelöst wurde, die Soleta verschlungen hatte. Er beschloss, diese Stelle gänzlich zu ignorieren, da seine Hauptsorge der Frage galt, wohin sie verschwunden war, und nicht, wie das geschehen konnte.

Er klopfte auf den Höhlenboden. Als keine Reaktion erfolgte, sagte er vorsichtig: »Sesam öffne dich!« Doch auch diese Methode erwies sich als wirkungslos. Er seufzte und aktivierte den Phaser. »Dann müssen wir es eben auf nicht ganz so behutsame Weise probieren.«

4

Soleta machte sich auf einen Angriff gefasst, da der Vulkanier allem Anschein nach feindselige Absichten hegte.

Ihr Gegner war nicht besonders gut zu erkennen, da die Luft durch Nebel oder Rauch getrübt schien. Aber nun sah sie zumindest, dass es sich um eine Frau handelte. Ihre Haltung war genauso kampfbereit wie die Soletas. Sie bewegte sich nach links, nach rechts und zurück … genauso wie Soleta.

Sie hielt inne und hob eine Hand, um zu winken. Ihr Gegenüber winkte zurück.

»Das war nicht unbedingt eine meiner genialsten Leistungen«, murmelte sie.

Langsam näherte sie sich der spiegelnden Oberfläche und legte den Kopf schief. Zuerst hatte sie gedacht, der Spiegel bestünde aus Metall, ähnlich wie die Scheibe, die sie berührt hatte, kurz bevor sie in diese Bedrängnis geraten war. Doch nun erkannte sie, dass es sich um eine Art Gestein handeln musste, das irgendwie auf Hochglanz poliert worden war, ähnlich wie Marmor.

Sie zog ihren Tricorder aus dem Gürtel und richtete ihn auf die Fläche. Sie betrachtete die Anzeigen, runzelte die Stirn, justierte das Gerät neu und versuchte es ein zweites Mal. Ärgerlich versetzte sie dem Tricorder einen Stoß mit dem Handballen. Dann richtete sie die Sensoren auf sich selbst, und gehorsam spuckte das Gerät die erwarteten Daten aus. Sie löschte die Daten und richtete es wieder auf die Wand.

Doch auch diesmal erhielt sie keine Werte. Für den Tricorder existierte diese Wand einfach nicht.

Sie zögerte, die Fläche zu berühren, denn das letzte Mal, als sie etwas berührt hatte, war sie in diese schwierige Situation geraten – ganz zu schweigen von der kommunikativen Sturzflut, der sie sich nicht hatte erwehren können. Als sie in diesem unterirdischen Raum gelandet war, hatte der mentale Kontakt auf mysteriöse Weise genauso plötzlich aufgehört, wie er begonnen hatte. Durch die Berührung mit einer anderen Oberfläche mochte er wieder einsetzen oder sogar etwas viel Schlimmeres ausgelöst werden. Aber es sah ganz danach aus, dass ihr kaum etwas anderes übrig blieb.

Zaghaft streckte sie die Hand aus und beobachtete ihr Spiegelbild, das erwartungsgemäß genau dasselbe tat. Doch dann ging ihre Hand einfach durch die reflektierende Fläche hindurch.

Unmöglich, dachte sie. Dann sagte sie laut: »Unmöglich. Wenn hier gar keine Wand ist, wenn es nur eine Illusion ist, dann kann es auch kein Spiegelbild von mir geben. Das Licht würde nicht zurückgeworfen werden, sondern hindurchgehen. Licht kann nur von tatsächlich existierender Materie gespiegelt werden.«

Sie wiederholte das Experiment und wieder tat ihr Spiegelbild genau dasselbe. Es war, als würde sie in eine Nebelwand greifen, in der nichts Greifbares zu spüren war. Sie zog die Hand zurück.

Das Spiegelbild wiederholte die Bewegung, allerdings ein paar Sekunden später als sie.

»Das ist verrückt«, murmelte sie. Sie dachte für einen Moment über die Situation nach, dann trat sie durch die Wand hindurch. Bei diesem Vorgang war weiter nichts zu spüren, doch als sie sich umdrehte, hörte sie plötzlich ihre eigene Stimme. Nein … sie hörte sie nicht nur, sondern fühlte sie auch. Ihre Stimme schrie mit beträchtlicher Lautstärke und Heftigkeit: *»Lass mich in Ruhe!«*

Sie wirbelte herum und sah – sich selbst. Sie war vielleicht zwei Meter entfernt, kauerte am Boden und wirkte recht mitgenommen. Soleta sah fasziniert zu, wie ihr Ebenbild auf die Beine kam, in ihre Richtung schaute und eine kampfbereite Haltung einnahm.

Sie erlebte diese Szene nun ein zweites Mal aus der anderen Perspektive. Gleichzeitig hatte Soleta automatisch und instinktiv dieselbe Haltung eingenommen. Nebenbei machte sie sich eine mentale Notiz, dass sie bei Gelegenheit ihre Fähigkeiten im *Kata* und anderen Disziplinen auffrischen sollte, da ihr die Bewegungen ihres anderen Ichs etwas lahm vorkamen.

Als die ›frühere‹ Soleta festgestellt hatte, dass sie gar nicht angegriffen wurde, schien sie sich zu entspannen. Soleta tat dasselbe. Und in diesem Moment erkannte Soleta, was geschah: Sie hatte es gar nicht mit einem Spiegelbild zu tun gehabt, sondern mit einer Art Zeitphantom, einem Echo dessen, was geschehen war und noch geschehen würde. Ein rätselhafter Fatalismus trieb sie nun dazu, dieselben Bewegungen auszuführen, die sie vor wenigen Augenblicken an ihrem Ebenbild beobachtet hatte. Schließlich konnte es nicht schaden, genau das zu tun, was sie bereits getan hatte, um sich nicht in Widersprüche zu verwickeln. Also trat sie gleichzeitig mit ihrem Ebenbild vor, hob die Hand und sah die Überraschung in der Miene ihres früheren Ichs, als es erkannte, dass die Fläche keineswegs ein Spiegel aus fester Materie war. Währenddessen dachte sie angestrengt darüber nach, in was für einer Situation sie sich befand und womit sie es hier zu tun hatte.

Mit großer wissenschaftlicher Neugier verfolgte sie, wie ihr früheres Ich kurz darauf die Entscheidung traf, die für Soleta bereits in der Vergangenheit lag, und durch die Wand schritt. Einen Moment lang fragte sie sich, ob ihr nun eine Doppelgängerin entgegentreten würde. Sie konnte sich lebhaft vorstellen, was geschah, wenn sie mit einer zweiten Version von sich selbst zur *Excalibur* zurückkehrte! Sie würde für jede Menge Gesprächsstoff und ›Reflexionen‹ sorgen und Scherze über das ›doppelte Solettchen‹ würden die Runde machen.

Aber ihr früheres Ich kam nicht auf die andere Seite und sie verstand sofort den Grund dafür. Es handelte sich gar nicht um eine Zeitmaschine, die sie körperlich von einem Ort an den anderen versetzte. Es war lediglich eine Art Bildschirm, der auf der einen Seite die Zukunft und auf der anderen die Vergangenheit zeigte. Es war eine recht verwirrende Anordnung, aber sie hatte nicht die Zeit, um gründlicher darüber nachzudenken. Sie musste versuchen, eine Lösung ihrer Probleme zu finden, bevor sie erneut zum Opfer einer mentalen Attacke wurde.

Sie war sich nicht sicher, ob nur ihre Einbildung am Werk war, aber sie hatte den Eindruck, dass der Nebel dünner wurde. Sie ging vorsichtig weiter und fand sich schließlich in einem Korridor wieder. Erneut setzte sie den Tricorder ein und diesmal registrierte das Gerät tatsächlich etwas. Ein Stück voraus befand sich eine langsam pulsierende Energiequelle. Die angezeigten Werte waren merkwürdig instabil und sie hatte keine Ahnung, was das bedeuten mochte, war aber bereit, das Rätsel zu erkunden, da schließlich genau das ihr Job war.

Genau vor ihr brachten sich zwei Leute gegenseitig um.

Sie hielt kurz inne, aber wirklich nur kurz, bis sie erkannte, dass sie wieder Bilder sah. Und diese schienen viel weiter zurückzuliegen als die paar Minuten, die sie in ihre eigene Vergangenheit geschaut hatte. Es waren zwei Zondarianer und sie trugen Kleidung, deren Mode sich erheblich von dem unterschied, was moderne Zondarianer zu tragen pflegten. Es war natürlich möglich, dass gewisse Teile der zondarianischen

Gesellschaft einem nostalgischen Modestil anhingen, aber Soleta hatte den starken Verdacht, dass sie wirklich eine Szene sah, die sich vor sehr vielen Jahren zugetragen hatte. Die beiden Kämpfer waren vermutlich Mitglieder der zwei Kasten, die sich über Jahrhunderte einen blutigen Bürgerkrieg geliefert hatten.

Das Bild bewegte sich an ihr vorbei, gefolgt von einem neuen. Eins nach dem anderen schwebte zu Boden, zur Decke oder zu den Wänden, während sich manche einfach in der Luft auflösten. Frauen bei der Geburt, Zondarianer im Gespräch, beim Essen, beim Kampf, beim Sterben. Den Szenen schien keine bestimmte Ordnung, kein Zusammenhang zugrunde zu liegen. Es war ... als würde sie einen freien gedanklichen Assoziationsfluss miterleben, vielleicht die Bilder eines Traumes.

Bitte nicht!, dachte sie. *Ich hoffe doch, dass sich diese Welt nicht als Traum eines schlafenden Giganten erweist, der schließlich erwacht und damit alles vernichtet. Etwas in der Art hatten wir schon einmal und es reicht wirklich, eine solche Geschichte nur ein einziges Mal zu erleben.*

Als sie um eine Ecke bog, hätte sie um ein Haar laut aufgeschrien. Im Grunde hätte sie sich deswegen keine Sorgen machen müssen, da sie allein war, aber manchmal ging es einfach ums Prinzip. Sie hatte etwas gegen Gefühlsäußerungen in großer Lautstärke. Es schickte sich nicht für eine Vulkanierin, auch nicht für eine, in deren Adern romulanisches Blut floss. Das hieß nicht, dass sie in dieser Hinsicht stets ein tadelloses Verhalten an den Tag legte, aber zumindest versuchte sie sich zu beherrschen.

Der Raum, den sie nun betrat, war so groß, dass sie kein Ende erkennen konnte. Und so weit das Auge reichte, bestanden die Wände wieder aus dem marmorähnlichen Material. Wieder sah sie sich selbst, doch diesmal war sie überzeugt, dass es tatsächlich Spiegelbilder waren, da der Tricorder den Wänden eindeutige Messwerte zuordnen konnte.

Doch es gab noch etwas anderes im Zentrum des Raumes – beziehungsweise dem, was sie für das Zentrum hielt, da ihr zu viele Parameter fehlten, um mathematisch einwandfreie Aussagen über die räumlichen Verhältnisse treffen zu können. Und dieses Etwas fesselte nun ihre ganze Aufmerksamkeit.

Es war eine Säule von unbestimmbarer Höhe. Sie hatte eine gewisse Ähnlichkeit mit den marmorähnlichen Wänden, auch wenn sie etwas weicher oder gar poröser wirkte. Vielleicht war sie sogar – und bei diesem Gedanken begann ihr Herz vor Aufregung zu rasen – *organisch?* Eine Art technisch-biologischer Organismus?

Die Säule war dunkelbraun, und als Soleta nach oben schaute, glaubte sie zu erkennen, dass sie sich in großer Höhe verzweigte. Es gab Kreuz- und Querverbindungen, die in alle Richtungen verliefen.

Und die Basis der Säule war von … *Strukturen* umgeben.

Es handelte sich möglicherweise um Geräte, die mit der Säule verbunden waren, die einen Teil von ihr bildeten, aber offenbar von ihr getrennt werden konnten. Die Formen und das Material waren äußerst unterschiedlich und Soleta war nicht in der Lage, auf ihre Funktionsweise zu schließen. Der Tricorder lieferte keine brauchbaren Informationen. Die Legierungen waren ihr sämtlich unbekannt und den äußeren Formen ließen sich keine bekannten Systeme zuordnen.

Die Energiequelle befand sich eindeutig im Innern der Säule, aber Soleta hatte keine Ahnung, was es mit dieser Anordnung auf sich haben mochte.

»Nein«, sagte sie dann. »Nein, das … stimmt nicht ganz. Ich habe so etwas schon einmal gesehen.« Dann versuchte sie sich zu erinnern, was es war. Die Tatsache, dass sie sich nicht sofort erinnerte, beunruhigte sie aufs Höchste. Normalerweise vergaß Soleta nichts, und in diesem Fall musste es irgendwo in ihrem Kopf einen Hinweis geben …

Plötzlich kam ihr ein neuer Gedanke, bei dem sich ihre Nackenhärchen sträubten. Sie wirbelte herum, als hätte man ihr einen körperlichen Schlag versetzt. »Was hast du mit mir gemacht?«, rief sie.

Keine Antwort.

»Was hast du mit mir gemacht?«, fragte sie erneut und diesmal erreichte ihre Verärgerung ein solches Ausmaß, dass sie jede Vorsicht vergaß und sich mit schnellen Schritten der Säule näherte. Sie blieb kurz davor stehen, verschränkte die Arme und sagte: »In meinem Geist fehlen bestimmte Informationen. Informationen, die für meine heutigen Entdeckungen relevant sind. Bist du für diesen Verlust verantwortlich? War das der Grund für die mentale Verbindung? Wolltest du sehen, was ich weiß und nicht weiß, um dann alle ›unangebrachten‹ Informationen zu löschen? Nun?«

Es gab immer noch keine Antwort, was sie nicht überraschte, da sie im Grunde gar nicht mit einer Reaktion gerechnet hatte. Sie klatschte in die Hände und rieb sie aneinander. »Also gut«, sagte sie. »Trotz meiner ersten Erfahrung schüchtert mich die Aussicht auf einen zweiten Kontakt zu dir nicht ein. Ganz gleich, was du dir in den Kopf gesetzt hast – oder wohin auch immer –, ich werde es tun.« Nach dieser Ankündigung legte sie die Hände auf die Säule.

Sie hegte keineswegs die Absicht, eine neue Bewusstseinsverschmelzung einzugehen. Dabei handelte es sich immerhin um eine komplizierte geistige Technik, die sich kaum zum Zweck der mentalen Vergewaltigung oder als Waffe einsetzen ließ. Sie war jedoch fest entschlossen, diesem Wesen, was immer es sein mochte, klar zu machen, dass es sie angegriffen hatte und dass sie davon alles andere als angetan war.

Die Oberfläche der Säule fühlte sich warm an, doch das überraschte Soleta nicht. Sie spürte, wie etwas … zurückzuckte … als wäre es überrascht, dass sie es wagte, sich ihm zu nähern.

»Dein und mein Geist verschmelzen«, sagte sie langsam. »Dein und mein Geist … verschmelzen.«

Geh weg!

Die Reaktion fiel recht energisch aus, was Soleta überraschte. In den zwei Worten schwang das Gefühl der Verdrossenheit und vielleicht sogar etwas Furcht mit. Zumindest war es nicht das, was sie erwartet hatte.

Du hast mich hierher gebracht. Warum sagst du mir jetzt, dass ich … weggehen soll?

Ich habe … einen Fehler gemacht … ich hätte dich nicht hierher holen sollen.

Wellen der Besorgnis schienen diese Worte zu begleiten. Langsam und vorsichtig drang sie geistig immer weiter vor. Sie hatte das Gefühl, von Finsternis umgeben zu sein, immer tiefer zu fallen, und überall blitzten irgendwelche Dinge in der Dunkelheit auf, wie eine Horde kleiner Kinder, die vor einem Fremden die Flucht ergriff.

Du wolltest Gesellschaft … du wolltest reden …

Geh weg!

Ich bin … hier … wir sind hier … Dein und mein Geist … verschmelzen, und wir werden eins sein … und du musst keine Angst haben.

ICH HABE KEINE ANGST!

Die Antwort kam mit solcher Heftigkeit, dass es Soleta fast umgeworfen hätte. Diesmal war sie jedoch auf alles vorbereitet, sodass sie auf den Beinen blieb und nicht den Kontakt zur Säule verlor.

Sag mir … wer du bist … was du bist.

Es steht dir nicht zu … mir Fragen zu stellen.

Wir sind eins … Wir sind verschmolzen … Du kannst dich mir nicht entziehen … Du hast mir etwas genommen … gib es mir zurück … und gib mir … was du vor mir verbirgst …

Ich … will dich nicht.

Doch … Du hättest mich nicht zu dir geholt … wenn du mich nicht gewollt hättest … Du bist der Grund, warum ich hier bin … Du willst … du willst …

»Was machen Sie denn hier?«

Die Stimme klang laut und empört und riss Soleta völlig aus der Konzentration, die zur Aufrechterhaltung des psychischen Kontakts nötig war. Sie blickte sich überrascht um und fühlte sich vorübergehend desorientiert, was keineswegs ungewöhnlich war, wenn man sich soeben aus einer Mentalverschmelzung gelöst hatte. Und angesichts der gegenwärtigen Umstände war ihre Reaktion erst recht verständlich.

Sie sah einen Zondarianer, der wenige Meter von ihr entfernt stand, aber sie sah auch, dass er mehrere Zentimeter über dem Boden zu schweben schien. Er ›ging‹ langsam auf sie zu, indem er die Füße bewegte, ohne dass sie den Boden berührten.

Er wirkte recht alt für einen Zondarianer, obwohl es ihr schwer fiel, zu einer zuverlässigen Einschätzung zu gelangen. Er war kahl wie alle Zondarianer und hatte die typische ledrige Haut, die glänzte, als wäre sie ständig feucht. Da Soleta jedoch überzeugt war, es mit einer Projektion welcher Art auch immer zu tun zu haben, konnte sie sich natürlich nicht hundertprozentig sicher sein, was die Hautbeschaffenheit oder andere Feinheiten zu bedeuten hatten.

Die Augen des Zondarianers lagen weit auseinander, und als er blinzelte, tat er es mit durchsichtigen Augenlidern. Wenn Vertreter seines Volkes im wahren Leben blinzelten, war ein sehr leises klickendes Geräusch zu hören. In diesem Fall jedoch geschah es lautlos –

womöglich ein weiterer Hinweis auf die Tatsache, dass er gar nicht wirklich vorhanden war.

»Wer sind Sie?«, wollte Soleta wissen.

»Ich habe zuerst gefragt«, erwiderte das Bild. Er ›ging‹ um sie herum, ohne sie aus den Augen zu lassen. »Werden Sie mir antworten?«

»Ich bin Lieutenant Soleta vom Raumschiff *Excalibur*«, teilte sie ihm mit.

Der Zondarianer hielt an und schien sie genauer zu mustern. »Raumschiff?«, fragte er.

»Ein Gefährt, mit dem man durch das Weltall fliegen kann.«

»Bemerkenswert«, sagte er leise. »Und Ihre Ohren – haben sie etwas mit dem Aufenthalt in einem Raumschiff zu tun? Sie sehen recht ungewöhnlich aus.«

»Ich bin Vulkanierin«, sagte sie. »Ein Volk vom Planeten Vulkan. Ich habe diesen Teil der Oberfläche Ihres Planeten erkundet, einen Bereich, der als ›Ontears Höhle‹ bezeichnet wird ...«

»Diese Bezeichnung ist mir geläufig«, erwiderte er mit einer Spur von Ungehaltenheit oder Arroganz.

»Ich wurde mental angegriffen und daraufhin gegen meinen Willen an diesen Ort verschleppt.«

Der Zondarianer wirkte ziemlich überrascht. »Ist das wahr?«, fragte er streng.

»Es besteht kein Grund für Sie, die Glaubwürdigkeit meiner ...«

Er winkte ungeduldig ab. »Ich habe nicht Sie gefragt«, entgegnete er mit leichter Belustigung. Dann wartete er ab, obwohl nicht ganz klar war, von wem er sich eine Antwort erhoffte.

Soleta trat einen Schritt auf ihn zu und neigte neugierig den Kopf. »Und wer sind Sie?«, erkundigte sie sich.

»Mein Name ist Ontear«, sagte er geistesabwesend, da er den Eindruck machte, als würde er auf etwas lauschen.

»Ontear. Der Ontear, der vor fünfhundert Jahren starb, als die Götter ihn auf mysteriöse Weise entrückten?«

Plötzlich hatte Soleta wieder seine ungeteilte Aufmerksam. »Wie bitte?«

»Ontear. Der berühmte Prophet und Seher, der von einem Wirbelsturm in den Himmel emporgehoben wurde – auch wenn die meisten das Phänomen nicht für einen gewöhnlichen Tornado, sondern für eine göttliche Erscheinung halten.«

Sein Gesicht zeigte sanfte Traurigkeit, als er fragte: »Das wird also mit mir geschehen?«

Soleta war ihm immer näher gekommen, doch nun blieb sie wie angewurzelt stehen. *Möglicherweise hast du gerade eine Zeitlinie zerstört*, teilte ihr Geist ihr mit. *Wenn du jemanden aus der Vergangenheit über seine Zukunft informierst … kannst du davon ausgehen, dass er versuchen wird, die Entwicklung zu verändern.* »Ich … weiß es nicht genau«, sagte sie langsam, während sie verzweifelt nach einer Möglichkeit suchte, das drohende Chaos zu vermeiden, das sie mit ihrer unbedachten Bemerkung ausgelöst hatte. »Die Berichte sind unterschiedlich, widersprüchlich und nicht eindeutig. Niemand kann sagen, was wirklich geschehen ist. Es gibt … verschiedene Möglichkeiten und …«

Doch er schüttelte nur den Kopf und beobachtete amüsiert, wie sie sich wand. »Sie müssen sich keine Sorgen machen, meine Gute«, sagte er. »Ich bin schon zu alt, um mich wegen solcher Dinge zu beunruhigen. Ich fürchte mich nicht vor meinem Schicksal – selbst wenn mich Gewalt und Tod erwarten. Ich kann Ihnen versichern, dass ich nicht versuchen werde, mich meiner Bestimmung zu entziehen und damit das empfindliche Gleichgewicht des Raum-Zeit-Kontinuums zu stören. Ich werde mein Schicksal genauso bereitwillig wie alles andere in meinem Leben annehmen.« Er seufzte. »Allerdings haben wir ein anderes Problem.«

»So?«, sagte Soleta.

»Ich fürchte, ja. Sie sind aufgrund einer Fehlfunktion an diesen Ort gelangt, meine Gute. Und wie Sie sicher längst geschlussfolgert haben, sehen Sie hier eine Technik, die eine perfekte Synthese aus lebenden und mechanischen Elementen darstellt. Doch keine Maschine – nicht einmal eine aus unserer Produktion – ist narrensicher. Und diese Maschine hier ist eindeutig defekt. Sie wurden hierher gebracht, obwohl es nicht hätte geschehen dürfen. Es handelt sich um eine Verwechslung mit …«

»Mit was?«, wollte Soleta wissen.

»Mit einer Geliebten«, sagte Ontear seufzend. »Erst später bemerkte die Maschine den Irrtum, aber da waren Sie bereits hier und … nun haben wir den Ärger.«

»Welchen Ärger?« Sie hatte nicht zum ersten Mal das Gefühl, dass sie nur einer Hälfte des Gesprächs folgen konnte, während sich die andere Hälfte völlig ihrem Verständnis entzog.

»Die Materialien, die Sie gesehen haben, die wertvollen Hinweise auf diese Technik, die Daten, die sie mit diesem … Gerät gesammelt haben. Wie heißt es?«

»Ein Tri …« Sie verstummte. Immerhin unterhielt sie sich mit einer Person aus der Vergangenheit. Sie hatte bereits einen furchtbaren Fehler begangen, als sie dem Mann verraten hatte, welches Schicksal ihm bevorstand. Sie wollte es auf keinen Fall noch schlimmer machen, indem sie weitere Informationen preisgab.

»Ein Tri …?«, hakte er neugierig nach.

»Ein … triftiger Grund, nicht mehr zu verraten«, sagte sie und musste selber staunen, wie elegant sie die Kurve gekriegt hatte.

»Ich verstehe«, sagte Ontear. Sie war sich nicht sicher, aber in seiner Miene schien sich eine Spur von Belustigung zu zeigen. »Wie dem auch sei. Jedenfalls hätten Sie all das hier nicht sehen dürfen. Also müssen wir dieses Problem irgendwie lösen.«

»Irgendwie.« Soleta dachte eine Weile über die verborgene Bedeutung dieses vagen Begriffs nach, dann fragte sie sehr zaghaft: »Wollen Sie damit andeuten, dass Sie beabsichtigen, mich zu töten?«

»Damit wäre das Problem kaum aus der Welt geschafft«, erwiderte Ontear. »Ich weiß nicht, welche Informationen Sie bereits an andere weitergegeben haben, die mit Ihnen auf diese Welt gekommen sind. Selbst wenn Sie niemals dorthin zurückkehren, woher Sie gekommen sind, könnten andere Leute auf die Idee kommen, Ihrer Spur zu folgen. Nein, ich würde sagen, dass Ihr Ableben keine der gegenwärtigen Schwierigkeiten verringern dürfte.«

»Das freut mich natürlich zu hören.« Trotzdem ließ sie keinen Augenblick in ihrer Wachsamkeit nach.

»Nein, ich fürchte, dass wir stattdessen diese gesamte Anlage zerstören müssen. Ihr Tod wäre damit lediglich ein bedauernswerter Nebeneffekt.«

In diesem Moment schossen plötzlich die vom Tricorder angezeigten Energiewerte in die Höhe. Der Grund war sofort und auf unangenehme Weise offensichtlich, da gleichzeitig die Säule aufglühte. Soleta spürte, wie der Boden unter ihren Füßen vibrierte, und die Energiewellen steigerten sich mit solcher Intensität, dass sie sie körperlich spüren konnte.

»Ich bedaure diese Entwicklung zutiefst«, sagte Ontear zu ihr. »Ich gebe zu, sie ist ungerecht – aber wann ist das Leben schon gerecht?«

»Halt!«, rief Soleta, aber es war schon zu spät. Ontear war wieder dorthin verschwunden, von wo er aufgetaucht war.

Als Soleta erkannte, dass ihr keine andere Wahl mehr blieb, rannte sie los, obwohl sie keine Ahnung hatte, wohin sie sich flüchten sollte. Hektisch stürmte sie durch den Korridor zurück, zur seltsamen Wand, die sie durchschritten hatte. Dahinter sah sie etwas, aber sie konnte es nicht genau erkennen, weil sie zu schnell lief.

Der gesamte Komplex wurde von starken Beben erschüttert. Als die marmorähnlichen Wände an ihr vorbeizogen, sah sie, wie sich darin Risse bildeten, und von oben fielen erste Trümmerstücke herab. Sie war nicht nur gezwungen, sich vor der drohenden Detonation in Sicherheit zu bringen, sondern musste außerdem zahlreichen Hindernissen ausweichen, die ihr den Weg versperrten. Ein Trümmerbrocken von der Decke streifte ihre Schulter. Trotzdem rannte sie weiter und hielt sich schützend die Arme über den Kopf.

Sie erreichte die Wand und durchdrang sie ein zweites Mal, als wäre sie gar nicht vorhanden ... was sie ja eigentlich auch gar nicht war. Auf der anderen Seite fand sie sich in einer Sackgasse wieder. Sie blickte verzweifelt nach oben und suchte nach einem Ausweg, doch der Eingang schien nun wieder aus festem Gestein zu bestehen. Die Erschütterungen wurden immer heftiger und nun hörte sie erste Explosionen.

Doch irgendwo im Hintergrund glaubte sie noch etwas anderes zu hören. Es klang wie ein schwaches Schluchzen, wie ein geisterhaftes Echo ihrer Verbindung mit dem telepathischen Wesen, das sie in diese Situation gebracht hatte. Dann verhallte das Geräusch in ihrem Geist und ließ nicht mehr zurück als Morgentau, der in der Sonne verdunstete.

Nun wurde ein weiteres Geräusch hörbar. Sie blickte auf und konnte es im nächsten Moment identifizieren. Es war schwach, aber es wurde immer lauter. Es klang wie ...

»Phaserfeuer?«, murmelte sie und riss die Augen auf, als sie erkannte, was es zu bedeuten hatte. Dann schrie sie sehr laut, sehr verzweifelt und auf sehr unvulkanische Weise: »Janos! Hier! Hier unten!«

Aber sie war überzeugt, dass er sie nicht hören

konnte, da der Explosionslärm alles andere übertönte. Sie legte die Hände auf die Ohren, um ihre Trommelfelle zu schützen, und versuchte sich auf den Beinen zu halten, aber die Erschütterungen warfen sie schließlich zu Boden. Sie rollte sich auf den Rücken und blickte nach oben …

Sie sah, wie sich die Decke genau über ihr erhitzte.

Soleta erkannte, dass ihr keine Sekunde mehr blieb, um zu reagieren. Hektisch robbte sie zur Seite, dann brach der Phaserstrahl durch die Decke. Im nächsten Augenblick krachten die Trümmer herunter und türmten sich zu einem meterhohen Haufen – genau dort, wo sie sich eben noch aufgehalten hatte.

Fähnrich Janos sprang durch das Loch und landete auf dem Trümmerhaufen. Erschrocken wich er zurück und starrte auf die Bescherung. »Soleta!«, schrie er.

Sie trat hinter seinen Rücken und tippte ihm auf die Schulter. Er wirbelte herum, die Zähne gefletscht und die Krallen erhoben. Plötzlich erinnerte Soleta sich daran, dass es keine sehr kluge Vorgehensweise war, Janos erschrecken zu wollen. Doch er erkannte rechtzeitig, mit wem er es zu tun hatte, und sagte mit unmissverständlicher Erleichterung: »Schön, Sie zu sehen!« Er hob seinen Phaser. »Nicht unbedingt das geeignetste Werkzeug für diese Aufgabe, aber es lässt sich benutzen.«

»Wie kommen wir hier heraus?«, schrie Soleta, um sich im Lärm verständlich zu machen.

Aus dem Korridor ertönte eine weitere Explosion – lauter und eindringlicher als die bisherigen, als hätte alles auf diesen Höhepunkt zugesteuert. Ein greller Lichtblitz folgte und es fühlte sich an, als würde die Luft brennen.

»Möglichst schnell, würde ich sagen!« Ohne weitere Erklärungen griff Janos nach ihrem Arm und warf sie sich über die Schulter. »Los geht's! Festhalten!«

Sie wollte gegen diese recht unfeine Behandlung protestieren, doch dann sah sie, dass etwas auf sie zukam. Es war wie eine heranrasende Flutwelle aus Energie und plötzlich hatte sie nichts mehr an der Idee auszusetzen, sich möglichst schnell und ohne ausführliche Diskussion von hier zu entfernen. Das Dumme war nur, dass sie keinen Schimmer hatte, wie sie das bewerkstelligen sollten.

Janos beantwortete diese Frage, indem er in die Hocke ging und mit ausgestreckten Armen hochsprang. Soleta zog den Kopf ein, da das Loch, das Janos in den Fels geschnitten hatte, nicht besonders weit war. Es hätte ihr beinahe den Kopf abgerissen, als sie sich durch den einzigen verfügbaren Fluchtweg aus dem Staub machten.

Der Tunnel verlief völlig senkrecht. Für einen Moment überlegte sie, warum Janos ihn nicht schräg angelegt hatte, was ihr den Aufstieg erleichtert und diese unwürdige Transportmethode erspart hätte. Doch dann wurde ihr klar, dass er entschieden hatte, den direktesten Weg zu nehmen, um keine Zeit zu verlieren. Ansonsten schien er darauf zu vertrauen, dass seine Kraft und Geschicklichkeit sie sicher an die Oberfläche bringen würden. Wenn sie bedachte, was er geleistet hatte und wie sich die Dinge entwickelten, gelangte sie zur Schlussfolgerung, dass jetzt kein guter Zeitpunkt war, seine Strategie zu kritisieren.

Janos kletterte zielstrebig nach oben. Er verzichtete auf seine üblichen Nettigkeiten, seinen gelegentlich beißenden Humor oder sonstige Plaudereien. Er widmete sich ganz der Aufgabe, dieser Zwangslage heil zu entkommen. Mit eindrucksvoller Kraft gruben sich seine Klauen in die Wände des Tunnels, an denen er sich immer höher hinaufzog. Er machte nicht den Eindruck, als würde er sich besonders verausgaben, er kletterte einfach zielstrebig weiter, ohne einen Moment lang zu zögern oder langsamer zu werden. Als er sich vollständig im Tunnel befand, setzte er auch die Krallen an den Füßen ein und konnte das Tempo noch einmal steigern.

Es gab keine Garantie, dass sie schnell genug entkommen würden, während die Luft von Sekunde zu Sekunde heißer wurde und eine gewaltige Energieentladung ankündigte, die sich hinter ihnen aufbaute und sie einzuholen drohte. *Wir schaffen es nie*, dachte Soleta entmutigt. *Es ist unmöglich, wir können es einfach nicht schaffen …*

Plötzlich waren sie im Freien. Janos stemmte sich aus dem Loch und lief zum Ausgang der Höhle weiter. »Kommen Sie!«, rief er Soleta zu, die losgelassen hatte und auf dem Boden gelandet war. Verdutzt bemerkte sie, dass Janos sich auf allen Vieren fortbewegte, wenn er es wirklich eilig hatte.

»Sofort!«, antwortete sie und hielt nur kurz inne, um ihren Beutel und Kommunikator aufzuheben, die nicht weit vom Loch entfernt am Boden lagen.

Dann kam es hinter ihnen zu einer gewaltigen Explosion, die Soleta von den Beinen riss. Sie wurde durch die Luft geschleudert und ruderte hilflos mit den Armen. Janos hatte erstaunlicherweise den Halt nicht verloren. Im Höhleneingang drehte er sich zu ihr um, während sie in seine Richtung flog. Er fing sie mit ausgebreiteten Armen auf, und bevor sie etwas sagen konnte, war er von der Felskante gesprungen, die den Eingang zu Ontears Höhle bildete.

Sie segelten mit Schwindel erregender Geschwindigkeit durch die Luft, dann absorbierten Janos' kräftige Beine die Wucht der Landung auf einem tiefer gelegenen Felsvorsprung, von dem sie seitlich abprallten. Soleta klammerte sich an Janos und blickte über seine Schulter auf Ontears Höhle, die sich über ihr im Berghang befand.

Die Höhle erzitterte einen Moment lang, dann kam der Ausbruch. Ein Feuerball breitete sich in alle Richtungen aus und sprengte die Höhlendecke weg. Überall regnete es Steine und eine Lawine aus Trümmern rollte den Hang hinunter. Soleta duckte sich und mehrere Brocken, die ihr mühelos den Schädel hätten spalten können, verfehlten sie um Haaresbreite. Ein durchschnittlicher Mensch wäre erblindet, wenn er genau ins Zentrum der Explosion geblickt hätte. Soleta empfand die Helligkeit als äußerst schmerzhaft, doch ihre vulkanische Biologie ermöglichte es ihr, den grellen Schein ein paar Sekunden lang zu ertragen, ohne dass ihre Augen Schaden nahmen. Die Energie schoss wirbelnd in die Höhe und bildete eine pilzförmige Wolke, die irgendwann so hell strahlte, dass selbst Soleta den Blick abwenden musste.

Wieder landete Janos auf dem Boden, diesmal jedoch nicht so elegant wie beim vorigen Mal. »Steigen Sie ab«, brummte er und sie ließ ihn los. Ein Schwall heißer Luft raste über sie hinweg und Janos zog sie an seine Brust, um sie mit seinem Körper abzuschirmen. Dabei stieß er einen brüllenden Schmerzensschrei aus, der noch ohrenbetäubender als der bisherige Explosionslärm war. Doch sie kniff die Lippen zusammen, denn schließlich hatte er ihr das Leben gerettet. Also wollte sie nicht undankbar sein und sich beschweren, obwohl ihr die Ohren schmerzten.

Die entfesselte Energie schien sich noch eine Ewigkeit über ihnen auszutoben – bis es irgendwann still wurde, einfach so. Trotzdem kauerten sie sich noch eine ganze Weile nieder, als wollten sie nicht glauben, dass sie tatsächlich überlebt hatten. Langsam erhoben sie sich. Soleta trat zur Seite und blickte den Hang hinauf, wo sich die Höhle befunden hatte. Die Explosion hatte nicht nur Ontears Höhle ausgelöscht, sondern die ganze nähere Umgebung eingeebnet.

Unverzüglich holte sie ihren Tricorder hervor und untersuchte die Gegend. »Was hoffen Sie hier zu finden,

Lieutenant?«, fragte Janos, während er sich den Staub aus dem Pelz klopfte.

»Irgendein Anzeichen, irgendeine Spur von …« Sie verstummte, als sie sah, dass Janos' Rücken große rote Flecken aufwies. »Fähnrich, Sie sind verletzt. In ihrem Rücken scheinen … mehrere Gesteinssplitter zu stecken.«

»Machen Sie sich deswegen keine Sorgen. Tun Sie Ihre Arbeit.«

»Fähnrich …«

»Lieutenant«, sagte er mit Nachdruck, »erledigen Sie die Arbeit, die Sie sich vorgenommen haben. Ich kann Ihnen versichern, dass kein Anlass zur Besorgnis besteht. Das sind nur Kratzer. Meine Schmerztoleranz ist wesentlich höher als die von Menschen oder Vulkaniern. Was Sie als schwere Verletzung wahrnehmen, spüre ich nicht einmal. Wirklich, wahrhaftig und ganz ehrlich, mir geht es bestens. Ich fühle mich putzmunter.«

»Wenn Sie meinen …«

»Mir könnte es nicht besser gehen.«

Soleta nickte knapp und ging endlich weiter. Sobald sie weit genug entfernt war, stieß Janos ein leises Stöhnen aus und biss die scharfen Zähne zusammen. Die Schmerzen waren so heftig, dass er sich nur mit Mühe bei Bewusstsein halten konnte. »Warum muss ich nur ständig so verdammt tapfer sein!«, knurrte er.

Unterdessen erkundete Soleta die Umgebung so schnell sie konnte, denn sie vermutete, dass Janos' Schmerzen viel schlimmer waren, als er zugeben wollte. Da die unterirdische Anlage vollständig zerstört war, existierten auch die unbekannten Kräfte nicht mehr, die bisher eine genauere Untersuchung verhindert hatten. Bedauerlicherweise gab es nun kaum noch etwas, das eine Untersuchung lohnte, da eben alles zerstört war.

Dann registrierte sie etwas. Zehn Meter zu ihrer

Rechten ortete der Tricorder einen metallischen Gegenstand. Sie lief zu der Stelle hinüber und sah ihn bereits im schwächer werdenden Sonnenlicht funkeln. Dort ging sie in die Knie und hob ihn auf.

Es war die Scheibe, die sich im Boden der Höhle befunden hatte und mit einem ungewöhnlichen Flammensymbol verziert war.

»Na so was ...«, murmelte sie, doch dann zuckte sie mit den Schultern. Immerhin hatte sie jetzt etwas in der Hand, das sie nach allem, was geschehen war, vorzeigen konnte. Dann kehrte sie über den Hang zu Janos zurück und tippte auf den Kommunikator, den sie inzwischen wieder an ihrer Uniformjacke befestigt hatte. »Soleta an *Excalibur*.«

»Hier Shelby. Sprechen Sie, Lieutenant.«

Soleta hob verwundert eine Augenbraue. »Commander. Es freut mich, dass sie inzwischen aus der Krankenstation entlassen wurden.«

»So ist es. Ihren Bericht, bitte!«

»Ich habe meine Untersuchungen abgeschlossen. Das Ergebnis war recht ... explosiv ... doch ansonsten lief alles verhältnismäßig reibungslos.«

»Sind Sie der Lösung des Geheimnisses näher gekommen?«

»Ein wenig«, sagte sie und drehte nachdenklich die Scheibe in der Hand. »Ich fürchte nur, dass es nun mehr Fragen als Antworten gibt.«

»Ich bin gespannt auf ihren ausführlichen Bericht. Sollen wir Sie jetzt raufholen?«

»Gerne, Commander. Soleta Ende.«

Schnell kehrte sie zu Janos zurück und legte ihre Hand auf die Stelle, wo sein breiter Hals in die Schultern überging. »Was machen Sie da?«, fragte er – etwas gereizter, als ihr lieb gewesen wäre.

»Eine Druckpunktbehandlung.«

Sie fand die Stelle, nach der sie suchte, und drückte

mit zwei Fingern zu. Sofort verschwand die Unruhe aus Janos' Blick und er sah sie verdutzt an. »Was haben Sie gemacht?«

»Die Schmerzimpulse unterbunden, die Sie möglicherweise verspüren. Ich bin mir selbstverständlich ihrer hohen Schmerztoleranz bewusst, aber Sie wirkten nichtsdestotrotz beeinträchtigt. Daher kam mir die Idee, dass Sie vielleicht nur versuchen, tapfer Ihre Schmerzen zu erdulden, statt Ihre Schwierigkeiten einzugestehen. Also hielt ich es für angemessen, Hilfe zu leisten, auch wenn Sie mich nicht darum gebeten haben. Ich hoffe, ich bin Ihnen nicht zu nahe getreten.«

Janos starrte sie an und wünschte sich in diesem Augenblick mehr als je zuvor, lächeln zu können. »Darf ich Ihnen etwas verraten, Lieutenant?«

»Was, Fähnrich?«

»Wenn Sie Klauen und ein dichtes weißes Fell hätten, wären Sie meine Traumfrau.«

Sie seufzte, während das Flimmern der Transporterstrahlen einsetzte, die sie aufs Schiff zurückholen sollten. Kurz bevor sie entmaterialisierten, sagte sie: »Sie ahnen gar nicht, Fähnrich, wie oft man so etwas schon zu mir gesagt hat.«

5

Momidianer bewegten sich weniger auf gehende, sondern eher auf kriechende Weise fort.

Sie waren verhältnismäßig klein gewachsen, vom allgemeinen Aussehen her durchaus humanoid, aber sie erinnerten mehr als nur flüchtig an Nacktschnecken, was die Körpergestalt betraf. Ihre Haut war so blass und hell, dass man ohne Schwierigkeiten ihre Blutgefäße erkennen konnte. Ihre Arme waren überraschend kräftig, wenn man bedachte, dass sie sehr dünn waren und eher nutzlos wirkten. Beine waren bei den Momidianern praktisch nicht vorhanden, bestenfalls rudimentäre Stummel, die die Evolution irgendwann aufgegeben hatte. Stattdessen schoben sie sich mit der kräftigen unteren Hälfte des Körper in wellenförmigen Bewegungen über den Boden. Ihre Gesichter waren im Großen und Ganzen rund und die Augen einheitlich orangerot. Die Nasen bestanden aus horizontalen Schlitzen und ihre Münder waren so schmal, dass sie sich kaum zu bewegen schienen, wenn die Momidianer sprachen.

Morgan Primus hatte einige Zeit gebraucht, um sich an dieses Volk zu gewöhnen.

Allerdings hatte sie nie damit gerechnet, *so* viel Zeit zur Verfügung zu haben.

Man hatte sie nicht in ein Gefängnis gesteckt, zumindest keins im herkömmlichen Sinn. Sie hielt sich nicht in einer Zelle auf, sondern in einer Suite, die sogar recht nett war und aus mehreren Zimmern mit bescheidenem

Mobiliar bestand, das allerdings auf momidianische Maße zugeschnitten war. In der ersten Woche war sie ständig irgendwo mit den Knien oder dem Schädel angeschlagen.

Sie hatte jetzt fünf Jahre Zeit gehabt zu lernen, sich in ihren Räumlichkeiten zurechtzufinden. Inzwischen kannte sie jeden Quadratzentimeter und war in der Lage, sich mit geschlossenen Augen darin zu bewegen. Sie hatte es sogar schon des Öfteren getan, nur um sich die Zeit zu vertreiben, auch wenn der Unterhaltungswert einer solchen Zerstreuung im Laufe der Jahre erheblich nachgelassen hatte.

Die Momidianer verhielten sich durchaus höflich und bezeichneten sie niemals als Gefangene, sondern als ihren Gast. Doch in praktischer Hinsicht war sie eine Gefangene – nicht zuletzt wegen der Halsfessel.

Sie ertastete das schmale unzerbrechliche Metallband, ohne bewusst zu registrieren, was sie tat. Mit der Zeit war es für sie beinahe so etwas wie ein permanentes Schmuckstück geworden und kaum noch ein Mittel der Freiheitsberaubung. Wenn Morgan auf die Idee kommen sollte, die Begrenzungen ihres Areals zu überschreiten, würde der Kragen einfach alle synaptischen Impulse unterbinden. Sie würde zusammenbrechen und ihr Gehirn würde verzweifelt Befehle an den Rest des Körpers senden, der sie jedoch nicht mehr empfangen konnte. Sie hatte es mehrere Male versucht und darauf vertraut, dass ihre Willenskraft groß genug war, um ihr die Flucht zu ermöglichen.

Sie hatte sich getäuscht. Und irgendwann hatte sie ihre Gefangenschaft als Tatsache akzeptiert, auch wenn sie sich niemals damit abgefunden hatte.

Sie hörte ein sich näherndes Geräusch, das vertraut klang. Sie hatte vier verschiedene Hauptgefängniswärter und inzwischen konnte sie jeden am charakteristischen Schleifgeräusch erkennen. »Sei gegrüßt, Kurdwurbel«, rief sie, noch bevor er um die Ecke gekrochen kam.

Kurdwurbel vollführte das seltsame Gesichtszucken, das bei den Momidianern einem Lächeln entsprach. »Sei gegrüßt, Morgan«, erwiderte er. »Wie geht es dir heute?«

»Nicht anders als gestern oder vorgestern. Und wie *kriecht* es dir?«

Kurdwurbel lachte. Unter den Momidianern galt das Pendant eines schallenden Gelächters als äußerst unfeines Benehmen, deshalb wurde sein Oberkörper nur leicht von stiller Belustigung geschüttelt. »Jeden Tag begrüßen wir uns auf dieselbe Weise, Morgan. Man sollte meinen, dass uns irgendwann einmal etwas Neues einfällt.«

»Nun, Kurdwurbel«, sagte sie und rückte sich auf dem Sessel zurecht, »wenn ich dich langweile, kannst du mich jederzeit gehen lassen. Aber da du fest entschlossen scheinst, mich für den Rest meines Lebens hier festzuhalten, betrachte ich es als mein gutes Recht, dich zu langweilen. Es liegt allein in deiner Hand.«

Er schüttelte den Kopf. »Nicht in meiner. Ich bin nur einer deiner Gastgeber, Morgan. Ein bescheidener Beamter. Es ist mir nicht erlaubt, meine Kompetenzen zu überschreiten und über das Schicksal anderer zu entscheiden. Sag mir, beunruhigt dich die Aussicht, den Rest deines Lebens hier zu verbringen? Immerhin wirst du nicht schlecht behandelt. Dein Aufenthalt wird dir schließlich mit allen Annehmlichkeiten versüßt.«

»Aber ich werde gezwungen, mich hier aufzuhalten, Kurdwurbel. Auch wenn es ein goldener Käfig ist, bleibt es ein Käfig. Ich vermisse meine Freiheit.«

»Freiheit ist ein abstrakter Wert. Du hast hier alle konkreten Werte zur Verfügung, die du dir wünschen kannst.« Er deutete mit einer ausladenden Geste auf die nähere Umgebung. »Ich frage mich, was ein vernunftbegabtes Individuum darüber hinaus noch begehren könnte.«

»Wenn du mich nicht zu den vernunftbegabten Lebewesen zählen möchtest – bitte.« Sie kniff leicht die Lippen zusammen und legte den Kopf schief. »In meinem Leben habe ich mir schon schlimmere Sachen anhören müssen. Ihr Momidianer seid ein sehr – entschuldige den Ausdruck – bodenständiges Volk. Ihr haltet nicht viel von spirituellen Dingen und Abstraktionen. Mein Volk ist da etwas anders veranlagt. Ich weiß auch nicht, warum, aber so ist es nun einmal. Wir brauchen etwas mehr als materielle Dinge und elementare Bedürfnisbefriedigung, um unseren Geist zu beschäftigen. Wir brauchen religiöse Vorstellungen, die uns Trost spenden oder durchs Leben führen, und wir brauchen persönliche Freiheit, um uns bewegen zu können, um zu wachsen und zu gedeihen. Wir brauchen die Möglichkeit, über Dinge nachdenken zu können, die keine konkrete Relevanz besitzen.«

»Aber warum? Das ergibt doch überhaupt keinen Sinn, Morgan«, sagte er und imitierte ihre schiefe Kopfhaltung. »Warum sollte man sich mit einer sinnlosen Sache beschäftigen?«

»Weil wir nur dann erkennen können, was sinnvoll ist, wenn wir uns auch um das kümmern, was *nicht* sinnvoll ist. Verstehst du es jetzt?«

»Ja, ein wenig, denke ich. Nun … eigentlich nicht«, räumte er ein.

»Und um deine Frage zu beantworten: Ja, es betrübt mich, wenn ich mir vorstelle, den Rest meines Lebens hier verbringen zu müssen, und zwar aus Gründen, die ich dir nicht einmal ansatzweise erklären kann.«

»Ich verstehe.« Er seufzte, was in seinem Fall ein seltsamer gurgelnder Laut war. »Morgan, ich war noch nie ein besonders origineller Denker. Aber ich hatte stets großen Respekt vor Leuten, die es sind. Ich werde die Gespräche mit dir sehr vermissen.«

Morgan war sofort hellwach. »Wie bitte? Was hast du gerade gesagt?«

»Bald kannst du diesen Ort verlassen, Morgan.«

Langsam erhob sie sich vom Sessel. »Kurdwurbel, du würdest deine alte Freundin Morgan doch sicherlich niemals anlügen, nicht wahr?«

»Dich anlügen?« Er wirkte aufrichtig gekränkt und legte eine Hand auf die Brust. »Morgan, glaubst du wirklich, dass ich dich nach all der Zeit anlügen würde? Ich mag viele Schwächen haben, aber die Unehrlichkeit gehört auf keinen Fall dazu. Was ich zu dir gesagt habe, war stets die Wahrheit, und während nun für uns der Zeitpunkt des Abschieds näher rückt, habe ich gewiss nicht die Absicht, etwas daran zu ändern. Erinnerst du dich noch, wie ich dir vor einiger Zeit erzählt habe, dass das Thallonianische Imperium auseinandergebrochen ist?«

»Ja«, sagte sie. »Aber aus deinem Mund klang es nicht besonders beunruhigend. Es schien sich lediglich um einen vorübergehenden Zustand zu handeln.«

Er schüttelte den Kopf. »Die Dinge haben sich anders als erwartet entwickelt. Der Planet Thallon ist vernichtet. Das Imperium existiert nicht mehr. Die Situation in der Galaxis hat sich grundlegend geändert, Morgan. Und wir Momidianer müssen uns darin einen neuen Platz suchen. Wir waren stets zuverlässige Verbündete der Thallonianer. Jetzt treten neue Mächte in unserem Raumsektor auf den Plan. Wir würden uns gerne mit ihnen verbünden, und du, meine liebe Morgan, bist eines der Mittel, mit denen wir dieses Ziel erreichen können.«

Misstrauisch kniff sie die Augen zusammen. »Einen Moment … Du hast doch gesagt, das ich freikommen werde.«

Er schüttelte den Kopf. »Du wirst diesen Ort verlassen, Morgan. Aber wir können dir nicht die Freiheit gewähren zu gehen, wohin du willst. Aber vielleicht kannst du dich darüber freuen, dass du zu deinem Volk zurückkehrst.«

»Mein Volk? Wie meinst du das?«

»In diesem Sektor hält sich ein Raumschiff auf, das die Vereinte Föderation der Planeten repräsentiert. Wir haben Kontakt mit dem Schiff aufgenommen, die Besatzung darüber informiert, dass du dich auf unserem Planeten befindest, und das Angebot unterbreitet, dich zu übergeben, wenn ein paar bescheidene Bedingungen erfüllt werden. Man hat sich damit einverstanden erklärt und gegenwärtig befindet sich das Raumschiff auf dem Weg zu uns, wie mir zu verstehen gegeben wurde.«

»Ein Raumschiff. Endlich!« Sie schüttelte erstaunt den Kopf. »Das kommt meiner Vorstellung von Freiheit schon recht nahe. Wenn es ein Föderationsschiff ist ...« Sie hielt inne. »Welches? Wie ist der Name dieses Schiffs?«

»Ich glaube, es wurde als *Excalibur* bezeichnet. Es soll sich um den Namen einer Waffe vom Planeten Erde handeln. Ein merkwürdiger Name für ein Raumschiff, wenn du mich fragst, aber mich hat niemand gefragt.«

»Die *Excalibur*! Das freut mich zu hören.«

»Es freut dich zu hören?« Er betrachtete sie verständnislos. »Ist es von großer Relevanz, um welches Schiff es sich handelt?«

»Nein, eigentlich nicht. Es ... erleichtert mich nur, dass es nicht die *Enterprise* ist. Mit ihr verbinde ich einige recht unangenehme Erinnerungen. Aber im Grunde ist es egal. Wenn es ein Raumschiff der VFP ist, bin ich so gut wie frei.« Sie klatschte mit unverhohlener Begeisterung in die Hände. »Ich werde frei sein, Kurdwurbel! Ich werde frei sein!«

»So scheint es. Übrigens habe ich hier noch eine Botschaft für dich.« Er reichte ihr einen kleinen Aufzeichnungschip. »Sie wurde vor weniger als zwanzig Minuten vom Kommunikationszentrum empfangen. Eigentlich sind es zwei Botschaften. Eine an unsere Regierung, der man mitteilte, dass man mit unseren Bedingungen einverstanden ist. Die zweite ist eine persönliche, an dich adressierte Nachricht.« Er deutete auf ein Abspielgerät an der Wand und kroch hinüber, um den Chip in den Leseschlitz zu stecken. »Sie stammt von der Assistentin des offiziellen Botschafters.«

»Wie bürokratisch! Ich fühle mich geehrt.«

Ein Gesicht erschien auf dem Bildschirm. Es war eine junge Frau mit ernster Miene und zurückgebundenem Haar. Morgan beugte sich interessiert vor. Die Frau kam ihr auf merkwürdige Weise bekannt vor. Das war natürlich extrem unwahrscheinlich. Dieses Mädchen schien Mitte zwanzig zu sein und Morgan hatte seit fast zehn Jahren keinen Kontakt zu Starfleet mehr gehabt.

»Hallo, Morgan«, sagte die junge Frau. »Ich bin's, Cheshire.«

Morgan schnellte quer durch den Raum, als wäre eine Feder entsichert worden. Sie schlug auf den Schalter der Maschine, ließ den Chip herausspringen und fing ihn mit der Hand auf. Dann wandte sie sich dem verdutzten Kurdwurbel zu, der sie fassungslos anstarrte.

»Ich will ein anderes Schiff!«

Kurdwurbel konnte nicht glauben, dass er sie richtig verstanden hatte. »Du willst ...?«

»Ein anderes Schiff, ja.«

Er schüttelte den Kopf. »Unmöglich.«

»Warum?«

»Weil es das einzige Föderationsschiff in dieser Gegend ist, Morgan.«

»Gut. Wenn ihr mich freilassen wollt, dann lasst mich einfach gehen. Ich werde mich selbst darum kümmern, wie ich von diesem Planeten wegkomme.«

»So einfach ist das nicht, Morgan.« Er konnte sich immer noch nicht vorstellen, was sie möglicherweise für ein Problem mit diesem Schiff hatte.

»Dann mach es einfach, Kurdwurbel. Du kannst es. Ich weiß, dass du es kannst. Du hast Freunde, du hast Einfluss, du hast ...«

»Morgan, vielleicht habe ich mich nicht deutlich genug ausgedrückt, obwohl ich mir alle Mühe gegeben habe. Ich habe in dieser Sache überhaupt nichts zu sagen. Deine Entlassung ist Teil einer wesentlich größeren Angelegenheit. Die *Excalibur* hat uns Hilfe angeboten, wenn wir dich übergeben.«

»Sie werden euch sowieso helfen«, sagte sie kategorisch und ging im Raum auf und ab. »Ohne Bedingungen. Dafür sind Starfleet-Schiffe da, dass sie herumfliegen und Leuten helfen! Sagt ihnen einfach, dass ich geflohen bin, aber bittet sie trotzdem um Hilfe. Sie werden euch helfen, darauf gebe ich dir mein Wort.«

Er stemmte die Hände in die Hüften und blickte sie mit tadelndem Ausdruck an. »Erstens verlangst du von uns, dass wir dem Wort einer Person vertrauen, die gar nicht mehr da wäre, um zu ihrem Wort zu stehen, sollte es zu Schwierigkeiten kommen. Und zweitens sind wir ein Volk, das zu seinem Wort steht. Wir haben dem Raumschiff mitgeteilt, dass wir dich ausliefern werden. Du möchtest doch nicht, dass wir am Ende als Lügner dastehen!«

»Ich möchte nur ...« Doch dann verstummte sie und riss sich zusammen. »Ich möchte nur nicht ... von diesem speziellen Schiff aufgenommen werden.«

»Diese junge Frau ... Sie scheint dich zu kennen. Wie war nochmal ihr Name? Cheshire? Du hast sehr heftig darauf reagiert.«

Morgan schwieg und Kurdwurbel musterte sie aufmerksam. »Ist Cheshire ein besonders gefühlsträchtiger

Name? Vielleicht ein besonders seltener … zumindest unter Menschen?«

»Es ist … kein gewöhnlicher Name, nein. Nicht so gewöhnlich wie John oder Bill oder …« Sie unterdrückte ein Lächeln, was sie sich irgendwann zur Gewohnheit gemacht hatte, da sie nur ungern überschwängliche Heiterkeit an den Tag legte. »Oder Kurdwurbel.«

Er sah sie skeptisch an. »Kurdwurbel ist ein häufiger Name in deinem Volk?«

»Ja, sicher«, antwortete sie im Tonfall absoluter Selbstverständlichkeit, sodass sie es einen Moment lang selbst glaubte.

Doch er schüttelte den Kopf. »Ich glaube, du versuchst nur, mich zu verwirren. Ja, ich bin mir ziemlich sicher. Das werde ich vermissen, Morgan, wie ich bereits sagte. Die Zeit mit dir war … höchst interessant.«

Sie dankte ihm mit einer leichten Verbeugung und er erwiderte die Geste. Doch er ließ keinen Zweifel daran, dass er sich nicht noch einmal vom Thema ablenken lassen wollte. »Zurück zu Cheshire. Du hast ungewöhnlich emotional reagiert, wie ich bereits erwähnte. Ansonsten bist du eher zurückhaltend, Morgan. Du zeigst nur ungern Gefühle; du scheinst sie eher für etwas Peinliches zu halten. Ich würde wirklich gerne den Grund erfahren, was dich zu einer solchen Reaktion veranlasst hat. Du weißt, dass ich eine große Faszination für dein Volk entwickelt habe – anhand deines Beispiels und deiner Schilderungen. Was hat es mit Cheshire auf sich?«

»Der Name hat mich nur an etwas erinnert«, sagte sie kühl und wandte sich von ihm ab. »Es ist ein Tier, die Cheshire-Katze … sie taucht in einem literarischen Werk auf, das den Titel *Alice im Wunderland* trägt. Die Cheshire-Katze spricht auf sehr verführerische Weise und verschwindet dann allmählich; ein Körperteil nach dem anderen wird unsichtbar, bis nur noch das Lächeln übrig bleibt.«

»Das Lächeln? Ich kann mir nicht vorstellen, wie so etwas möglich sein soll.«

»Nun, es ist eben ein Werk der Literatur.«

Kurdwurbel blickte auf den dunklen Bildschirm, der noch vor wenigen Minuten das Gesicht der jungen Frau gezeigt hatte. »Ich bin zwar alles andere als ein Experte für menschliche Mimik, Morgan, da ich bislang nur dich studieren konnte. Aber als Laie würde ich behaupten, dass diese junge Frau ein sehr attraktives Lächeln hätte, wenn sie geneigt wäre, es zu zeigen. Natürlich nur nach menschlichen Maßstäben attraktiv.«

»Natürlich«, pflichtete Morgan ihm nüchtern bei.

»Und wenn ich meine Phantasie einsetzen würde – was allerdings ein gewisses Problem ist, da ich eher phantasielos bin, wie du weißt –, dann würde ich meinen, dass ihr Lächeln sogar eine flüchtige Ähnlichkeit mit deinem hätte … wenn du jemals lächeln würdest.«

Sie kehrte ihm längere Zeit den Rücken zu, während sie überlegte, was sie darauf sagen sollte oder ob sie überhaupt antworten sollte. Als sie sich schließlich zu ihm umdrehte …

… war er verschwunden.

Am Boden sah sie eine feine Schleimspur, die jeder Momidianer zu hinterlassen schien. Doch sie trocknete sehr schnell und so bestand für sie kaum die Gefahr, darauf auszurutschen. Trotzdem war es ungewöhnlich, dass sich Kurdwurbel mir nichts, dir nichts aus dem Staub machte. Vielleicht hatte ihm der Sinn nach einem dramatischen Abgang gestanden. Oder er hatte erkannt, dass sie sich lieber allein mit ihrer Botschaft beschäftigen würde.

Sie starrte den Chip in ihrer Hand an und überlegte, ob sie ihn zu feinem Staub zertreten sollte. Doch dann wurde ihr bewusst, dass sie damit das Unvermeidliche nur hinauszögerte. Also steckte sie den Chip wieder in die Maschine und trat einen Schritt zurück.

Warum hatte sie dieses Gesicht nicht sofort wiedererkannt? Gut, es waren zehn Jahre vergangen und sie war damals kaum mehr als ein Kind gewesen, aber das Gesicht hatte sich fast nicht verändert. Etwas rundlicher, etwas reifer, aber das war auch schon alles.

Was sollte sie jetzt machen? Was zum Teufel konnte sie tun?

Sie wappnete sich und aktivierte den Nachrichtenchip. Zum zweiten Mal erschien das Gesicht von Robin Lefler auf dem Bildschirm.

»Hallo, Morgan«, sagte sie genauso wie beim ersten Mal. »Ich bin's, Cheshire. Ich kann mir vorstellen, dass du ziemlich überrascht bist, mich zu sehen. Vielleicht kannst du dir vorstellen, dass ich genauso überrascht war, als ich dein Bild gesehen habe. Wie konnte ich auch damit rechnen, dass meine liebe Mutter, die vor zehn Jahren starb, gesund und munter auf dem Planeten Momidium lebt, tief im Herzen des ehemaligen Thallonianischen Imperiums.«

Morgan wollte den Blick abwenden, aber sie konnte es nicht. Sie war vom Blick ihrer Tochter gebannt, in dem sich auf seltsame Weise kalte Wut und heiße Flammen des Zorns mischten.

»Nun«, sprach Robin weiter, »du bist sicher neugierig, was sich alles zugetragen hat, seit du … abgereist bist. Dad ist gestorben, zunächst stückweise, dann war er irgendwann ganz tot. Und ich bin bei Starfleet gelandet, wie du siehst. Und bis jetzt habe ich mich für ein Waisenkind gehalten.« Sie machte eine kurze Pause und schien noch über diesen Punkt nachzudenken, bis sie mit den Schultern zuckte. »Das war es im Großen und Ganzen, schätze ich. Die *Excalibur* ist unterwegs, um dich abzuholen. Dann haben wir die Gelegenheit, uns wieder kennen zu lernen. Ich bin mir sicher, dass du dich genauso darauf freust wie ich. Ich weiß nicht, wie es dir geht, aber ich …« Einen Moment lang sah es aus, als würde sie die Beherrschung verlieren, doch dann hatte sie sich wieder gefasst. »Im Augenblick weiß ich nur … dass du verschwunden bist … dass du Vater und mich allein gelassen hast … und dass ich um dich getrauert habe, obwohl alles nur ein böser Scherz war. Die letzten zehn Jahre meines Leben waren also eine einzige Lüge … Mutter, im Augenblick wünsche ich mir, ich wäre tot. Und ich hoffe, dass es dir genauso geht.« Damit endete die Aufzeichnung.

Morgan ließ sich langsam in einen Sessel sinken und starrte weiterhin auf den Bildschirm, obwohl jetzt nichts mehr darauf zu sehen war. Ihre Finger wanderten über ihren Brustkorb, als wollte sie ihr Herz massieren. Dabei spürte sie das kühle Metall des Medaillons, das sie um den Hals trug. Wieder einmal fragte sie sich, welchen Sinn das alles haben sollte.

Dann beugte sie sich vor und spielte die Botschaft noch einmal ab – und noch einmal und noch einmal. Es waren natürlich die letzten Worte, die sie am tiefsten trafen.

Im Augenblick wünsche ich mir, ich wäre tot. Und ich hoffe, dass es dir genauso geht.

»Mein liebes Kind«, sagte sie zum Bildschirm, »mir geht es in der Tat genauso. Aber leider lässt sich das Problem nicht auf so einfache Weise lösen.«

6

Dr. Selar lag auf ihrem Bett und streckte sich genüsslich wie eine Katze. Sie begann mit den Zehen und dehnte langsam die Wirbelsäule, reckte die Arme und Finger über den Kopf, so weit es ging, dann stieß sie einen wohligen Seufzer aus und erschauderte leicht.

Sie lag einfach nur da und nahm kaum das Rauschen der Dusche von nebenan wahr, während sie durch das Fenster ihres Quartiers die vorbeiziehenden Sterne beobachtete. Nicht zum ersten Mal wünschte sie sich einen anderen Ausblick. Die friedlichen Wüsten oder der herrliche rote Himmel von Vulkan wären jetzt eine willkommene Abwechslung. Obwohl sie sich eigentlich an die sorgsam aufbereitete Raumschiffatmosphäre gewöhnt hatte, sehnte sich ein Teil von ihr nach der trockenen Luft ihrer Heimatwelt.

Sie fragte sich, ob diese Empfindungen mit dem *Pon Farr* zusammenhingen. Ob es sich um einen Urtrieb handelte, der sie zur Heimkehr drängte, nachdem sie jetzt …

… schwanger war!

Sie spürte, dass sich ihr Gesicht auf seltsame Weise spannte. Muskeln bewegten sich, die nur selten aktiv wurden. Es dauerte eine ganze Weile, bis sie erkannte, was mit ihr geschah, und dann musste sie mit den Fingern ihr Gesicht berühren, um ihre Vermutung zu verifizieren.

Ja, tatsächlich: Sie lächelte! Ein breites, strahlendes Lächeln ohne jede Zurückhaltung zierte ihr Gesicht.

Für dieses Lächeln gab es keinen logischen Grund, aber sie lächelte trotzdem. Es fühlte sich an, als drohte ihre Gesichtshaut zu reißen. Sie war erleichtert, dass niemand sie sehen konnte, weil es eine äußerst peinliche Regung war. Sie kämpfte dagegen an, befahl ihren Muskeln, sich zu entspannen, aber diese alberne Grimasse wollte einfach nicht verschwinden.

Sie hörte, wie die Dusche abgestellt wurde, und nun gelang es ihr endlich, das Lächeln verschwinden zu lassen. Außerdem erlebte sie plötzlich die Gefühlsregung leichter Scham. Diese Empfindung hatte sie seit Tagen nicht mehr verspürt, und schon gar nicht, wenn Burgoyne in der Nähe war. Selar hatte ihre Lust recht hemmungslos ausgelebt, obwohl sie sich streckenweise gar nicht mehr genau erinnern konnte, was geschehen war. Sie wusste noch, wie sich Haut an Haut gerieben hatte, wie Burgoyne mit einer merkwürdigen Mischung aus Erschöpfung und Entschlossenheit auf sie herabgeblickt hatte, wie sich ihre Fingernägel in seinen/ihren Rücken gruben … Und sie erinnerte sich an viel Schweiß, was höchst ungewöhnlich war, da Selar normalerweise nicht schwitzte, und an eine gewaltige Hitze, als würden Sonnen explodieren und durch jede Pore ihrer Körper nach draußen strahlen … Und sie hatten gelacht! Selar hatte gelacht – ein Laut, den sie noch nie zuvor gehört hatte. Sie dachte daran, dass es eher ungewöhnlich war, nicht zu wissen, wie das eigene Lachen klang. Und sie hatte keine Grundlage für einen Vergleich; sie konnte nicht beurteilen, ob ihr Lachen gut oder idiotisch oder sonstwie klang.

Sie hatte tagelang Sex gehabt und sich für diesen Zeitraum von ihren Pflichten als Bordarzt beurlauben lassen – aus medizinischen Gründen. Schließlich konnte man sich den zwingenden Notwendigkeiten des *Pon Farr* nicht einfach entziehen. Sie wäre gestorben, wenn sie den Trieb nicht befriedigt hätte. In diesem Zeitraum war sie zur reinen Hedonistin geworden. Sie hatte Burgoyne immer wieder begehrt, nicht nur auf körperlicher Ebene. Sie hatte sich auch emotional mit ihm/ihr verbunden und eine Nähe verspürt, die sie niemals für möglich gehalten hätte. Sie hatte ihm/ihr vollständig vertraut; es hatte nichts gegeben, was sie ihm/ihr nicht hätte sagen können; es war …

Aber … wenn Selar wirklich so empfand, warum hatte sie sich dann jetzt bis zum Kinn zugedeckt? Warum verspürte sie nun eine gewisse Besorgnis, wenn sie daran dachte, dass Burgoyne jeden Moment aus dem Badezimmer zurückkommen konnte? Warum hatte sie plötzlich nicht den leisesten Schimmer, was sie zu ihm/ihr sagen sollte?

Vielleicht etwas über Energiewerte von Phasengeneratoren in Abhängigkeit von der Spulenkapazität. Selar war es gleichgültig und sie wollte auch gar nichts über dieses Thema hören. In ihrem triebhaften Zustand war es für sie einfach unwichtig. Burgoyne hatte versucht, sich mit ihr darüber zu unterhalten, aber Selar war viel zu sehr damit beschäftigt gewesen, ihm/ihr die Kleidung vom Leib zu zerren.

Auf jeden Fall hatte Burgoyne in den vergangenen Tagen praktisch doppelte Schichten gefahren. Er/sie war bei Selar gewesen und hatte sein/ihr Bestes gegeben, die scheinbar unersättlichen Bedürfnisse der Vulkanierin zu befriedigen; und wenn Selar ermattet eingeschlafen war, hatte er/sie sich irgendwie aufgerafft und den Dienst im Maschinenraum absolviert. Selar konnte sein/ihr Durchhaltevermögen nur bewundern. Im Grunde hatte Burgoyne viele bewundernswerte Eigenschaften. Sie hatte gehört, wie er/sie empört das Individuum verfolgt hatte, das für die Verletzungen verantwortlich war, die Selar sich auf Zondar zugezogen hatte. Er/sie hatte bei diesem Rachefeldzug eine erstaunliche Kondition, Tapferkeit und moralische Entrüstung bewiesen. Als sich die Geschichte anschließend im gesamten Schiff verbreitet hatte, waren Burgoynes Leistungen immer beeindruckender geworden. Dies war der letzte Anstoß gewesen, der Selars Widerstand gegen Burgoynes ›Reize‹ zum Einsturz gebracht hatte. Selar hatte sich ursprünglich den Captain als Sexualpartner ausgesucht und er hatte sich bereit erklärt, diese Aufgabe zu erfüllen, wenn auch nur widerstrebend. Burgoyne jedoch hatte Selar seit ihrer ersten Begegnung Avancen gemacht und im Kampf zwischen seiner/ihrer unglaublichen Hartnäckigkeit und ihren Hormonen, die sie zu einer Entscheidung drängten ... hatte Burgoyne schließlich gewonnen.

Ja, es ließ sich viel Gutes über Burgoyne 172 sagen, den Hermat und Chefingenieur der *Excalibur*. Andererseits ...

Selar wusste nicht genau, ob es ihr zustand, etwas zu sagen. Sie war sich nicht sicher, wie sie es formulieren sollte, wie sie über Emotionen reden sollte, weil sie sich allmählich wieder in ihre alte Persönlichkeit zurückverwandelte, für die solche Dinge einfach tabu waren.

Wenn ihr Partner ein Vulkanier gewesen wäre, hätte es keine Missverständnisse gegeben, weil beide vermutlich das Gleiche empfunden hätten. Burgoyne jedoch ... Burgoyne war ein Hermat. Er/sie hatte Vergnügen an Emotionen und offener Zuneigung. Für Selar waren diese Regungen so überwältigend gewesen, dass sie zu Anfang versucht hatte, sich davon zu distanzieren. Nun war sie in die andere Richtung gegangen und so intim mit ihm/ihr geworden, dass sie ihm/ihr nichts mehr verbergen konnte. Sie fühlte sich ... sie wusste auch nicht, wie sie sich fühlte. Sie wusste nur, dass sie emotional auf Distanz gehen wollte, wie es ein vulkanischer Partner ganz automatisch getan hätte. In dieser Hinsicht konnte sie Burgoyne überhaupt nicht einschätzen.

In diesem Augenblick kam Burgoyne aus dem Badezimmer. Er/sie rückte seine/ihre Uniform zurecht und schüttelte verwirrt den Kopf. Als er/sie bemerkte, dass Selar ihn/sie ansah, lächelte er/sie und entblößte die spitzen Fangzähne. »Fühlen Sie sich jetzt besser?«

Selar nickte, ohne den Blick von Burgoyne abzuwenden, während sie immer noch versuchte, mit den ungewollten Gefühlsempfindungen zurechtzukommen, die in ihr tobten.

»Ach ja … verdammt, ich habe es völlig vergessen, Selar … ich glaube, ich habe es kurz erwähnt, als ich zu Ihnen kam, bevor wir abgelenkt wurden …« Er/sie lächelte, doch als Selar keinerlei Reaktion zeigte, fuhr er/sie fort: »Das Problem im Maschinenraum. Worüber ich mit Ihnen reden wollte, die Energiewelle, die uns solche Rätsel aufgibt. Sie ist weg. Einfach verschwunden, ohne Vorwarnung. Wir hatten immer noch keine Ahnung, was es sein könnte, obwohl ich ein paar gewagte Theorien aufgestellt habe. Aber aus irgendeinem Grund lässt sich das Phänomen nicht mehr feststellen. Meine Leute haben daran gearbeitet, aber ich …«

»Ich bin schwanger«, sagte sie unvermittelt.

Burgoyne war einen Moment lang sprachlos. »Sind Sie … sind Sie ganz sicher?«, fragte er/sie schließlich, als er/sie sich wieder gefasst hatte.

Sie nickte langsam. »Es ist seltsam. Meine Mutter sagte mir, sie wäre sich meiner Existenz vom Augenblick meiner Empfängnis an bewusst gewesen. Sie behauptete, dass viele Vulkanierinnen dazu fähig seien. Ich war … skeptisch. Es kam mir äußerst unlogisch vor, da ich nicht verstand, wie es möglich sein sollte, ein … so kleines Lebewesen spüren zu können. Aber sie hatte Recht. Ich spüre es. Ich spüre es wie eine Erweiterung meiner Existenz – eins mit mir und doch getrennt. Es ist eine sehr eindrucksvolle Empfindung.«

Burgoyne ließ sie keinen Moment aus den Augen.

Er/sie trat zu Selar ans Bett, ging in die Knie und sagte: »Darf ich es ... fühlen?«

»Es gibt nichts zu fühlen«, erwiderte Selar sachlich. »Das Kind wird erst in sieben Komma fünf Wochen mit dem Tastsinn wahrnehmbar sein. Es besteht kein logischer Grund, warum Sie Ihre Hand auf meinen Bauch legen sollten.«

»Das mag sein. Aber ich möchte es trotzdem tun«, sagte Burgoyne tonlos.

Selar sah ihn/sie neugierig an. »Burgoyne, wir müssen miteinander reden. Es gibt einiges, das wir ...«

»Nein, das müssen wir nicht«, erwiderte Burgoyne. Er/sie stand auf und richtete noch einmal den Kragen der Uniformjacke. »Weil ich genau weiß, was Sie sagen wollen, weil es nämlich genau das Gleiche ist, was ich sagen will.«

»Ich verstehe nicht ganz«, sagte Selar.

»Gut, dann werde ich es Ihnen erklären. Wir hatten viel Spaß miteinander, Selar. Wir beide haben getan, was wir tun wollten und tun mussten. Und jetzt ist es an der Zeit, neue Dinge zu tun. Also ziehen wir einfach einen sauberen Schlußstrich. Ab jetzt sind wir wieder Arbeitskollegen, mehr nicht.«

»Wollen Sie ...?« Selar konnte immer noch nicht fassen, was sie gehört hatte. »Wollen Sie damit sagen, dass Sie nicht an einer Fortsetzung der Beziehung interessiert sind?«

»Natürlich nicht«, sagte Burgoyne. »Ich hatte gedacht, das sei völlig offensichtlich. Sie scheinen nicht viel über die Psychologie der Hermats zu wissen, Selar.«

»Ja, das haben Sie mir schon bei früheren Gelegenheiten gesagt«, erwiderte sie vorsichtig. »Welcher Aspekt Ihrer Psychologie ist in diesem Fall relevant, wenn ich fragen darf?«

»Wir eignen uns nicht für längerfristige Beziehungen.

Das liegt einfach nicht in unserer Natur. Wir Hermats sind eine Gesellschaft freier Geister. Wir sind nicht sehr monogam veranlagt. Wir bevorzugen häufig wechselnde Partnerschaften und möchten genießen, was das Leben zu bieten hat. Für Sie wäre es natürlich, sich in mich zu verlieben ...«

»Für mich?« Sie runzelte die Stirn. »Ich ... mich in Sie verlieben ...?«

»Nun, Sie standen unter dem Einfluss des *Pon Farr*. Sie konnten nicht mehr klar denken. Sie haben sich mir völlig ausgeliefert. Es wäre einfach natürlich für Sie, wenn Sie eine starke Zuneigung zu mir entwickeln, aber ich sage Ihnen jetzt, dass es sinnlos ist. Unsere Beziehung hätte keine Chance. Wir hätten nicht die Chance einer Chance.«

»Das finde ich ...« Sie suchte nach dem passenden Wort, da ›betroffen‹ oder ›schockiert‹ mehr Emotion enthielten, als sie ausdrücken wollte. »Es fasziniert mich, dass Sie es so empfinden. So habe ich Sie nicht wahrgenommen.«

»Mich wahrgenommen?« Er/sie lachte knapp. »Ich bin mir nicht ganz sicher, was Sie damit meinen.«

»Ich meine damit, dass ich ... dachte, Ihre Persönlichkeit bis zu einem gewissen Grad verstanden zu haben. Und nun scheint es, dass ich mich getäuscht habe. Ich betone ausdrücklich, dass es so scheint. Allerdings ...«

Burgoyne hob einen langen schlanken Finger, um sie zum Schweigen zu bringen. »War ich für Sie da oder nicht, als Sie bereit waren, Ihre Bedürfnisse zu befriedigen?«

»Es ist nicht ganz so einfach, wie ...«

»War ich da oder nicht?«, wiederholte er/sie geduldig.

»Sie waren da«, bestätigte sie.

»Und Sie wollten mir sagen, dass Ihnen der Gedanke an eine Fortsetzung unserer Beziehung nicht behagte.

Dass Sie sie in praktischer Hinsicht beenden wollten. Ist das richtig?«

»Die Angelegenheit ist etwas ...« Doch als Burgoyne sie wieder mit einer tadelnden Geste unterbrach, seufzte sie und sagte: »Auch in diesem Fall haben Sie im Wesentlichen Recht.«

»Verstehen Sie es jetzt, Selar?«, fragte Burgoyne, während er/sie zur Tür ging. Selar ließ sich unwillkürlich von seinem/ihrem leicht stolzierenden Gang beeindrucken. »Genau deswegen waren wir das ideale Paar. Jeder von uns wusste genau, was im Kopf des anderen vor sich geht. Ich war – und bin – alles, was Sie von einem Mann erwarten. Und von einer Frau.« Burgoyne hob zum Zeichen des Abschieds eine Hand, wandte sich ab und verließ das Quartier.

Selar saß noch eine Weile reglos da und staunte, wie einfach es gewesen war. Burgoyne hatte keinerlei Schwierigkeiten gemacht, sich nicht mit ihr gestritten, sondern war ihr sogar zuvorgekommen und hatte die Beziehung beendet, bevor daraus etwas Unangenehmes geworden wäre. Sie sollte froh sein, dass sich alles so problemlos entwickelt hatte.

Trotzdem wurde ihr aus einem unerfindlichen Grund plötzlich kalt. Sie legte eine Hand auf den Bauch und spürte, wie eine Wärme davon ausstrahlte.

Dann sah sie sich nach links und rechts um, als würde sie befürchten, irgendwer könnte sie beobachten – auch wenn diese Besorgnis völlig unlogisch war. Als sie sich überzeugt hatte, dass sie in der Tat ganz allein in ihrem Quartier war, gestattete sie sich erneut ein zufriedenes Lächeln.

Zuerst wollte sich Burgoyne direkt in sein/ihr Quartier begeben, aber es lag nicht in seiner/ihrer Natur, die Einsamkeit zu suchen. Außerdem hätte es für ihn/sie ausgesehen, als wollte er/sie sich verstecken, was gar nicht so unzutreffend war. Daher beschloss er/sie, die entgegengesetzte Richtung einzuschlagen, und suchte den am dichtesten bevölkerten Bereich des Schiffs auf, den es gab, nämlich den Freizeitraum.

Es herrschte viel Betrieb, was kein Wunder war, wenn man bedachte, dass die Tagschicht gerade ihren Dienst beendet hatte. Der Lärm schlug Burgoyne wie eine Explosionswelle entgegen. Er/sie sah sich gründlich um und entdeckte Robin Lefler und Si Cwan. Sie saßen allein in einer Ecke und Lefler schien sich sehr konzentriert mit Cwan zu unterhalten. Dann bemerkte er/sie den Captain und den Ersten Offizier, die ein angeregtes Gespräch zu führen schienen. Einen Moment lang zog Burgoyne in Erwägung, sich zu ihnen zu gesellen, doch dann fand er/sie den Menschen, nach dem er/sie gesucht hatte. Er saß allein an einem Tisch, nippte gelegentlich von einem Drink und starrte in den Weltraum hinaus, wie es seine Gewohnheit war. Es gab keine andere Person an Bord dieses Schiffs, die geistig abwesender war.

Burgoyne ging an die Bar und bestellte sich einen Scotch. Dann steuerte er/sie den Tisch an, wich Leuten aus, die zur Bar wollten oder mit Drinks zurückkehrten, und ließ sich in den freien Stuhl fallen. »Hallo, Fremder«, sagte er/sie.

Mark McHenry blickte mit leichter Überraschung zu ihm/ihr auf, dann lächelte er amüsiert. »Bist du raufgekommen, um etwas frische Luft zu schnappen?«

»Ich kann einen kräftigen Zug davon gebrauchen. Wie geht's dir. Hab dich lange nicht gesehen.«

»Wahrscheinlich, weil du lange nicht hier warst«, entgegnete McHenry.

Burgoyne beugte sich vor und stützte sein/ihr Kinn mit einer Hand ab. »Höre ich da einen leicht pikierten Unterton heraus, Mark?«

»Das kann nicht sein«, sagte er gelassen.

»Ich glaube«, erwiderte Burgoyne und beobachtete McHenry auf eine Weise, die an das Verhältnis zwischen einer Katze und einer Maus erinnerte – ein Blick, den McHenry häufig und zu seiner Verärgerung als äußerst attraktiv empfand –, »ich glaube, dass du auf unsere Bordärztin und mich eifersüchtig bist.«

»Du redest völligen Unsinn.«

»Ich glaube, du stellst dir vor, wie sie in meinen Armen liegt, und es macht dich wahnsinnig vor Neid. Ja, das glaube ich.« Jetzt hatte Burgoyne ein breites Grinsen auf dem Gesicht.

»Burgy«, sagte McHenry mit einem Seufzer, »wenn du dich mit deiner Vermutung irrst – was eindeutig der Fall ist –, dann verschwendest du nur deine Zeit. Und falls du damit Recht haben solltest, dann ist das, was du sagst, einfach nur ... wie könnte man es am besten formulieren?«

»Sadistisch? Niederträchtig?«

»Ich wollte so etwas wie ›idiotisch‹ sagen, aber deine Vorschläge passen auch ganz gut.«

Burgoyne musterte McHenry eine Weile schweigend, dann lehnte er/sie sich zurück. »Das ist jetzt sowieso egal. Dr. Selar und ich sind nämlich *pffft*.«

»Wie bitte?« Er starrte ihn/sie verdutzt an. »Diese Neuigkeit wurde noch gar nicht von der Gerüchteküche ausgegeben. Wann ist es passiert?«

»Gerade eben. Diese Entwicklung hat sich schon seit längerer Zeit angekündigt.«

»Seit längerer Zeit? Ihr wart nicht einmal eine Woche zusammen.«

»Wirklich? Mir kam es viel länger vor.«

»Nun, das ist ... das ist wirklich eine Überraschung, Burgy. Und eine Schande ... denke ich.«

Burgoyne wusste nicht genau, welche Bemerkung er/sie von McHenry erwartet hatte, aber bestimmt nicht so etwas. »Eine Schande? Wieso eine Schande?«

»Ich weiß nicht. Ich dachte nur, du hättest sie begehrt, regelrecht um sie gekämpft. Es sah so aus, als würde dir sehr viel an ihr liegen, mehr nicht.«

Burgoyne strich sich mit der Zunge über die obere Zahnreihe. »Mir liegt sehr viel an dir, Mark.«

Er starrte ihn/sie an, als wollte er nicht glauben, was er gerade gehört hatte. Dann lachte er leise und sagte: »Oh nein! Jetzt habe ich begriffen.«

»Was begriffen?«

»Ja, ich weiß Bescheid. Du und Selar – ihr habt euch gestritten, das ist es.« Er zeigte anklagend mit dem Finger auf ihn/sie. »Ihr habt euch gestritten, und weil du es nicht ausstehen kannst, allein zu sein, kommst du jetzt zu mir zurückgekrochen. Zum guten alten zuverlässigen McHenry. Du hast dir bestimmt gedacht: ›Mark ist so ein Träumer, dass er wahrscheinlich gar nicht gemerkt hat, dass ich weg bin.‹ Aber weißt du was, Burgy? Ich habe es bemerkt. Und ich bin nicht ganz so vertrottelt, wie du mich einschätzt.«

»Ach, Mark …«, sagte er/sie seufzend.

»Komm mir nicht mit deinem ›Ach, Mark‹! Bin ich so etwas wie dein Lebensretter? Dein bewährtes Hausmittel, der Einsamkeit zu entfliehen? Ich glaube nicht, dass ich mich in dieser Rolle wohlfühle, Burgoyne. Du treibst dich mit anderen Leuten herum, genehmigst dir hier einen Flirt oder dort eine Affäre und dann kehrst du zu mir zurück, in den sicheren Hafen. Ich komme mir benutzt vor«, sagte McHenry mit verletzter Miene.

»Ach, komm schon, Mark! Wovon redest du überhaupt? Ist dein Kopf jetzt völlig verflutzt oder was?«

Er wollte etwas erwidern, doch dann überlegte er es sich anders. »Ich weiß es nicht«, sagte er aufrichtig. »Mich hat noch niemand gefragt, ob ich verflutzt bin. Aber vielleicht bin ich es.«

»Glaub mir, Mark, du bist es. Wir hatten so viel Spaß miteinander, Mark! Wir beide waren so glücklich!«

»Glücklich!«, wiederholte er und lachte leise.

»Was ist daran so witzig? Waren wir nicht glücklich?«

»Wir hatten Spaß, Burgy. Mehr nicht.«

»Ja! Genau!« Er/sie schlug mit einer Hand auf den Tisch. »Ist das kein Grund, glücklich zu sein?«

McHenry lehnte sich zurück und schüttelte den Kopf. »Burgy, du verstehst es einfach nicht – du bist nicht in der Lage, es zu verstehen, wegen deines kulturellen Hintergrundes. Also belassen wir es einfach dabei, okay?«

Er/sie zuckte mit den Schultern. »Gut. Hättest du Lust, heute Abend etwas mit mir zu unternehmen?«

»Nein. Du kapierst es nicht, Burgy. Vielleicht brauche ich jemanden, dem mehr an mir liegt, der mich nicht nur als Objekt der Bedürfnisbefriedigung benutzt. Vielleicht will ich jemanden, der mir nicht das Gefühl gibt, ein Pingpongball zu sein, oder ein Spielzeug, das man weglegt, wenn man etwas Interessanteres entdeckt, und das man wieder hervorkramt, wenn einem nach Spiel und Spaß ist. Vielleicht will ich jemanden, der sich für Mark McHenry interessiert. Dem mehr an meinen Hoffnungen und Träumen liegt als an meinem Körper. Vielleicht brauche ich jemanden, der mich besser behandelt als du.«

Dann erinnerte er sich an ihr letztes Zwischenspiel. »Andererseits … will ich es vielleicht doch nicht.«

»Bei dir oder bei mir?«, fragte Burgoyne mit Unschuldsmiene.

»Ist mir egal«, brachte er mit erstickter Stimme hervor. »Was immer näher liegt.«

»Also zu mir.« Er/sie stellte das Scotchglas auf den Tisch. »Gehen wir?«

Robin Lefler und Si Cwan hatten sich in eine Ecke des Casinos zurückgezogen, wo sie relativ ungestört waren. Lefler hatte schon seit längerer Zeit kein Wort mehr gesagt. Si Cwan betrachtete sie schweigend, dann fragte er schließlich: »Gibt es etwas Bestimmtes, das Sie mit mir besprechen wollten?«

»Wie kommen Sie auf diese Idee?«, gab sie missmutig zurück.

»Nun, da wäre zum Beispiel die recht bissige Nachricht, die Sie an ihre Mutter geschickt haben.«

Sie blickte auf und warf ihm einen vernichtenden Blick zu. »Wieso wissen Sie davon? Haben Sie in meinen privaten Mitteilungen herumgeschnüffelt? Wofür halten Sie sich?«

»Als die momidianische Regierung die Botschaft erhielt, wandte man sich an mich und fragte, ob diese Nachricht tatsächlich zugestellt werden sollte. Ich bat darum, mir eine Kopie zu schicken, damit ich mir ein Urteil bilden konnte. Aber ich kann Sie beruhigen – ich habe mir nur einen Teil angesehen.«

»Ich habe es als persönliche Nachricht geschickt. Die Momidianer hatten kein Recht, sie zu begutachten.«

»Die Nachricht ging an eine Gefangene. Also hatten sie das Recht, den Inhalt zu prüfen. Das hätte Ihnen bewusst sein müssen, Robin. Angesichts der Tatsache, dass ich die Weiterleitung an den angegebenen Empfänger genehmigt habe und nicht gewillt bin, einen größeren Wirbel um Ihre Tirade zu machen, würde ich meinen Ton etwas mäßigen, wenn ich Sie wäre. Haben wir uns verstanden?«

»Ja«, brummte Lefler.

»Wenn Sie mir eine Bemerkung dazu gestatten – mir scheint, dass Sie eine ziemlich große Wut gegen Ihre Mutter aufgebaut haben.«

»Sie hat mich im Stich gelassen! Sie ...« Lefler verstummte und schüttelte resigniert den Kopf. »Das würden Sie sowieso nicht verstehen.«

»Vielleicht doch.«

Sie dachte eine Weile über diese Möglichkeit nach,

während sie mit den Fingern auf der Tischplatte trommelte. »Die Sache bleibt unter uns?«, fragte sie schließlich. »Sie wird niemals außerhalb dieses Tisches zur Sprache kommen?«

»Ja. Sofern Sie bereit sind, mir zu vertrauen.«

»Ja. Ja, ich denke, das kann ich. Gut.« Sie rückte sich auf ihrem Stuhl zurecht. »Sie müssen verstehen, dass ich niemals das Gefühl hatte, meine Mutter zu kennen. Irgendwie war sie nie richtig für mich da gewesen. Sie war ständig mit anderen Dingen beschäftigt, und wenn sie mit mir sprach, schien es, als wäre sie Millionen Lichtjahre entfernt. Damals war sie oft traurig, aber ich wusste nie, warum. Jede Nacht – wirklich jede Nacht meines Lebens – ging sie nach draußen, wenn es dunkel geworden war, um zu den Sternen hinaufzustarren. Ich kann mich nicht erinnern, dass sie auch nur einmal zu Bett gegangen ist. Zumindest habe ich es nie beobachten können. Ich stellte mir vor, dass sie etwas Schreckliches erlebt haben musste. Irgendein Kindheitstrauma, das sie zu dem gemacht hatte, was sie war. Und ich wollte ihr helfen, es zu überwinden. Ich meine, sie war schließlich meine Mutter. Man soll seine Mutter doch lieben, nicht wahr? Und alles für sie tun.

Also gab ich mir alle Mühe, sie aufzuheitern. Ich wollte ihr persönlicher Spaßvogel sein. Ganz gleich, wie deprimiert oder melancholisch sie war, ich habe mich um so mehr angestrengt, fröhlich und witzig zu sein. Ich habe mich für sie zum Clown gemacht. Ich habe alles getan, nur um ihr ein Lächeln zu entlocken. Und sie wusste natürlich, warum ich es tat. Meine Mutter war eine geniale Frau. Ich meine, wirklich genial. Vater erzählte mir, dass sie sich vor dem Einschlafen entspannte, indem sie komplizierte Gleichungen im Kopf löste. Manchmal hörte er, wie sie leise irgendwelche Buchstaben und Zahlen murmelte. Und ich war für sie da und lächelte und grinste und strahlte. Sie nannte mich ›das wandelnde Lächeln‹. Ich habe Ihnen von diesem Buch erzählt, *Alice im Wunderland*, und darin kommt die Cheshire-Katze vor, die ständig mit einem breiten Grinsen herumläuft. Nachdem Mom mir das Buch zum ersten Mal vorgelesen hatte, nannte sie mich Cheshire, weil ich mein Gesicht dauernd zu diesem breiten, blöden Lächeln verzogen hatte. Ich wagte es nicht, in ihrer Gegenwart jemals eine traurige Miene aufzusetzen, weil ich nicht das Risiko eingehen wollte, sie zu deprimieren. Ich habe versucht, das Leben nur von der fröhlichen Seite zu sehen. Damals fing ich an, ›Leflers Gesetze‹ zu formulieren, weil sie diese idiotischen Lebensweisheiten unglaublich komisch fand.

Trotz all meiner Bemühungen nahm sich meine Mutter niemals Zeit für mich. Sie schien sich zwar über meine Possen zu amüsieren, aber sie betrachtete mich eher wie eine Kuriosität, die man sich durch ein Mikroskop anschauen konnte. Als hätte sie Angst davor, mir zu nahe zu kommen. Ich glaube, dass sie mich einfach nie wirklich geliebt hat. Ich war nur dieses kleine Ding, das sich ein Bein ausriss, um sie zum Lachen zu bringen. Ist das nicht mitleiderregend?«

»Ich finde es überhaupt nicht mitleiderregend«, sagte Si Cwan leise. »Offensichtlich haben Sie Ihre Mutter sehr geliebt. Das kann ihr nicht entgangen sein. Ich bin überzeugt, dass es ihr sehr viel bedeutet hat.«

»Aber nicht genug, um sich zu ändern«, erwiderte Lefler verbittert. »Und dann verschwand sie einfach so aus meinem Leben. Schwupp und weg. Ich war noch ein Teenager. Ich habe jahrelang um sie getrauert, Si Cwan. Nicht nur, weil ich sie verloren hatte, sondern auch, weil ich sie nie richtig kennen gelernt hatte. Als sie noch da war, hatten wir nie eine normale Mutter-Tochter-Beziehung und später hatte ich nie die Gelegenheit, alles wieder in Ordnung zu bringen. Diese Last, dieses Gefühl des Versagens, habe ich jetzt ein

Jahrzehnt lang mit mir herumgeschleppt. Und wissen Sie, was das Schlimmste war?« Als er den Kopf schüttelte, sprach sie weiter. »Ganz tief drinnen … dort, wo sich vernünftige Menschen niemals hintrauen … glaubte ich beinahe daran, dass sie gestorben war, um mich endlich loszuwerden. Ist das nicht ein herrliches Beispiel für eine total verdrehte Sicht der Dinge? Dass sie eine Frau war, die es so satt hatte, mich als Tochter ertragen zu müssen, dass sie tatsächlich bereit und willens war, lieber ihre Existenz zu beenden, als sich weiter mit mir auseinander setzen zu müssen. All das könnte man natürlich der überreizten und angstbeladenen Phantasie eines Teenagers zuschreiben, aber überlegen Sie mal, wie ich mich als erwachsene Frau plötzlich fühle. Mein schrecklichster Alptraum ist wahr geworden. Sie lebt, Si Cwan! Sie lebt und ich werde einfach nicht den Verdacht los, dass ich die ganze Zeit Recht hatte. Dass sie ihren Tod nur vorgetäuscht hat, weil sie mich nicht mehr ertragen konnte. Ein Teil von mir schreit: ›Toll gemacht, Lefler! Du hast nicht nur deine Mutter verjagt, sondern auch die Frau deines Vaters. Du hast ihn ins Grab gebracht, weil er an gebrochenem Herzen gestorben ist!‹ Ich fasse es einfach nicht! Es ist so …«

Er legte behutsam seine Hände an ihre Wangen. Sie war erstaunt, wie warm sich seine Haut anfühlte, und als sie ihm in die Augen schaute, hatte sie das Gefühl, tief hineingezogen zu werden.

»Jetzt hören Sie mir zu«, sagte er eindringlich. Er sprach mit der Stimme eines Mannes, der es gewohnt war, Befehle zu geben, die unverzüglich ausgeführt wurden. »Was immer mit Ihrer Mutter geschehen ist, war nicht Ihre Schuld. Auch was mit Ihrem Vater geschehen ist, war nicht Ihre Schuld. Es sind die Probleme Ihrer Eltern, die Sie nun auf Ihren Schultern tragen. Es gibt keinen sinnvollen Grund, warum Sie diese Last übernehmen sollten. Ganz gleich, warum Ihre Mutter verschwunden ist, es hatte nicht das Geringste mit Ihnen zu tun.«

»Das können Sie gar nicht wissen.«

»Das muss ich auch nicht. Ich weiß, was für ein wundervoller Mensch Sie sind, Robin. Ich erkenne es in Ihren Augen und in Ihrem Herzen. Sie sind freundlich und mitfühlend, und wenn Sie alle ihre guten Eigenschaften dem Einfluss Ihrer Mutter zuschreiben wollen, ist nichts dagegen einzuwenden. Der springende Punkt ist nicht, wie Sie so geworden sind, sondern dass Sie so sind. Ihre Mutter hat nicht miterleben können, wie Sie aufgewachsen sind, also haben Sie beide einen großen Verlust erlitten. Und sie war diejenige, die für all das den Anstoß gegeben hat.

Jetzt hören Sie mir bitte gut zu, Robin. Sie haben plötzlich eine seltene Gelegenheit erhalten. Beim Untergang von Thallon wurde meine gesamte Familie getötet, mit Ausnahme meiner jüngeren Schwester, die irgendwo in diesem gottverlassenen Raumsektor verschollen ist. Ich hatte sehr problematische Beziehungen zu den übrigen Mitgliedern meiner Familie und es gab viele Meinungsverschiedenheiten. Ich wünsche mir manchmal, ich wäre anders mit ihnen umgegangen, statt so viele Stunden mit sinnlosen Streitereien und Beschimpfungen zu verschwenden, während wir die Zeit viel besser für positive Dinge hätten nutzen können. Doch nun sind diese Stunden unwiederbringlich verloren, genauso wie meine Familie. Sie dagegen haben unglaubliches Glück, Robin. Sie sind davon ausgegangen, dass Sie nie mehr die Gelegenheit haben würden, Missverständnisse aus der Welt zu schaffen. Doch jetzt bekommen Sie eine zweite Chance. Viele Leuten würden für eine solche Gelegenheit töten. Zumindest kann ich es von mir behaupten. Sie dagegen bekommen diese Chance umsonst und die stets optimistische und gut gelaunte Robin Lefler hat bestimmt ein Gesetz, das auf diesen Fall anwendbar ist, nicht wahr?«

»Leflers Gesetz Nummer einhundertacht«, sagte sie ohne Zögern. »Es ist nicht vorbei, bevor es vorbei ist, und manchmal auch dann noch nicht.«

»Ich bin mir nicht sicher, ob ich das verstanden habe«, erwiderte Si Cwan, »aber Sie sagen es mit großer Überzeugung. Die unverständlichsten Erklärungen unserer Zeit wurden mit dieser Art von Überzeugung abgegeben und infolgedessen akzeptiert. Wahrscheinlich gibt es jede Menge Gesetze, die nur auf diese Weise Gültigkeit erlangen konnten.«

»Sie halten mich für eine blöde Kuh«, sagte sie seufzend.

»Ich halte Sie für Robin Lefler«, sagte er. »Und damit bin ich völlig zufrieden. Es wäre schön, wenn Sie ebenfalls damit zufrieden sein könnten.«

»Sie Schmeichler«, sagte sie kopfschüttelnd.

Plötzlich zog er ihren Kopf näher an sich heran und sie wusste, dass er sie küssen würde. Einen erregenden Augenblick lang dachte sie darüber nach, wie es sein würde. Wäre er sanft und liebevoll oder wild und heftig? Was wäre ihr lieber? Ein Teil von ihr wollte von diesem romantischen Abenteurer und gefallenen Monarchen im Sturm erobert werden. Doch ein anderer Teil wollte es etwas langsamer angehen und abwarten, wie sich ihre Beziehung weiterentwickelte. Um vielleicht irgendwann ...

Er küsste sie züchtig auf die Stirn.

Sie starrte ihn an.

»Wissen Sie«, sagte er, während er sich wieder zurücklehnte und ihre Hand tätschelte, »Sie erinnern mich in so vielen Dingen an sie.«

»Sie?«

»Meine Schwester. Die gleiche Begeisterung, die gleiche Lebensfreude, das gleiche soziale Engagement und die gleiche Neigung, davon auszugehen, für alle Probleme der Galaxis verantwortlich zu sein. Wenn ich mit Ihnen zusammen bin, habe ich das Gefühl, ihr wieder näher zu sein.«

Seine Schwester. Großartig! Ich bin seine Ersatzschwester!

»Was ist los, Robin? Geht es Ihnen nicht gut?«

»Ach nichts, alles bestens«, sagte sie schnell. »Mir geht es gut. Ihre Schwester, sagen Sie? Ja, so etwas habe ich mir schon immer gewünscht. Und Sie sind für mich zweifellos so etwas wie der Bruder, den ich nie hatte. Jedenfalls hatte ich nie einen Bruder mit roter Haut und Tätowierungen auf der Stirn.«

»Ich verstehe.«

»Ich danke Ihnen, Si Cwan«, sagte sie und erhob sich von ihrem Stuhl. »Und ich möchte noch sagen, dass es ein wirklich wunderbares und aufschlussreiches Gespräch war.«

ANDERSWO...

Ihr Geliebter spricht zu ihr.

Er erzählt ihr von einem Verlust. Ein anderer seiner Art ist plötzlich nicht mehr da, einfach so. Diese Mitteilung veranlasst sie, für einen Moment ihren Gesang einzustellen. Sie spürt die Betrübnis ihres Geliebten und trauert um seinen Artgenossen.

Dann breitet sich langsam Furcht in ihr aus. Zuerst weiß sie gar nicht, woher sie stammt, weil sie davon ausgeht, dass es ihre eigene Empfindung ist. Doch dann erkennt sie, dass es nicht so ist. Der Ursprung dieser Furcht liegt in ihrem Geliebten.

Diese Erkenntnis überrascht sie. Die ganze Zeit war ihr Geliebter ihre Kraft und Hoffnung gewesen. All ihre Zuversicht gründet sich auf die Sicherheit, die ihr Geliebter ihr gibt. Wenn er nun Furcht empfindet, muss in der Tat etwas Schreckliches geschehen sein.

Sie dringt tief in ihn ein, um in Erfahrung zu bringen, was ihn so sehr beunruhigt.

Sie entdeckt die Furcht vor einer Entführung. Die Angst vor erzwungener Einsamkeit.

Ihr Geliebter spürt, dass eine Veränderung eingetreten ist. Das etwas Neues in seine unmittelbare Umgebung eingedrungen ist. Eine Variable, ein unbekannter Faktor, der den Status quo zu zerstören droht. Und nachdem es zu einer solchen Entwicklung gekommen ist, lässt sich nicht mehr mit Bestimmtheit sagen, was geschehen wird, wie es schließlich enden wird.

Es ist natürlich möglich, dass ihr Liebesverhältnis niemals gestört wird. Dass ihre kleine Welt auf Ahmista niemals durch Ereignisse beeinträchtigt wird, die sich an anderen Orten der Galaxis abspielen. Es ist sogar mehr als nur möglich. Es ist äußerst wahrscheinlich.

Aber trotzdem besteht ein gewisses Risiko. Ein winziges Restrisiko, das etwas geschehen könnte. Dass vielleicht jemand kommt und versucht, sie von ihrem Geliebten zu trennen.

Sie wird nicht zulassen, dass so etwas geschieht. Daran gibt es für sie keinen Zweifel. Sie ist bereit, mit allen zur Verfügung stehenden Mitteln um ihren Geliebten zu kämpfen. Rücksichtnahme käme nicht in Frage. Sie würde alles und jeden vernichten, der sie vom Objekt ihrer Liebe trennen will, ohne das sie nicht leben könnte.

Sie streichelt zärtlich ihren Geliebten und spricht mit der Macht ihres Geistes zu ihm. Sie beruhigt ihn und sagt ihm, dass sie ihn niemals verlassen oder sich von ihm abwenden würde. *Du bist mein. Du wirst immer mein sein und ich dein. Daran wird sich nie etwas ändern. Wenn andere es versuchen wollen ... werde ich sie vernichten. Ich werde sie auslöschen. Es wird sein, als hätten sie niemals existiert. Du kannst dich auf mich verlassen, das schwöre ich.*

Und ihr Geliebter glaubt ihr. Er weiß, dass sie die Wahrheit sagt, und zweifelt nicht einen Augenblick an ihren Worten.

Sie wird mit ihrem Geliebten eins sein. Sie wird bei ihrem Geliebten bleiben.

Sie drückt ihn fester an sich und trotzt allem und jedem, der versuchen könnte, sie voneinander zu trennen. *Kommt nur,* ruft sie allen potenziellen Gefahren zu. *Kommt nur, und ich werde euch zeigen, welches Schicksal jene erwartet, die mich verletzen wollen. Die versuchen wol-*

len, sich zwischen meinen Geliebten und mich zu drängen. Wir sind eins, für immer und ewig. Kommt nur, wenn ihr es wagt. Kommt und ich zeige euch meine Liebe … und euren Tod.

Und gespannt wartet sie auf die Gelegenheit, die Kraft ihrer Liebe zu demonstrieren.

7

»Es ist wieder da, Chief.«

Fähnrich Beth beugte sich über die Konsole in Burgoynes Büro und tippte auf die Anzeigen, die tanzend über den Bildschirm wanderten und die Energiespitzen darstellten, die von den Maschinen erzeugt wurden. Burgoyne schüttelte ungläubig den Kopf, während die Mitglieder der Tagschicht einer nach dem anderen eintrafen.

»Sehen Sie? Während einer Routinediagnose ging es plötzlich wieder los, als ... als wäre es ...«

»Aufgewacht«, murmelte Burgoyne. »Das wird mir eine Lehre sein. Es kann nur schief gehen, wenn man den Tag gut gelaunt beginnt.«

»Gut gelaunt?« Beth lächelte matt. »Haben Sie wieder eine wilde Nacht mit Dr. Selar hinter sich?«

Burgoyne bedachte sie mit einem finsteren Blick, der ihr unmissverständlich klar machte, dass sie zu weit gegangen war. »Es behagt mir überhaupt nicht, wenn mein Privatleben in der Gerüchteküche verbraten wird, Fähnrich.«

»Ich ...« Sie blickte sich hastig um, als würde sie sich wünschen, an einem anderen Ort zu sein. »Tut mir Leid, Chief.«

Burgoyne jedoch betrachtete sie einen Moment lang wie aus weiter Ferne und sagte dann in wehmütigem Tonfall: »Nein, schon gut, Fähnrich. Sie sind eben ein Mensch samt allen Problemen, die das Leben als Mensch mit sich bringt. Wenn wir ein Raumschiff bauen könnten, das von Gerüchten angetrieben wird, würden wir ganz schnell die Warp-zehn-Schallmauer durchbrechen.« Er/sie kratzte sich nachdenklich am Kinn. »Ich hätte wissen müssen, dass das Problem nicht von selbst verschwinden würde.«

»Sie haben darüber spekuliert, Chief, ob vielleicht die Möglichkeit besteht ...« Sie sah sich unbehaglich zum Warpkern um. »Nun, ob es sich um etwas Lebendes handeln könnte. Und jetzt reden Sie davon, dass vielleicht etwas aufgewacht ist. Glauben Sie wirklich, dass ...«

»Ich weiß es nicht. Aber ich werde Ihnen etwas sagen, Beth. Wenn sich wirklich irgendein Energiewesen in den Tiebwerken herumtreibt, dann geht dieses Problem über die Zuständigkeit der technischen Abteilung hinaus. Dann brauchen wir wissenschaftliche Unterstützung.« Er/sie tippte auf den Kommunikator. »Maschinenraum an Soleta.«

»Soleta hier. Sprechen Sie.«

»Wir haben hier unten ein Problem, das wir nicht ohne Hilfe lösen können – aber Sie haben nicht gehört, dass ich das gesagt habe, weil jeder weiß, dass ich auf alles eine Antwort habe.«

»Verstanden, Chief. Ich muss jetzt den Captain und den Commander über die Einzelheiten meiner Erkundungen auf Zondar informieren, aber dann machte ich mich sofort auf den Weg zu Ihnen.«

»Ich warte. Burgoyne Ende.« In diesem Moment sah er/sie, dass Fähnrich Christiano am Büro vorbeiging und versuchte, einen beiläufigen Blick hineinzuwerfen. Beth schaute demonstrativ in eine andere Richtung. »Hatten Sie Ärger mit Mr. Christiano, Fähnrich?«, fragte Burgoyne.

»Lieutenant Commander«, sagte Beth steif und reckte die Schultern, »wenn Sie das Recht in Anspruch nehmen, die Details Ihres Privatlebens für sich zu behalten, dann würde ich meinen, dass Sie mir dieselbe Rücksichtnahme entgegenbringen sollten.«

»Natürlich!«, beteuerte Burgoyne.

»Was immer sich zwischen Fähnrich Christiano und mir abgespielt oder nicht abgespielt hat, ist eine Sache, über die ich auf gar keinen Fall reden möchte.«

»Das verstehe ich sehr gut.«

»Ich möchte weder über ihn noch über meinen Ring reden, okay?«

»Ich bin selbstverständlich bereit, Ihre Wünsche zu ...« Burgoyne blinzelte verwirrt. »Ihren Ring? Was für einen Ring?«

»Nun ...« Sie räusperte sich. »Wenn Sie schon danach fragen ...«

Im Konferenzraum hielt Calhoun die Scheibe in der Hand und betrachtete sie von allen Seiten. Shelby stand genau hinter ihm und blickte ihm über die Schulter. »Darf ich Sie dahingehend verstehen, Lieutenant, dass Sie so etwas trotz der langen Zeit, die Sie sich in diesem Raumsektor aufgehalten haben, noch nie zuvor gesehen haben?«

»Korrekt«, sagte Soleta. »Ein solcher Gegenstand ist mir unbekannt. Das Symbol hat keine bestimmte Funktion. Das Material ist nicht besonders ungewöhnlich. Eine Legierung aus mindestens zwölf verschiedenen Elementen. Ich konnte keine verborgene Struktur feststellen; das Gebilde scheint aus solidem Metall zu bestehen.«

»Es sieht aus wie ein etwas zu großer Hockeypuck«, bemerkte Shelby.

»Da mir auch ein solcher Gegenstand unbekannt ist, kann ich die Angemessenheit dieses Vergleiches nicht beurteilen.«

»Und Sie sagten, dass das Ding zu Ihnen gesprochen hat?«, fragte Calhoun. »Dass es zumindest als eine Art telepathischer Sender fungierte?«

»Diesen Anschein hatte es, Captain. Aber um ehrlich zu sein – alles geschah so schnell, dass ich kaum präzise Angaben machen kann. Alles, was ich weiß, habe ich im Bericht geschildert: Ich habe die Scheibe berührt, eine Wärme gespürt und plötzlich war diese ... Stimme in meinem Kopf. Danach überstürzten sich die Ereignisse.«

»Ja, das sagten Sie bereits. Schön, dass Sie alles heil überstanden haben.« Er lehnte sich zurück. »Es ist nur schade, dass jetzt nichts mehr übrig ist, das wir untersuchen könnten.«

»Mir geht es genauso, Captain. Bedauerlicherweise ist wirklich nichts mehr vorhanden. Die Explosion, die den Gipfel des Berges abgesprengt hat, war äußerst heftig. Es war beabsichtigt, dass alle Spuren beseitigt werden. Auf der Grundlage meiner direkten Beobachtungen kann ich bestätigen, dass diese Absicht erfolgreich in die Tat umgesetzt wurde.«

»Und Sie sind überzeugt«, sagte Shelby, die langsam durch den Raum ging, »eine Darstellung von Ontear gesehen zu haben. *Dem* Ontear aus der zondarianischen Geschichte.«

»So lautet meine Schlussfolgerung, ja.«

»Und meine ebenfalls«, warf Calhoun ein. »Auch ich habe ihn gesehen, als ich in der Höhle gefangen gehalten wurde.«

»Aber Sie wollen mir hoffentlich nicht erzählen, dass es ein Geist war, oder?« Shelbys Miene machte deutlich, dass sie nicht gewillt war, eine derartige Behauptung zu akzeptieren.

»Keineswegs. Dazu wirkte er viel zu real«, sagte Calhoun.

Soleta schüttelte ebenfalls den Kopf. »Aufgrund Ihres Berichts, Captain, und meiner eigenen Erfahrungen vermute ich, dass wir es mit einer primitiven Technik der temporalen Beobachtung zu tun hatten. Ontear setzte sie ein, um sein Bild in die Zukunft zu projizieren, um zu beobachten und gegebenenfalls mit anderen Personen zu interagieren, ohne dabei seine eigene Zeitebene zu verlassen. Da er sich einen Ruf als bedeutender Seher erworben hat, vermute ich, dass er diese Technik häufiger benutzte. Es ist nicht allzu schwierig, sich als Prophet zu betätigen …«

»… wenn man eine Zeitmaschine zur Verfügung hat«, sagte Calhoun. »Das hat er ja wirklich geschickt eingefädelt. Er wirft einen Blick in die Zukunft und sagt dann voraus, was geschehen wird.«

»Aber er musste dabei äußerst umsichtig zu Werke gehen«, warf Shelby ein. »Er musste es so anstellen, dass die Zukunft nicht durch seine Vorhersage verändert wird. Damit hätte er die komplette Zeitlinie zerstört, die er eigentlich beobachten wollte.«

»Nach meinen ersten Untersuchungen ging es in mindestens fünfzig Prozent seiner Vorhersagen um Naturkatastrophen«, sagte Soleta. »Er hat das Volk vor Fluten, Erdbeben und ähnlichen Ereignissen gewarnt. Solche Prophezeiungen haben keinen Einfluss auf die Zukunft.«

»Das sehe ich anders«, widersprach Calhoun. »Gehen wir einmal davon aus, dass Bürger X unter normalen Umständen bei einem Vulkanausbruch ums Leben gekommen wäre. Wenn Ontear die Katastrophe prophezeit und Bürger X sich rechtzeitig aus dem Staub macht, könnte die Geschichte durchaus einen anderen Verlauf nehmen.«

»Diese Frage werden wir niemals mit Gewissheit beantworten können«, räumte Soleta ein. »Aber ich denke, dass Ontear sich gut überlegt hat, wie sich seine Vorhersagen auf den Lauf der Geschichte auswirken könnten. Vielleicht war er klug genug, sich die Brennpunkte der Zeitlinie herauszusuchen, die mögliche Gefahren für die Entwicklung der zondarianischen Gesellschaft darstellten.«

»Wir können es nur hoffen«, sagte Calhoun seufzend. Er schob den rätselhaften Gegenstand quer über den Tisch zu Soleta zurück. »Bitte zeigen Sie Si Cwan die Scheibe. Fragen Sie ihn, ob er etwas darüber weiß oder schon einmal etwas Ähnliches gesehen hat. Schließlich stammt das Ding sozusagen aus seinem eigenen Vorgarten.«

»Wie Sie wünschen, Captain.«

Calhoun warf beiden Frauen einen Blick zu, der andeutete, dass er die Besprechung als beendet betrachtete, und stand auf, um sich wieder auf die Brücke zu begeben. Soleta wollte ihm folgen, doch dann hörte sie, wie leise ihr Name geflüstert wurde. Sie drehte sich mit leichter Überraschung zum Ersten Offizier um. Obwohl sie kaum mehr getan hatte, als die Lippen zu bewegen, wusste Shelby, dass Soletas extrem feines Gehör darauf reagieren würde. Die Vulkanierin hielt inne, da für sie kein Zweifel bestand, was Shelby beabsichtigte: Sie wollte unter vier Augen mit ihr sprechen. Als Calhoun den Raum verlassen hatte, drehte Soleta sich ganz zu Shelby herum und musterte sie mit fragend erhobener Augenbraue.

»Soleta, darf ich Sie in einer persönlichen Angelegenheit nach Ihrer Meinung fragen?«

»Natürlich, Commander.«

»Ich …« Shelby schien nicht genau zu wissen, was sie mit ihren Händen anstellen sollte. »Ich … wollte einmal mit einer Frau darüber sprechen.«

»Soll ich eine für Sie ausfindig machen?«, erkundigte sich Soleta.

»Nein, ich …« Shelby lachte leise. »Ich wollte eigentlich mit Ihnen reden. Neben mir sind Sie die Frau mit dem höchsten Dienstrang auf der Brücke. Vielleicht ist das ein unsinniges Kriterium, aber in dieser Hinsicht … fühle ich mich mit Ihnen verbunden.«

»Ich fühle mich geschmeichelt, dass Sie eine so hohe

Meinung von mir haben. Gut, Commander, wie kann ich Ihnen behilflich sein?«

Shelby ging langsam um den Tisch herum und schien damit beschäftigt zu sein, ihr Selbstvertrauen zu stärken, als wollte sie eine peinliche Angelegenheit ansprechen. »Ich glaube, Sie können andere Personen ziemlich gut beurteilen, und Sie hatten die Gelegenheit, alle Betroffenen seit dem Start der *Excalibur* genauestens zu beobachten. Und ich halte Sie für eine ausgezeichnete Analytikerin, womit Sie die ideale Person sind, um meine Frage zu beantworten. Ich muss zugeben, dass mir dieses Thema etwas unangenehm ist, aber ich glaube fest daran, dass Probleme ausdiskutiert werden sollten, um andere Meinungen zu hören und ein Feedback zu bekommen. Ich bin überzeugt, dass Sie das verstehen.«

»Was soll ich verstehen? Commander, ich habe nicht die geringste Ahnung, worüber Sie mit mir diskutieren wollen.«

»Über Liebe. Zuneigung und Begehren. Und so weiter.«

Soleta betrachtete sie mit gerunzelter Stirn. »Commander, wollen Sie mir einen Antrag machen?«

»*Was?*«

»Es ist zwar richtig, dass Wissenschaftler häufig Experimente durchführen, aber …«

»Nein!« Shelby hob abwehrend die Hände. »Nein, Soleta, das wollte ich damit auf gar keinen Fall andeuten.«

»Ich verstehe. Dann wäre es angebracht, wenn Sie sich etwas klarer ausdrücken würden, damit wir dieses Gespräch auf effektive Weise fortsetzen können.«

»Hören Sie, ich möchte mich nur vergewissern, wie etwas wahrgenommen wird, das ist alles. Ich möchte Ihre Meinung hören, ob Sie oder irgendein Mitglied der Besatzung sich vorstellen kann …« Sie scharrte unbehaglich mit den Füßen. »Glaubt irgendjemand, dass ich romantische Neigungen gegenüber Captain Calhoun hegen könnte?«

»Ich weiß es nicht«, sagte Soleta, die noch genauso verwirrt schien wie zuvor. »Möchten Sie, dass ich eine Umfrage mache? Sobald ich meine gegenwärtigen Untersuchungen abgeschlossen habe, könnte ich versuchen, die Ansichten der Besatzungsmitglieder …«

»*Nein!* Nein, ich möchte nicht, dass Sie das Problem wissenschaftlich ergründen, Soleta! Ich möchte nur wissen, ob ich auf Sie den Eindruck mache, in Captain Calhoun verliebt zu sein! Das ist alles.«

»Commander«, sagte Soleta nachdenklich. »Wenn ich ganz offen sein darf: Dieser Gedanke ist mir niemals in den Sinn gekommen. Ihre Arbeit als Erster Offizier dieses Schiffs war bislang tadellos. Ihren Umgang mit dem Captain kann ich nur als professionell bezeichnen. Falls Sie in der Tat weitergehende heimliche Sympathien für ihn hegen sollten, ist mir nichts dergleichen aufgefallen. Ich bin zwar alles andere als eine Expertin auf dem Gebiet menschlichen Sozial- und Sexualverhaltens, aber in meiner Eigenschaft als Starfleet-Offizier kann ich zumindest behaupten, dass ihre möglichen Gefühle für den Captain in keiner Weise mit der Ausübung Ihrer Pflichten kollidieren.« Sie machte eine Pause und hob eine Augenbraue. »War das eine zufriedenstellende Antwort auf Ihre Frage, Commander?«

»Ja«, sagte Shelby lächelnd. Sie hob eine Hand, um sie Soleta in freundschaftlicher Geste auf die Schulter zu legen, doch dann überlegte sie es sich anders und kratzte sich stattdessen im Nacken. »Danke, dass Sie sich Zeit für mich genommen haben, Soleta. Und ich weiß, dass dieses Gespräch unter uns bleiben wird.«

»Das kann ich definitiv bestätigen, Commander.«

Shelby verließ den Konferenzraum. Soleta nahm die Scheibe an sich und schaute dem Ersten Offizier nach.

Dann schüttelte sie den Kopf und murmelte: »Commander, Sie sind so hoffnungslos verknallt, dass es allmählich peinlich wird.«

Als sich die Türen des Turbolifts öffneten, stellte Soleta zu ihrer Überraschung fest, dass Dr. Selar in der Kabine stand. Sie begrüßte die Vulkanierin mit einem knappen Nicken und betrat den Lift.

»Soleta«, sagte Selar, als sie schon eine Weile unterwegs waren. »Ich glaube, ich habe Ihnen noch gar nicht gedankt, dass Sie mir bei den Problemen im Zusammenhang mit dem *Pon Farr* geholfen haben. Die Diskussionen, die ich in dieser Sache mit Nichtvulkaniern geführt habe, waren äußerst … schwierig. Ihre Unterstützung, insbesondere Ihr Versuch der Mentalverschmelzung zur Diagnose meiner Situation …«

»Sie müssen sich nicht bedanken, Selar«, erwiderte Soleta. »Sie befanden sich in einer Notlage und es wäre unlogisch gewesen, wenn ich Ihnen die Hilfe verweigert hätte.«

»Trotzdem möchte ich meine Dankbarkeit zum Ausdruck bringen. Und es freut Sie sicher zu hören, dass die Angelegenheit erfolgreich abgeschlossen werden konnte. Die Paarungsphase ist vorbei und ich glaube, dass ich jetzt tatsächlich schwanger bin.«

»Ich gratuliere Ihnen, Selar.« Sie wandte sich ihr förmlich zu und hob eine Hand zur üblichen Segensgeste. »Ich wünsche Ihrem Kind Glück und ein langes Leben.«

»Vielen Dank.«

»Ich werde mich in Kürze wegen eines anderen Problems mit Lieutenant Commander Burgoyne treffen. Wäre es angemessen, ihm/ihr ebenfalls zu gratulieren?«

Selar sah sie einen Moment lang schweigend an, dann sagte sie unvermittelt: »Computer, Lift anhalten!«

Der Turbolift blieb sofort stehen und Selar wandte sich wieder an Soleta. »Dürfte ich Sie nach Ihrer Meinung zu einer persönlichen Angelegenheit fragen?«

»Allmählich komme ich mir vor wie der Counselor dieses Schiffs.«

»Wie bitte?«

»Nichts. Natürlich dürfen Sie mich fragen, Doktor.«

»Es ist nur so, dass ich aufgrund unserer Mentalverschmelzung und Ihrer Hilfestellung eine gewisse Verbundenheit zu Ihnen verspüre. Und ich …« Sie schien nach der richtigen Formulierung zu suchen. »Ich bin mir über mein Verhältnis zu Burgoyne im Unklaren.«

»In welcher Hinsicht?«

»In jeder Hinsicht«, sagte sie. »Die Bindung durch das *Pon Farr …*« Wieder suchte Selar nach Worten. »Nun, ich bin es gewohnt, eine gewisse Distanz zu anderen Personen zu haben. Ich meine nicht nur die körperliche, sondern auch die emotionale Distanz, die meine Natur und mein Beruf von mir verlangen. Diese Distanz war natürlich nicht mehr vorhanden, als ich mich Burgoyne anvertraute. Und jetzt bin ich mir nicht sicher, wie ich sie wiederherstellen soll – oder ob ich überhaupt den Wunsch verspüre, sie wiederherzustellen.«

»Das Tor wurde geöffnet, Doktor. Möglicherweise lässt es sich nie mehr vollständig schließen.«

»Das könnte sein«, erwiderte Selar.

»Selar, Sie gehen davon aus, dass Sie mit einem Kind von Burgoyne schwanger sind. Damit nimmt er/sie eine dauerhafte Sonderstellung in Ihrem Leben ein. Oder haben Sie noch gar nicht über diesen Aspekt nachgedacht?«

»Um ehrlich zu sein, nein. Ich habe über zahllose Probleme und Konsequenzen nachgedacht, aber nicht über längerfristige Aspekte. Ich weiß nicht, ob ich mich Ihrer Ansicht anschließen kann, dass Burgoyne nun zwangsläufig eine besondere Rolle in meinem Leben spielen wird. Es dürfte mir problemlos möglich sein, das Kind allein aufzuziehen. Was würden Sie als Vulkanierin sagen, Soleta? Können Sie sich Burgoyne als meinen Lebensgefährten vorstellen? Er/sie ist völlig anders als wir, praktisch das genaue Gegenteil eines Vulkaniers. Wenn ich zum Beispiel nach Vulkan zurückkehre, sei es auf vorübergehender oder dauerhafter Basis, gäbe es für Burgoyne keinen Platz in unserer Gesellschaft. Genauso könnte ich mich niemals in die Kultur der Hermats einfügen. Wir sind zu unterschiedlich, Soleta.«

»Ist das Ihre eigentliche Sorge, Selar? Wie sich einer von Ihnen in die Kultur des anderen ›einfügen‹ würde?«

Selar dachte darüber nach, dann sagte sie bestimmt: »Nein.«

»Das sehe ich genauso. Wenn ich meine Meinung äußern darf – worum Sie mich ja gebeten haben –, ich glaube, dass Sie sich in Burgoynes Gegenwart unsicher fühlen. Diese Unsicherheit dürfte für Sie das größte Problem in Ihrer gegenwärtigen Situation sein – ob Sie nun mit Burgoyne oder einer Person aus Ihrem eigenen Volk zusammen wären. Doch während ein anderer Vulkanier genauso wie Sie auf Distanz gehen würde, wären Sie im Fall von Burgoyne dem ständigen Wunsch nach Intimität ausgesetzt, sowohl in physischer als auch in emotionaler Hinsicht. Und Sie wissen nicht, ob Sie in der Lage sind, eine solche Intimität zu ertragen. Richtig?«

»Ich muss sagen, dass Ihre Einschätzung mehr oder weniger zutreffend ist.«

»Mehr – oder weniger?«

»Eher mehr«, sagte Selar seufzend.

»Ich würde Ihnen gerne eine sehr direkte Frage stellen, Selar. Lieben Sie ihn/sie?«

»Ich glaube nicht, dass diese Frage von Relevanz ist.«

»Ich glaube vielmehr, dass es die einzige relevante Frage ist.«

Selar starrte angestrengt auf die Tür des Lifts, als könnte sie einen ungehinderten Blick bis in den Maschinenraum werfen. »Ich weiß es nicht«, antwortete sie schließlich.

»Dann würde ich Ihnen empfehlen, zunächst eine Antwort auf diese Frage zu finden«, sagte Soleta langsam. »Die Antworten auf all Ihre weiteren Fragen dürften sich dann von selbst ergeben.«

Selar schwieg eine Zeit lang, dann sagte sie: »Computer, Liftfunktion wieder aufnehmen.« Gehorsam setzte der Turbolift den programmierten Weg fort. »Ich glaube, Sie haben Recht, Soleta. Ich werde gründlich über die Angelegenheit nachdenken und versuchen, zu einer logischen Schlussfolgerung zu gelangen.«

»Wenn ich meine Meinung dazu äußern darf, Selar – für die Beantwortung derartiger Fragen ist die Logik ein sehr ungeeignetes Instrument.« Dann verließ sie den Turbolift und machte sich auf den Weg zum Maschinenraum.

»Soleta, dürfte ich Sie in einer persönlichen Angelegenheit um Ihre Meinung fragen?«

Soleta starrte Burgoyne mit gerunzelter Stirn quer über den Schreibtisch an. In der vergangenen halben Stunde hatten sie sich über die Schwankungen der Energiewerte und die rätselhaften Leistungsverluste der Triebwerke unterhalten und Soleta hatte sich einverstanden erklärt, die Problematik gründlich zu analysieren und insbesondere nach ähnlichen Vorfällen auf anderen Raumschiffen Ausschau zu halten. Sie hatte es regelrecht genossen, sich ganze dreißig Minuten ausschließlich mit Dingen zu beschäftigen, die in den Rahmen ihrer beruflichen Qualifikation fielen. Doch nun hatte Burgoyne abrupt das Thema gewechselt und saß mit verschränkten Händen hinter seinem/ihrem Schreibtisch und betrachtete Soleta mit seinen/ihren bemerkenswert dunklen Augen.

Da er/sie offensichtlich unter dem Eindruck stand, Soleta hätte ihn/sie nicht richtig verstanden, wiederholte er/sie: »Soleta, dürfte ich Sie in einer persönlichen Angelegenheit um Ihre Meinung fragen? Ich hoffe, dass Sie mich nicht für zu aufdringlich halten, aber nachdem wir so gut zusammengearbeitet haben, als der Captain nicht an Bord und der Commander nicht einsatzfähig waren, dachte ich, wir hätten so etwas wie eine gewisse Verbundenheit entwickelt.«

»Wenn Sie es sagen«, murmelte Soleta. »Selbstverständlich«, fügte sie etwas lauter hinzu. »Sprechen Sie, Chief. Ich vermute, in Ihrer Frage geht es um komplizierte Beziehungsprobleme.«

»Woher wissen Sie das?«

»Ich bin der wissenschaftliche Offizier und leitende Datenanalytiker dieses Schiffs, Lieutenant Commander. Geht es um Dr. Selar?«

»Zum Teil. Zum größeren Teil betrifft es Mark McHenry. Deshalb wende ich mich an Sie. Sie waren gemeinsam an der Akademie, Sie haben eng zusammengearbeitet und ich dachte mir, dass Sie ihn vielleicht ganz gut beurteilen können.«

»Hmm.« Sie war leicht überrascht, aber diese Überraschung konnte sie verbergen. »Also gut. Welches Problem haben Sie mit McHenry?«

»Es könnte sein, dass ich viel mehr von ihm angetan bin, als ich zuzugeben bereit bin. Ich mag ihn sehr und wollte nur wissen, ob ich ihm vielleicht auf längere Sicht Schaden zufügen könnte.«

»Schaden? In physischer Hinsicht?«

»Nein, natürlich in emotionaler Hinsicht.«

»Ja, natürlich. Nun, als Vulkanierin bin ich zweifellos

die geeignete Person, um Meinungen über die Dauerhaftigkeit menschlicher Emotionen zu äußern.«

»Entschuldigen Sie bitte, Lieutenant«, sagte Burgoyne und erhob sich von seinem/ihrem Platz. »Ich sollte Sie lieber nicht in diese Sache hineinziehen.«

»Das mag sein, aber ich stecke schon mittendrin«, sagte Soleta und bedeutete Burgoyne, sich wieder zu setzen. »Und ich kenne McHenry wirklich schon sehr lange, auch wenn die Bezeichnung ›Freund‹ vielleicht etwas übertrieben wäre. Denn in vielen Aspekten verstehe ich ihn immer noch genauso wenig wie während unserer Kadettenzeit. Von allen Menschen, denen ich bisher begegnet bin, zeichnet er sich durch eine ungewöhnliche innere Ruhe aus. Ich hatte häufig den Eindruck, dass ihn fast nichts aus dem Gleichgewicht bringen kann. Möchten Sie mir etwas genauer erklären, worin das Problem mit McHenry besteht?«

»Soleta, Sie müssen verstehen, dass meine Existenz sehr körperlich orientiert ist.«

Sie sah ihn mit leicht gerunzelter Stirn an. »Im Gegensatz zu einer rein geistigen Existenz, wie bei Organianern?«

»Nein, ich meine …« Er/sie stieß einen langen Seufzer aus. »Wie soll ich es am besten erklären? Ich hatte … ich habe immer noch sehr starke Gefühle für Selar. Seit ich ihr zum ersten Mal begegnete, wusste ich, dass zwischen uns beiden etwas ganz Besonderes entstehen könnte. Aber Ihnen ist zweifellos bewusst, dass ich in diesen Dingen keineswegs ein unbeschriebenes Blatt bin. Es gab viele andere Frauen und Männer, denen ich ähnliche Gefühle entgegenbrachte. Meine Natur ist sehr stark durch sinnliche und emotionale Aspekte geprägt. Wenn ich mich zu jemandem hingezogen fühle, kann ich mich praktisch nicht dagegen wehren. Ich nähere mich dem Objekt meines Begehrens … bis ich es auch in körperlicher Hinsicht befriedigt habe. Ich bin sehr sinnlich und neugierig, Soleta.«

»Ich verstehe. Und nachdem sie jetzt Ihre sinnliche Neugier hinsichtlich Selar befriedigt haben, möchten Sie sich neuen Zielen zuwenden.«

»Klingt das für Sie etwa unvernünftig?« Burgoyne beugte sich vor und sah Soleta an, als würde er/sie in ihrem Gesicht nach einen Anzeichen von Verständnis suchen. »Ich meine, seien wir doch mal ganz ehrlich: Es ist ja keineswegs so, dass meine Partner nicht neugierig auf mich wären. Versuchen Sie gar nicht erst, es abzustreiten. Ich bin der/die einzige Hermat in Starfleet. Ich kenne die abschätzenden Blicke, ich merke dass das Getuschel plötzlich verstummt, wenn ich einen Raum betrete. Damit habe ich keine Probleme. Das ist völlig menschlich. Und ich gehe stets davon aus, dass auch mein Partner von der Neugier getrieben wird, wie es wohl ist, Sex mit einem Hermat zu haben. Wir alle arbeiten für Starfleet. Unsere Mission ist die Erkundung und Erforschung. Also ist es durchaus vernünftig und natürlich, wenn wir auch uns gegenseitig erkunden und erforschen wollen. Aber mit Selar war es …«

»Etwas mehr?« Als Burgoyne nicht sofort antwortete, fuhr Soleta fort. »Die Verbindung, die während des *Pon Farr* entstehen kann, ist häufig sehr intensiv. Für einen Nichtvulkanier kann es eine überwältigende Erfahrung sein, wenn man nicht darauf vorbereitet ist.«

»Wie hätte ich mich *darauf* vorbereiten sollen?«

»Da haben Sie auch wieder Recht«, räumte Soleta ein.

»Wie ich bereits sagte – eigentlich hätte meine Neugier jetzt befriedigt sein müssen, sodass ich …«

Da Burgoyne Schwierigkeiten zu haben schien, die richtigen Worte zu finden, half Soleta ihm/ihr auf die Sprünge. »Sie konnten sich nicht einfach neuen Zielen zuwenden. Als es vorbei war, war es gar nicht vorbei.«

»Ja.«

»Sie stellten fest, dass Sie bei ihr bleiben wollten.«

»Ja.«

»Und das Problem damit war ...?«

»Verstehen Sie es nicht? Ich wusste nicht, ob ich wirklich so empfand! Vielleicht war es nur etwas, das mir durch das *Pon Farr* aufgezwungen wurde. Ich weiß immer noch nicht, ob meine Gefühle für sie echt oder falsch sind. Wenn ich meine früheren Beziehungen zugrunde lege, müsste ich sagen, dass sie gar nicht echt sein können, weil ich noch nie solche Gefühle hatte. Aber wenn sie ... ich weiß es nicht ...« Er/sie beugte sich vor und stützte den Kopf in die Hände. »Mein Seelenfrieden ist völlig hinüber.«

»Also sind Sie wieder zu McHenry geflüchtet?«

»Mark ist mir vertraut. Mark ist ein sicherer Ruhepunkt. Ich verstehe Mark, ich verstehe die Gefühle, die ich für ihn empfinde. Über Mark muss ich mir keine so tiefschürfenden Gedanken machen.«

»Ich verstehe«, sagte Soleta. »Sie wünschen sich also eine endlose Abfolge verschiedener Partner. Eine Serie von Abenteuern, die nicht mehr Bedeutung als eine Sonnenwindböe haben. Eine Sammlung faszinierender Sexualpartner, die Ihr permanentes Bedürfnis nach sinnlichen Vergnügungen befriedigen.«

»Genau«, sagte Burgoyne. »Ist daran etwas auszusetzen?«

»Ich erlaube mir keine moralischen Urteile über Sie, Burgoyne. Ich bin überhaupt nicht an irgendwelchen Urteilen interessiert. Um ehrlich zu sein, ich würde mich viel lieber anderswo aufhalten und über etwas ganz anderes diskutieren.«

»Außerdem sind Vulkanier nicht gerade Experten auf dem Gebiet der emotionalen Bindungen.«

»Vielleicht nicht auf die Weise wie Menschen. Aber auch wir können lieben.«

»Liebe ist ein Gefühl. Vulkanier glauben nicht an Gefühle.«

»Ich bitte Sie, Burgoyne! Das klingt ja fast so, als würden Vulkanier die Existenz von Gefühlen auf die gleiche Stufe der Glaubwürdigkeit stellen wie die Katha-Legende. Natürlich glauben wir an Gefühle. Natürlich haben wir Gefühle. Wenn wir keine Gefühle hätten, wäre unser Leben erheblich einfacher. Im Gegensatz zu vielen anderen Spezies beherrschen wir unsere Emotionen, so weit es uns möglich ist. Das Gleiche gilt für die Liebe. Wir verlieben uns nicht ›Hals über Kopf‹, wir lassen uns nicht von romantischen Anwandlungen und Schwärmereien hinreißen, wie es in vielen anderen Kulturen üblich ist. Liebe ist ein mentaler Zustand, der sorgsam entwickelt wird. Wir treffen eine logische und gründlich durchdachte Entscheidung, in wen wir uns verlieben möchten. Die Partnerwahl basiert auf einer gewissenhaften Überprüfung der Kompatibilität. Es gibt siebenunddreißig Kriterien, die von der Verträglichkeit des sozialen Hintergrundes bis zur philosophischen Weltanschauung reichen. Eine Beziehung gründet sich auf intellektuelle Diskurse und pychologische Interaktionen, die den Geist erweitern und zu einer besseren Beherrschung der Logik und der zahlreichen Verantwortungen eines Vulkaniers führen.«

»Und dann kommt der biologische Trieb ins Spiel.«

»Es ist eben kein perfektes System. Es gibt kein perfektes System.« Als Burgoyne darüber lachte, fügte sie hinzu: »Es freut mich, dass meine Ausführungen zumindest einen gewissen Unterhaltungswert für Sie zu besitzen scheinen.«

»Nein, ich mache mich nicht darüber lustig«, sagte Burgoyne mit betrübter Miene. »Soleta, was soll ich nur tun? Ich wollte mich wieder in McHenrys Arme flüchten, weil ich Angst vor dem hatte, was ich für Selar empfand. Ich glaube, Mark weiß, dass ich es nur deswegen getan habe. Aber er hat mich trotzdem akzeptiert. Zuerst war es für mich nur ein tolles Spiel, aber nun mache ich mir Sorgen, ob ich ihn verletzt habe. Und ob ich Selar verletzt haben könnte. Auch wenn es gar nicht danach aussieht. Trotzdem mache ich mir Sorgen. Und ich bin es einfach nicht gewohnt, mir Sorgen zu machen, ob ich jemanden verletzen könnte. Was soll ich tun?«

»Machen Sie sich darauf gefasst, jemanden zu verletzen«, sagte sie ohne Zögern.

»Danke«, erwiderte Burgoyne mit leichter Verdrossenheit.

»Verzeihen Sie, Burgoyne, aber auf diesem Gebiet bin ich wirklich keine Expertin. Andererseits … wenn es so weitergeht, werde ich demnächst vielleicht den Beruf wechseln, von der Wissenschaft zur Konfliktberatung in Interspezies-Beziehungen. In den vergangenen Jahren wurde viel über dieses Thema geschrieben. Und es gibt sogar einige sehr gründliche Studien.«

»Tatsächlich?« Das schien Burgoyne zu interessieren. Er/sie hatte die blassblonden Augenbrauen auf schelmische Weise verzogen, als er/sie bemerkte: »Ich würde bei Gelegenheit gerne ein paar lesen.«

»Das dachte ich mir«, sagte Soleta.

Die Einrichtung von Si Cwans Quartier wurde immer beeindruckender. Soleta hatte keine Ahnung, wie er an die verschiedenartigen schweren Stoffe und den Zimmerschmuck gekommen war, die ihn offenbar an seine thallonianische Heimat erinnerten, aber sie musste sich eingestehen, dass sein Quartier Eindruck machte.

Si Cwan betrachtete gerade das Flammensymbol auf der Metallscheibe, während Robin Lefler ihm dabei zusah. »Nun?«, fragte Soleta, nachdem sie schon eine ganze Weile gewartet hatte.

»Ich … ich kann dazu nichts sagen … zumindest nichts Eindeutiges«, entgegnete Si Cwan zögernd. »Das Einzige, was mir dazu einfällt, ist eine Kindergeschichte.«

»Wie bitte?« Soleta warf einen irritierten Blick zu Lefler, die nur mit den Schultern zuckte.

»Kallinda hatte ein Buch in ihrer Bibliothek«, sagte er. »Ein Buch mit uralten thallonianischen Geschichten. Die zunächst mündlich weitergegeben und von Geschichtenerzählern ausgeschmückt wurden. Ich kann mich noch gut an eine bestimmte Geschichte erinnern. Darin ging es um einen hinterlistigen Gott namens Imtempho. Er spielte den anderen Göttern gerne Streiche, um sie zu ärgern. In Wirklichkeit hasste er die Götter und hätte sie am liebsten vernichtet, aber es war ihm einfach nicht möglich, ihnen direkt Schaden zuzufügen. Also raubte er den Göttern etwas, das nur sie besaßen, nämlich das Feuer, und er gab es den Thallonianern. Dazu müssen Sie wissen, dass die Götter die Thallonianer zu ihrem Vergnügen geschaffen hatten, als Spielzeug, mit dem sie sich die Zeit vertrieben. Mit dem Feuer bewerkstelligten die Thallonianer nun die wunderbarsten Dinge. Das verärgerte die Götter, die daraufhin forderten, dass die Thallonianer ihnen das Feuer zurückgaben. Diese wiederum rächten sich, indem sie die Himmlische Halle, den Wohnsitz der Götter, in Brand steckten, sodass alle Götter den Flammentod starben. Auf diese Weise überwanden die Thallonianer ihren alten Götterglauben und traten in das Zeitalter der Vernunft und Selbstständigkeit ein.«

»Eine nette Geschichte«, bemerkte Soleta. »Hat sie irgendeine Relevanz für unsere aktuellen Fragen?«

»Zumindest in einem Detail.« Er hielt die Scheibe hoch. »Das Buch war illustriert, mit Reproduktionen uralter Darstellungen der Geschichte. Und ich könnte schwören, dass Imtempho darin stets mit einem Medaillon dargestellt wurde, das er um den Hals trug und das von einem ganz ähnlichen Symbol geziert wurde.«

»Ich verstehe«, sagte Soleta langsam. Sie dachte kurz nach, dann sagte sie: »Gut. Ich danke Ihnen, dass Sie sich Zeit für mich genommen haben, Botschafter.«

»Das Vergnügen war ganz auf meiner Seite. Ich wünschte, ich hätte mehr für Sie tun können, als nur eine alte Kindergeschichte zu erzählen.«

Soleta nickte gedankenverloren und verließ das Quartier. Erst nach einer Weile wurde ihr bewusst, dass Robin Lefler ihr gefolgt war und an ihrer Seite durch den Korridor ging. Als Lefler ihren fragenden Blick bemerkte, fühlte sie sich offenbar zu einer Rechtfertigung genötigt. »Ich bin auf dem Weg zur Brücke.«

»Selbstverständlich«, sagte Soleta.

Sie erreichten den Turbolift und traten gemeinsam in die Kabine. »Brücke«, sagte Soleta.

»Soleta …«, sagte Robin nach einer Weile.

»Ja?«

»Dürfte ich Sie in einer persönlichen Angelegenheit nach Ihrer Meinung fragen?«

Soleta starrte sie nur an. »Computer, Lift anhalten«, sagte sie dann, ohne Lefler aus den Augen zu lassen. »Liebe?«

»Was?«

»Geht es um Liebe?«

»Nun … ja.«

»Hm-hmm. Lassen Sie mich raten. Si Cwan?«

Lefler blinzelte überrascht. »Wie sind Sie darauf gekommen?«

»Ausschlussverfahren. Heiraten Sie ihn!«

»Soleta!« Robin lachte unbehaglich. »Die Sache ist etwas komplizierter.«

»Nein, ist sie nicht.«

»Aber ich glaube, dass er meine Anwesenheit nicht einmal zur Kenntnis nimmt!«

»Lieutenant, wenn Sie ihn heiraten und er Sie immer noch nicht zur Kenntnis nimmt, dann haben Sie ein Problem, das ich ohnehin niemals für Sie lösen könnte.«

»Soleta, ich dachte, sie würden es verstehen! Ich meine, schließlich waren Sie dafür verantwortlich, dass Si Cwan an Bord kommen konnte. Sie kennen ihn schon seit einigen Jahren und er hat Ihnen das Leben gerettet. Und Sie haben mir auf Thallon das Leben gerettet. Also dachte ich, Sie wären jemand, mit dem ich darüber reden könnte, weil wir etwas Besonderes entwickelt haben, eine ...«

»Verbundenheit, ja. Das wird mir immer wieder auf schmerzhafte Weise bewusst. Ich habe so viele Verbindungen, dass ich meine eigene Subraumfrequenz beantragen sollte. Lieutenant, bitte nehmen Sie es nicht persönlich, aber um ehrlich zu sein, diese Art von Problemen ist mir inzwischen gleichgültig geworden.«

»Ich werde mich bemühen«, sagte Robin unsicher.

»Heiraten Sie ihn oder heiraten Sie ihn nicht. Sagen Sie ihm, was Sie für ihn empfinden, oder sagen Sie es ihm nicht. Lösen Sie Ihre Probleme, werfen Sie sich ihm in die Arme, spielen Sie mit ihm, fordern Sie ihn heraus, finden Sie heraus, ob er der Richtige für Sie ist oder nicht. Mir ist es gleichgültig. Es ist nicht mein Problem. Und vor allem nicht mein Fachgebiet.«

»Soleta, ich dachte, wir wären Freunde.« Robin klang verletzt.

»Dessen bin ich mir bewusst, Robin, und ich möchte Ihnen gar nicht unbedingt widersprechen. Aber wenn wir wirklich Freunde sind, müssten Sie mit Verständnis reagieren, wenn ich Ihnen sage, dass ich wirklich nicht über solche Angelegenheiten reden möchte. Können Sie diesen Wunsch respektieren?«

»Nun ... ja, sicher. Ich denke schon.«

»Vielen Dank. Computer, Liftfunktion wieder aufnehmen.«

Der Turbolift setzte sich in Bewegung. Die Frauen schwiegen eine ganze Weile, doch kurz bevor sie die Brücke erreichten, wandte sich Lefler wieder an Soleta und fragte: »Ist das der Anfang dieser vulkanischen Rauschphase?«

Soleta starrte sie fassungslos an. *»Wie bitte?«*

»Ich dachte nur ... weil Sie so gereizt wirken.«

Soleta suchte nach Worten, doch zu ihrem Erstaunen wusste sie nicht, was sie sagen sollte. Also begnügte sie sich damit, den Mund zu halten. Sie verließ den Turbolift und ging zur wissenschaftlichen Station hinüber. Als sie an Zak Kebron vorbeikam, warf er ihr einen neugierigen Blick zu. »Gibt's ein Problem?«, fragte er leise.

»Bilde ich es mir nur ein, Kebron, oder hat gegenwärtig jedes Besatzungsmitglied dieses Schiffes Beziehungsprobleme?«

»Ich nicht.«

»Nein?«

»Ich brauche keine Beziehung«, sagte Zak Kebron ohne die Spur eines Zweifel. »Ich habe meine Goldfische.«

Soleta verzichtete darauf, weitere Fragen zu stellen.

8

Der diplomatische Empfangssaal der Momidianer war wie die ganze Architektur und das Mobiliar auf momidianische Größenverhältnisse zugeschnitten. Trotzdem war es ein recht eindrucksvolles Gebäude und Shelby gewann den Eindruck, die Momidianer seien ein angenehmes und umgängliches Volk … auch wenn sie sehr an Nacktschnecken erinnerten.

Nachdem die *Excalibur* den Orbit um den Planeten erreicht hatte, waren Shelby, Si Cwan, Selar, Lefler und Zak Kebron an die übermittelten Koordinaten auf der Oberfläche gebeamt worden. Kebron verbrachte seiner Gewohnheit gemäß die meiste Zeit damit, sich misstrauisch umzusehen und darauf gefasst zu sein, dass irgendwo jemand aus einem Versteck sprang und einen Angriff lancierte. Si Cwan war schon nach kurzer Zeit in ein lockeres Gespräch mit Kuttsuttel verwickelt, dem Minister für interstellare Beziehungen.

»Ich will ganz offen sein, Botschafter«, sagte Kuttsuttel. »Ich hatte nie ein gutes Verhältnis zum Rest Ihrer Familie. Sie dagegen waren stets die rühmliche Ausnahme und ich habe mit Freude zur Kenntnis genommen, dass Sie den Umsturz überlebt haben. Gerüchten zufolge sollen Sie nach Ihrer Schwester suchen, die möglicherweise ebenfalls überlebt hat.«

»Die Gerüchte entsprechen ziemlich genau den Tatsachen«, räumte Si Cwan ein.

»Dann wünsche ich Ihnen und Ihrer Schwester nur das Beste«, sagte Kuttsuttel. »Commander Shelby, Sie haben einen guten Mann in Ihrem Team.« Er deutete mit einem anerkennenden Nicken auf Si Cwan. »Sie sollten aufpassen, dass Sie ihn nicht verlieren.«

»Dass sehen wir genauso und wir haben nicht die Absicht, ihn aus den Augen zu lassen«, beteuerte Shelby. »Wie es scheint, können wir uns gegenseitig helfen. Dr. Selar ist bereit, sich mit Ihren medizinischen Experten zusammenzusetzen und Ihr Serum zu testen. Mit etwas Glück können wir die Wirksamkeit in … drei Stunden verifizieren. So war es doch, nicht wahr, Doktor?«

Selar nickte. »So lautete die Schätzung von Dr. Maxwell. Da er normalerweise eher vorsichtig mit derartigen Angaben umgeht, wäre es gut möglich, dass wir deutlich früher fertig werden.«

»Ausgezeichnet. Und Sie haben sich die Unterstützung eines landwirtschaftlichen Experten zur Optimierung eines Bewässerungssystems gewünscht«, fuhr sie zu dem Momidianer gewandt fort

»Richtig, Commander. Wann können wir mit dieser Person rechnen?«

»Sie stehen vor dieser Person«, sagte Shelby. »Ob Sie es glauben oder nicht, Kuttsuttel, aber ich bin auf einer Farm aufgewachsen. Ich bezweifle, dass irgendwer an Bord dieses Schiffes mehr Erfahrung in diesen Dingen hat als ich. Es wird mir ein Vergnügen sein, Ihnen nach Kräften beratend zur Seite zu stehen.«

»Das ist sehr entgegenkommend von Ihnen. Und uns wird es ein Vergnügen sein, Botschafter Cwan und Lieutenant Lefler zu Primus zu führen.«

»Warum haben Sie sie eingesperrt?«

Die Frage kam von Robin und im Gegensatz zum sehr freundlichen Umgangston, der im bisherigen Verlauf der Gespräche gepflegt wurde, klang sie sehr angespannt und vielleicht sogar etwas aggressiv.

»Wie bitte?«, fragte Kuttsuttel höflich zurück.

Shelby griff ein, bevor sich aus der Situation ein Problem entwickeln konnte. »Lieutenant Lefler hat sich lediglich auf recht krasse Weise erkundigt« – sie warf Lefler einen warnenden Blick zu, dessen Bedeutung ihr nicht entging –, »aus welchem Grund Morgan Primus hier über einen so langen Zeitraum festgehalten wurde. Hatten Sie den Verdacht, dass sie eine Spionin war, und wenn ja, was genau soll sie ausspioniert haben?«

»Sie meinen, ob wir etwas verbergen, das für andere von Interesse sein könnte?«, fragte Kuttsuttel zurück, den diese Vorstellung zu amüsieren schien.

»Etwas in der Art«, entgegnete Shelby vorsichtig.

»Manchmal wünsche ich mir, wir wären ein derart verschlagenes Volk, Commander. Dann hätten wir es in der galaktischen Politik bestimmt viel weiter gebracht. Nein, ich fürchte, es ist bei weitem nicht so interessant, wie Sie annehmen. Es war eine reine Vorsichtsmaßnahme. Wir waren weniger besorgt, dass sie uns ausspionieren könnte, als dass sie möglicherweise ein Provokateur oder Abgesandter einer fremden Spezies sein und Unruhe stiften könnte. Wir Momidianer sind ein friedliches Volk, Commander. Wir vermeiden Probleme, wo es geht, sowohl in unserem eigenen Lebensraum als auch mit mächtigen potenziellen Gegnern wie den Thallonianern. Vielleicht war sie ein Feind der Thallonianer. Vielleicht wollte sie uns Schaden zufügen. Wir wussten es nicht genau und deshalb wollten wir kein Risiko eingehen. Wir wussten nur, dass sie plötzlich auf unserem Planeten auftauchte, eine Menge Fragen über antike Artefakte stellte und ein elementares thallonianisches Gesetz verletzte, das da lautet: Keine Außenweltler. Auf dieser Grundlage haben wir sie in schützenden Gewahrsam genommen.«

»Zu wessen Schutz?«, fragte Si Cwan.

»Zu ihrem wie zu unserem, würde ich sagen«, gab Kuttsuttel zu. »Auf jeden Fall ist diese Zeit nun vorbei. Sie können mit ihr machen, was Sie wollen. Ich gebe sie offiziell in die Obhut von Captain Calhoun – beziehungsweise Ihre, Si Cwan, seinen offiziellen Vertreter. Kurdwurbel!«

Si Cwan dachte für einen Moment, Kuttsuttel hätte sich verschluckt und einen Hustenanfall bekommen. Doch kurz darauf tauchte ein weiterer Momidianer auf. »Das ist Kurdwurbel«, stellte Kuttsuttel ihn vor. »Er wird Sie zu ihr führen.«

»Hier entlang, bitte!«, sagte Kurdwurbel und winkte ihnen, ihm zu folgen.

»Botschafter«, sagte Lefler unvermittelt, »vielleicht wäre es das Beste, wenn Sie beim Commander bleiben. Ich bin überzeugt, dass ich hier allein zurechtkomme.«

»Lieutenant …«, begann Si Cwan.

»Glauben Sie mir, ich bin durchaus dazu in der Lage«, beteuerte Lefler und sah die übrigen Mitglieder der Gruppe an, insbesondere Shelby, und zwar auf geradezu herausfordernde Weise. Als wollte sie sagen: *Ich muss das hier allein durchstehen. Bitte mischen Sie sich nicht ein.*

Shelby nickte. »Nun gut, Lieutenant. Ich wünsche Ihnen viel Glück.«

»Danke«, sagte sie und fügte stumm hinzu: *Ich werde es brauchen.*

Morgan Primus saß genau im Zentrum ihres Quartiers und hatte die Hände in den Schoß gelegt. Man hätte sie mit einer Statue verwechseln können, wenn sich ihr Brustkorb nicht langsam gehoben und gesenkt hätte. Zu ihren Füßen standen ihre gepackten Taschen, in denen sich nicht allzu viel befand, da sie ohne großes Gepäck auf Momidium eingetroffen war. Schließlich hatte sie ursprünglich gar nicht lange bleiben wollen.

Sie hörte leise Schritte, die sich der Suite näherten, die viele Jahre lang ihr Gefängnis gewesen war. Auch wenn es die Schritte einer Person waren, die sie nie als Erwachsene kennen gelernt hatte, klangen sie dennoch vage vertraut. Sie machte sich bereit, weil sie wusste, dass sie jetzt ihre ganze Kraft benötigte, um die folgende Begegnung zu überstehen. Sie war fest entschlossen, sich nicht die geringste Schwäche anmerken zu lassen.

Robin trat in den Eingang zum Zimmer.

Sie starrten sich an. Zunächst starrten sie sich einfach nur an. Morgan wollte etwas sagen, wollte alles erklären. Sie war auf Zorn und Schmähungen gefasst, sie war bereit, auf alle Fragen einzugehen, obwohl sie gewillt war, die Antworten so vage wie möglich zu halten. Sie war bereit für eiskalte, abschätzende Blicke, schmerzhafte Wutausbrüche, fassungslose Reaktionen oder eine Fortsetzung der Nachricht, die sie vor kurzem erhalten hatte. Verdammt, Robin könnte sogar so wütend sein, dass sie einfach ihren Phaser zog und um sich schoss. Zweifellos waren schon merkwürdigere Dinge passiert. Ein Verbrechen aus Leidenschaft, so würde man es bezeichnen. Jedes Gericht würde angesichts der Voraussetzungen zum Urteil vorübergehender Unzurechnungsfähigkeit gelangen. Sie würde ungehindert ihren Dienst an Bord eines Starfleet-Schiffs fortsetzen können und keineswegs den Rest ihres Lebens im Gefängnis verbringen.

Doch Morgan war überhaupt nicht auf diesen kühlen Blick vorbereitet, mit dem sie begrüßt wurde. In Robins Augen war keine Spur einer Emotion. Sie wirkte wie eine Vulkanierin, die zum ersten Mal einer völlig fremden Person begegnete.

Morgan erkannte, dass Robin sich darauf verlegt hatte, einfach abzuwarten, bis sie etwas sagte. Robin war ein kleiner Dickkopf, was sie vermutlich von ihrer Mutter geerbt hatte. Aber so kamen sie nicht weiter. Sie würde schon etwas sagen müssen, sonst würden sie den Rest des Tages damit verbringen, herumzustehen und sich anzustarren.

Zum Glück wurde das Schweigen irgendwann von Kurdwurbel gebrochen, der sich bemüßigt fühlte zu fragen: »Seid ihr eine telepathische Spezies?«

»Was?«, sagte Morgan.

»Ich habe mich nur gefragt, ob ihr auch auf rein gedanklicher Ebene kommunizieren könnt. Wir Momidianer müssen uns auf akustische Artikulationen beschränken. Ich dachte, dass ihr vielleicht in der Lage seid, mit Mitgliedern eurer eigenen Spezies …«

Sie schüttelte den Kopf.

»Ich verstehe«, sagte Kurdwurbel. Eigentlich hatte er gar nichts verstanden, aber er war nicht bereit, es zuzugeben. Er zog den Kopf ein, was bei den Momidianern einem Schulterzucken entsprach. »Nun, es geht mich auch nichts an. Jedenfalls jetzt nicht mehr.« Er hob ein kleines rundes elektronisches Gerät. »Dreh dich bitte um.«

Morgan tat wie befohlen und kehrte Kurdwurbel den Rücken zu, der das Gerät gegen ihre Halsfessel drückte. Sie spürte einen leichten Stromschlag, dann fiel die Fessel ab und landete deaktiviert und harmlos auf dem Boden.

»Jetzt bist du frei. Es war nett, sich mit dir zu unterhalten. Wer weiß«, sagte er und zuckte wieder auf seine Art mit den Schultern, »was in einem anderen Leben aus uns geworden wäre?«

»Das weiß in der Tat niemand. Danke, dass du mir geholfen hast, meinen Aufenthalt etwas erträglicher zu gestalten.«

Er sah Robin an und sagte: »Seien Sie nett zu ihr. Sie ist eine ganz besondere Frau.« Ohne ein weiteres Wort drehte er sich um und kroch fort, worauf zunächst wieder ein bedrücktes Schweigen zwischen den zwei Frauen eintrat.

»Du hast bestimmt viele Fragen«, sagte Morgan schließlich, als sie die Stille nicht mehr ertragen konnte.

»Ja«, erwiderte Robin in einem Tonfall, der anscheinend völliges Desinteresse vermitteln sollte. »Kommst du mit oder nicht?«

Morgan starrte sie ungläubig an. »Mehr nicht?«

Keine Antwort.

»Robin, wir sollten uns nichts vormachen. Du musst doch eine Million Fragen haben. Du musst eine gewaltige Menge Zorn in dir haben. In deiner Nachricht hast du keinen Zweifel daran gelassen. Also schieß los!« Sie stand auf. »Nimm keine Rücksicht auf mich. Sag mir, was dir durch den Kopf geht.«

Nichts.

»Ich verstehe. Die Schweigefolter. So hättest du es also gern. All die Fragen, all der Zorn und Schmerz und was sonst noch in dir tobt, und du verlegst dich einfach aufs Schweigen. Sehr erwachsen, Robin«, sagte sie mit sarkastischem Unterton.

»Ich halte mich wirklich für sehr erwachsen«, sagte Robin mit einer Stimme, die vom Mars zu kommen schien. »Jedenfalls musste ich sehr früh erwachsen werden, nachdem meine Eltern gestorben waren.«

»Ich ...« Sie holte tief Luft. »Es tut mir sehr Leid wegen deines Vaters. Ich konnte wirklich nicht wissen, dass ...«

»Sag es nicht.« Robin zeigte mit dem Finger auf sie, und Morgen konnte erkennen, dass sie sich große Mühe geben musste, um nicht zu zittern. »Fang nicht an, dich zu entschuldigen. Ich kann alles verstehen, nur das nicht. Weil es in dieser Galaxis keine Entschuldigung gibt, die auch nur ansatzweise rechtfertigt, was du getan hast. Wenn du es auch nur versuchst, Mutter, werde ich durchdrehen. Darauf kannst du Gift nehmen. Nach allem, was du mir angetan hast, erwarte ich von dir zumindest so viel Entgegenkommen, dass du mich mit Entschuldigungen verschonst.«

Morgan nickte langsam. »Ich habe verstanden, Lieutenant.« Als sie sich abwandte, trat sie unbeabsichtigt auf das Halsband. Sie hob es vom Boden auf und betrachtete es nachdenklich. »Kaum zu glauben, dass dieses Ding mich hier all die Jahre festgehalten hat.«

»Vielleicht hatten sie überlegt, dir ein Kind aufzuhalsen, aber sie wussten anscheinend, dass das nicht genügt, dich vom Davonlaufen abzuhalten.«

Sie wandte sich wieder ihrer Tochter zu. »Cheshire, du weißt nicht ...«

»Wage es nie wieder, mich so zu nennen! Dieses Privileg hast du verloren. Hast du mich verstanden?«

Ihre Erwiderung war so lautstark, heftig und zornig, dass Morgan einen Schritt zurückwich, als hätte man ihr einen Stoß versetzt. Robin brauchte eine Weile, bis sie ihre Wut zurückgekämpft hatte, dann sagte sie sehr leise: »Komm jetzt. Es ist Zeit zu gehen.«

Ohne ein Wort nahm Morgan ihre Taschen und folgte ihrer Tochter in die Freiheit.

Calhoun saß auf der Brücke und beobachtete, wie sich der Planet unter ihm drehte. Nicht zum ersten Mal fragte er sich, ob er einen Fehler begangen hatte. Er fühlte sich viel glücklicher, wenn er eine Landegruppe anführte, statt auf der Brücke auszuharren, während sich andere ins Abenteuer stürzten. Es war nicht so, dass er Shelby nicht zutraute, diese Aufgabe zu erfüllen. Nein. Aber es behagte ihm überhaupt nicht, untätig herumsitzen zu müssen.

Andererseits war ihm natürlich nicht entgangen, dass sich jedes Mal, wenn er seinen Fuß auf einen Planeten setzte, eine Katastrophe anzubahnen schien. Bislang hatten seine zwei größeren Unternehmungen auf der Oberfläche fremder Planeten dazu geführt, dass der eine unter seinen Füßen auseinander gebrochen war und dass er auf dem anderen entführt und verschleppt worden war. Keiner dieser beiden Vorfälle schien dazu geeignet, ihm einen Orden wegen hervorragender Leistungen einzubringen.

Shelby kam aus dem Turbolift und Calhoun drehte sich mit erwartungsvollem Blick zu ihr um. »Nun, Commander?«

»Alles erledigt, Captain«, entgegnete sie knapp. »Ich habe den Leuten ein paar Tipps wegen des Bewässerungssystems gegeben. Nach vorsichtigen Schätzungen dürfte es ihre Ernteerträge um neunzehn Prozent steigern. Und Dr. Selar meldet, dass das Serum in Ordnung ist. Ich habe mir die Freiheit genommen, die Krankenstation anzuweisen, eine größere Menge zu synthetisieren, da die Möglichkeiten der Momidianer recht unzulänglich sind und wir in derselben Zeit etwa die fünffache Menge an Serum produzieren können. In maximal zwanzig Stunden dürften die Verantwortlichen diese Epidemie vollständig unter Kontrolle haben.«

»Kein Anzeichen einer Rebellion?«, fragte er. »Kein Krieg, der auszubrechen droht? Niemand wurde entführt? Kein riesiger Feuervogel, der sich am Horizont zeigt?«

»Sie meinen, ob es irgendeine der üblichen Katastrophen gegeben hat? Nein, Captain. Es war eine erschreckend einfache Mission.« Sie kam über die Rampe nach unten und ging zu ihrem Sessel … um einen Moment zu zögern, bevor sie sich setzte.

Er bemerkte es natürlich und sah, wie sie ihm einen misstrauischen Blick zuwarf. Er schüttelte lächelnd den Kopf und sagte sehr leise: »Wir sind quitt und reden nicht mehr drüber, okay?«

Sie nickte zufrieden und nahm Platz. »Gut. Was die Sache mit Morgan Primus angeht …«

»Ja, mir ist aufgefallen, dass Lefler nicht mit Ihnen zurückgekommen ist.«

»Ich habe angeordnet, dass für Primus – oder Lefler oder wie immer ihr korrekter Name lauten mag – ein

Quartier eingerichtet wird. Robin kümmert sich um sie. Kebron unterzieht sie gerade einer Sicherheitsüberprüfung, aber außer dem, was Robin uns bereits erzählt hat, gibt es keine Hinweise auf Ungewöhnlichkeiten. Ich vermute, dass Sie sich gerne mit ihr treffen würden.«

»Möglichst bald«, bestätigte Calhoun. »Ihre Existenz ist ein Mysterium und ich habe nur ungern ungelöste Mysterien an Bord meines Schiffes.«

»Verstanden. Im Konferenzraum?«

»Nein«, sagte er nach kurzer Überlegung. »Im Bereitschaftsraum des Captains. Im Konferenzraum würde das Ganze den Charakter einer offiziellen Anhörung erhalten und vorläufig möchte ich ihr lieber auf freundschaftlicher Basis begegnen.«

»Wenn man bedenkt, was Lefler gerade durchmacht«, stellte Shelby fest, »haben Sie sich ein hohes Ziel gesteckt.«

»Captain«, sagte McHenry und drehte sich mit seinem Sessel herum. »Wir haben eine Nachricht von der *Seidman* empfangen. Sie ist zum vereinbarten Treffpunkt unterwegs und fragt an, ob wir den Termin einhalten können.«

»Wenn hier weiterhin alles so reibungslos verläuft, ohne Zweifel. Programmieren Sie den Kurs, Mr. McHenry, für Warpfaktor drei.«

»Verstanden, Captain.«

Calhoun warf Shelby einen trübsinnigen Blick zu und sie wusste, was er dachte. Die *Seidman* war ein Transportschiff, das von Starfleet geschickt worden war, um die ersten zwei Besatzungsmitglieder aufzunehmen, die Calhoun verloren hatte. Es waren zwei Männer von der Sicherheit, die zweifellos einen gefährlichen Job hatten, aber das machte den Verlust keineswegs erträglicher. Hecht und Scannell. Hecht war wirklich tot und Scannells Geist war vollständig zerstört. Es bestand zwar eine gewisse Hoffnung auf Rehabilitation, doch dazu waren Einrichtungen nötig, die die Möglichkeiten der *Excalibur* überstiegen.

»So früh«, sagte er mit bedrückter Miene und Shelby wusste genau, was er meinte. Es war nicht gut, schon zu einem so frühen Zeitpunkt der Mission Besatzungsmitglieder zu verlieren. Und sie wusste auch, dass Calhoun sich selbst die Verantwortung gab, ganz gleich, was sie dazu sagen würde.

So sehr sie sich ein eigenes Kommando wünschte – es gab Zeiten, zu denen Shelby es nicht im mindesten bedauerte, noch nicht auf diesem Sessel zu sitzen.

Morgan packte ihre Taschen aus und sah sich im Quartier um. Sie schaute durch das Sichtfenster auf den Weltraum und sagte: »Sterne! Ich hatte schon gedacht, dass ich sie nie wiedersehen würde.« Dann riss sie sich von diesem Anblick los. »Schön, dass die Gästequartiere immer noch einen anständigen Eindruck machen.«

Si Cwan hatte sich in der Nähe gegen eine Wand gelehnt. »Sie haben sich bereits an Bord eines Starfleet-Schiffs aufgehalten?«

Sie zögerte und Si Cwan erschien es, als würde sie bedauern, etwas gesagt zu haben. Doch dann entschied sie offenbar, dass ihre Bedenken unbedeutend waren. »Von Zeit zu Zeit«, antwortete sie ausweichend, drehte sich zu ihm um und sah ihn von oben bis unten an. Sie musterten sich gegenseitig und ihm entging keineswegs, dass sie eine sehr attraktive Frau war. »Wie war noch gleich Ihr Name?«

»Si Cwan. Der Botschafter dieses Schiffes.«

Sie war für einen Moment beeindruckt. »*Der* Si Cwan? Aus der königlichen Familie?«

»Der ehemaligen.«

»Und jetzt arbeiten Sie als Botschafter für die Föderation. Die Zeiten haben sich geändert, nicht wahr?« Sie setzte sich auf die Kante des Bettes und blickte zu ihm auf. »Warum sind Sie hier, Botschafter?«

»Aus mehreren Gründen. Ich hatte das Bedürfnis, mich wieder mit …«

»Nein, ich meine, warum Sie *hier* sind. In meinem Quartier. Haben Sie den Auftrag, mich auszuhorchen?«

»Sie sind sehr direkt, Morgan. Ich empfinde das als angenehme Abwechslung. Nun gut. Commander Shelby ist der Ansicht, dass Sie nicht unbeaufsichtigt bleiben sollen, bis Lieutenant Kebron Ihre Sicherheitsüberprüfung abgeschlossen hat. Sie in Ihrem Quartier einzusperren, erschien uns recht unfreundlich, und Sie in einer Arrestzelle zu verwahren, wäre auch nicht gerade ein Zeichen von Gastfreundschaft gewesen. Ich glaube, der Commander hat damit gerechnet, dass Lieutenant Lefler sich um Sie kümmert, aber sie lehnte diese ehrenwerte Aufgabe ab. Also habe ich angeboten, in die Bresche zu springen.«

»Wie galant von Ihnen! Arbeiten Sie eng mit Robin zusammen?«

»Sie ist meine Teilzeit-Adjutantin. Sie hat sich großzügigerweise freiwillig für diese Aufgabe zur Verfügung gestellt.«

Morgan musterte ihn erneut und lachte dann. Es war kein schallendes Gelächter, sondern eher ein kurzes Glucksen mit einem verächtlichen Beiklang. »Sehr großzügig, in der Tat.«

»Wie darf ich das verstehen?«

»Nun, für einen Mann mit roter Haut und tätowierter Stirn sehen Sie ziemlich gut aus.«

»Lieutenant Leflers Engagement ist rein professioneller Natur, Madam«, sagte Si Cwan tadelnd. »Und ich wäre Ihnen dankbar, wenn Sie ihr keine anderen Motive unterstellen als den Wunsch, im Interesse der *Excalibur*-Mission tätig zu werden.«

Sie hob die Hände. »Ich bitte demütigst um Verzeihung, Botschafter. Ich hatte nicht die Absicht, Sie oder meine Tochter zu beleidigen. Wenn es Ihnen nichts ausmacht, können wir uns vielleicht darauf einigen, dass meine taktlose Andeutung unter uns bleibt.«

»So wäre es mir am liebsten.«

Si Cwans Kommunikator signalisierte einen Anruf. »Si Cwan hier.«

»Botschafter«, war Shelbys Stimme zu hören, »wären Sie wohl so freundlich, Mrs. Primus in den Bereitschaftsraum des Captains zu begleiten?«

»Zu Ihren Diensten, Commander.« Er verbeugte sich und deutete auf die Tür. »Nach Ihnen, Madam.«

»Zu Ihren Diensten, Botschafter«, sagte sie mit kehliger Stimme. Kurz vor der Tür blieb sie stehen und strich mit den Fingern über seinen Bart. Er blinzelte überrascht. »Unter uns gesagt, Si Cwan, ich kann es meiner Tochter kein bisschen verübeln.«

Lefler arbeitete an ihrer Station, als Shelby hinter sie trat und leise sagte: »Der Captain bittet Sie darum, sich in seinem Bereitschaftsraum einzufinden.«

Automatisch warf Robin einen Blick in die Richtung und sah, wie Morgan von Si Cwan in das Zimmer geführt wurde. Robin wandte sich sofort wieder Shelby zu und sagte: »Commander, wenn es Ihnen nichts ausmacht, würde ich gerne darauf verzichten.«

»Es macht mir sehr wohl etwas aus, Lieutenant«, erwiderte Shelby entschieden, aber nicht unfreundlich. »Es ist mir zwar kein persönliches Anliegen, aber hier handelt es sich um einen Befehl des Captains. Auch wenn uns gerade nicht danach ist, sollten wir tun, was er sagt.«

»Aber …« Doch als sie Shelbys Blick bemerkte, seufzte sie. »Zu Befehl, Commander.« Sie verließ ihre Station, die automatisch von Fähnrich Scott Fogelson besetzt wurde. Sie sah Shelby in die Augen und sagte sehr leise: »Trotzdem gefällt es mir nicht.«

»Das habe ich verstanden«, sagte Shelby sachlich. »Gehen wir.«

Calhoun entging nicht, dass Morgan Primus sich in seinem Bereitschaftsraum bewegte, als würde sie hierher gehören. Er hatte sich aus einem bestimmten Grund für diesen Raum entschieden, und zwar wollte er einen psychologischen Vorteil auf seiner Seite haben. Ein Konferenzraum war sozusagen neutrales Territorium, doch hier war er zu Hause. Bedauerlicherweise schien diese Taktik diesmal nicht zu funktionieren. Außerdem hatte Calhoun – der normalerweise eine hervorragende Menschenkenntnis besaß – das deutliche Gefühl, dass Morgan sich nicht ohne weiteres einschüchtern ließ.

Si Cwan blieb bei ihnen und kurz darauf stießen Shelby und Lefler dazu. Es waren nicht genügend Sitzplätze für alle vorhanden, doch für Si Cwan schien es kein Problem zu sein, sich mit verschränkten Armen in eine Ecke zu stellen. Calhoun war bereits des Öfteren aufgefallen, dass Cwan es nach Möglichkeit vorzog, zu stehen statt zu sitzen. Da er ohnehin recht groß war, schien er alle Anwesenden um Längen zu überragen. Shelby und Lefler saßen sich gegenüber, und Morgan hatte es sich auf der kleinen Couch bequem gemacht.

»Gut«, sagte Calhoun liebenswürdig. »Wir sind also alle versammelt … Mrs. Primus. Oder ziehen Sie die Anrede Mrs. Lefler vor?«

»›Morgan‹ genügt völlig, wenn es Ihnen nichts ausmacht.« Er bemerkte, dass sie mit einem Finger über die Lehne der Couch strich. Suchte sie nach Staub? Für wen hielt sich diese Frau? »Ich halte nicht viel von Förmlichkeiten.«

»Nun gut, Morgan. Mr. Kebron hat die Überprüfung von ›Morgan Primus‹ abgeschlossen und im Großen und Ganzen bestätigt, was wir von Lieutenant Lefler erfahren haben. Nach den Unterlagen starben Sie vor zehn Jahren. Allerdings wurde nie ein Leichnam gefunden, obwohl sich die Behörden die größte Mühe gaben.«

»Nun, Captain, wie es scheint, ist Ihnen gelungen, wozu die Behörden nicht imstande waren. Sie haben mich gefunden.«

»Dürfte ich Sie nun fragen, wo Sie in dieser langen Zeit waren, Morgan? Hinsichtlich der letzten fünf Jahre besteht offenbar kein Zweifel, aber die fünf Jahre davor sind nach wie vor ein Geheimnis.«

»Captain«, sagte Morgan langsam, »ich glaube, dass solche Fragen ein wenig außerhalb Ihres Kompetenzrahmens liegen.«

»Wissen Sie, ich habe ein paar seltsame Angewohnheiten, Morgan«, sagte Calhoun mit einem dünnen Lächeln. »Unter anderem die Neigung, meinen Kompetenzrahmen sehr großzügig zu definieren. Je länger Sie in meiner Nähe sind, desto schneller werden Sie das verstehen.«

»Das ist gut zu wissen, Captain, aber ich habe nicht vor, mich längere Zeit in Ihrer Nähe aufzuhalten.«

Zum ersten Mal meldete sich Lefler zu Wort. »Kaum haben wir uns wiedergesehen, willst du schon wieder vor mir flüchten, Mutter.«

Morgans Blick wandte sich langsam ihrer Tochter zu. Ihr Gesichtsausdruck war sehr ernst und düster, als wollte sich ein Gewitter zusammenbrauen. »Robin«, sagte sie, »möchtest du weiterhin bissige Kommentare beisteuern, die nichts bewirken werden, oder können wir jetzt offen über alles reden?«

Si Cwan legte Robin beschwichtigend eine Hand auf die Schulter, bevor sie von ihrem Stuhl aufspringen konnte. Dadurch ließ sie sich einen Moment lang beruhigen, doch dann stieß sie seine Hand weg und stand auf. »Also gut«, sagte sie mit schneidender Stimme.

»Du willst auf den Punkt kommen? Dann lass uns loslegen.«

Shelby warf Calhoun einen Blick zu, doch er machte ihr ein Zeichen, dass sie sich nicht einmischen sollten. Sie lehnte sich zurück und verfolgte besorgt, wie sich die Dinge weiterentwickelten.

»Punkt eins: Du hast mich im Stich gelassen. Dad und mich.«

»Ja.«

»Du hast deinen Tod vorgetäuscht.«

»Ebenfalls ja.«

Sie nahm einen tiefen Atemzug. »Warum?«

»Es war nötig.«

Mehr sagte sie nicht. Robin wartete, dass sie eine genauere Erklärung abgab, doch je länger das Schweigen anhielt, desto klarer wurde ihr, dass Morgan offensichtlich der Meinung war, keine weiteren Erklärungen abgeben zu müssen.

»Es war nötig?«, wiederholte Robin. »Zehn Jahre lang habe ich gedacht, dass du tot bist. Dad ist an gebrochenem Herzen gestorben. Und das Einzige, was du mir zu bieten hast, ist ein simples ›Es war nötig‹?«

»Ich verstehe, dass du gerne mehr erfahren möchtest, Robin, aber mehr kann ich dir im Augenblick wirklich nicht bieten.«

»Im Augenblick?« Lefler war fassungslos. Sie ging hinter ihrem Stuhl auf und ab. Si Cwan musste zurücktreten, um ihr Platz zu machen. »Worauf zum Teufel wartest du? Bis du Großmutter geworden bist? Bis ich auf dem Totenbett liege? Ist dann der richtige Augenblick gekommen, um mir zu sagen: ›Ach, übrigens, mein Kind, ich bin jetzt bereit zu erklären, warum ich dein Leben verhunzt habe!‹«

Bei diesen Worten sprang Morgan ebenfalls auf und erwiderte mit mühsam unterdrücktem Zorn: »Ich habe dir das Leben geschenkt, Kind! Und wie es aussieht, hast du meine Abwesenheit sehr gut überstanden. Es tut mir Leid, dass dein Vater ›an gebrochenem Herzen starb‹, aber Menschen sterben nun einmal, Robin, das ist eine Tatsache. Ich vermisse ihn auch, aber nur die Starken überleben, und auch das ist einfach nur eine Tatsache des Lebens. Das Gesetz der natürlichen Auslese. Wenn er nicht stark genug war, um meinen Verlust zu ertragen, dann ist es nicht meine Schuld, dass er nicht überlebt hat.«

»Wie kannst du es wagen, so zu sprechen!«, schrie Lefler.

»Okay, das reicht!«, rief Calhoun. »Lefler, beruhigen Sie sich!«

Robin rührte sich nicht, obwohl sie am ganzen Körper zitterte. Si Cwan schien zu beabsichtigen, sie mit sanfter Gewalt von Morgan zu trennen, doch Lefler bemerkte seine Bewegung und warf ihm einen Seitenblick zu, der ihn erstarren ließ. Also beschloss Si Cwan, lieber dort zu bleiben, wo er war.

Morgans Gesicht war puterrot angelaufen, als wären ihr mehrere Ohrfeigen versetzt worden. »Fühlst du dich jetzt besser, Robin?«, fragte sie leise. »Hast du damit irgendetwas ausgeglichen?«

»Nein«, gestand Lefler, die mindestens genauso zornig wie ihre Mutter war. »Ich möchte nur wissen, was los ist. Du bist mir eine Erklärung schuldig. Zumindest eine Erklärung kann ich von dir erwarten.«

»Vielleicht hast du Recht, Robin. Aber wir bekommen nicht immer, was wir wollen, und manchmal gibt es Dinge, die ein Geheimnis bleiben. Glaube mir bitte, wenn ich sage, dass es für alle Beteiligten das Beste ist, wenn wir es dabei bewenden lassen.«

»Das kann ich nicht.«

»Aber ich. Und da ich nicht bereit bin, mehr zu sagen, als ich bereits gesagt habe, wirst du ganz einfach damit leben müssen. Du hast all die Jahre damit gelebt, dass ich tot bin, Robin. Lebe nun damit, dass ich lebe, und lass mir mein Leben für die Jahre, die mir noch bleiben. Captain«, wandte sie sich an Calhoun, bevor ihre Tochter etwas erwidern konnte, »ich habe gehört, dass wir uns mit dem Transportschiff *Seidman* treffen werden. Ist das korrekt?«

»Ja.«

»Gut. Dann bitte ich Sie offiziell darum, auf die *Seidman* überstellt zu werden. Von dort werde ich schon irgendwie weiterkommen.«

»Sie beabsichtigen, den thallonianischen Sektor zu verlassen?«, fragte Si Cwan.

»Möglicherweise«, antwortete Morgan. »Ich habe mich noch nicht eindeutig entschieden.«

»Wissen Sie«, sagte Shelby, »aus irgendeinem Grund glaube ich nicht so recht, dass Sie die ganze Wahrheit sagen. Ich hege den schleichenden Verdacht, dass Sie sehr wohl wissen, was Sie wollen, Morgan. Sehen Sie das genauso, Captain.«

»In der Tat, Nummer Eins.«

Morgan blickte vom Commander zum Captain, dann räusperte sie sich. »Um ehrlich zu sein, Commander …«

»Eine völlig neue Wendung!«, murmelte Lefler.

»Es ist mir ziemlich gleichgültig, welche Meinung Sie von mir haben«, fuhr sie fort, ohne auf die Bemerkung einzugehen. »Mir liegt nur etwas daran, keine weitere Zeit mehr zu verlieren. Ich musste fünf Jahre lang untätig herumsitzen. Ich verfolge bestimmte Ziele, möchte gewisse Dinge erreichen und ich werde die verlorene Zeit vermutlich nie mehr aufholen können. Ich möchte Sie bitten, mit mir zu kooperieren, damit ich nicht noch mehr Zeit verliere. Und ich baue auf Ihr Verständnis, wenn ich Sie bitte, mir eine Möglichkeit zu geben, dieses Schiff zu verlassen.«

»Bitte um Erlaubnis, sie zur Luftschleuse führen zu dürfen, Captain«, sagte Robin.

»Lefler, so kommen wir nicht weiter«, sagte Calhoun streng. »Morgan ...«

»Captain, wenn Sie einmal genauer über die Angelegenheit nachdenken, werden Sie zweifellos erkennen, dass Ihnen gar keine andere Wahl bleibt«, sagte Morgan ruhig.

»Ich habe bereits gründlich über die Angelegenheit nachgedacht und bin zu folgendem Schluss gelangt: Sie dürfen die *Excalibur* verlassen, wenn wir alles zu meiner Zufriedenheit geklärt haben – das heißt, wenn ich weiß, warum Sie ihren Tod vorgetäuscht haben und zehn Jahre später im thallonianischen Sektor aufgetaucht sind.«

»*Was?*« Morgan explodierte förmlich. »Was haben Sie gesagt?«

»Schließlich haben wir immer noch keine offizielle Bestätigung Ihrer Identität von der Erde erhalten«, sagte Calhoun. »Bis dahin könnten Sie sonstwer sein.«

»Bei dieser Entfernung wird es mindestens ...«

»... zwei Wochen dauern, bis wir die Subraumnachricht empfangen. Sofern es nicht zu irgendwelchen bürokratischen Verzögerungen kommt.«

»Robin«, sagte Morgan und wandte sich ihrer Tochter zu, »sag ihnen, dass ich deine Mutter bin.«

Lieutenant Lefler beantwortete diese Aufforderung mit einem wutfunkelnden Blick, der zu sagen schien: *Jetzt willst du also plötzlich wieder meine Mutter sein!*

Calhoun bemerkte, dass Shelbys Gesicht aschfahl geworden war. Si Cwan hingegen hatte jahrelange Übung darin, sich nicht das Geringste anmerken zu lassen. »Sie werden natürlich als Ehrengast behandelt«, versicherte er ihr. »Sie dürfen sich frei im Schiff bewegen – mit den Ausnahmen, die für alle Gäste gelten. Aber ich bin auf gar keinen Fall gewillt, Sie einfach laufen zu lassen. Immerhin deutet einiges darauf hin, dass Sie den Momidianern auf irgendeine Weise Schaden zufügen wollten.

Und wenn wir Sie freilassen, können Sie vielleicht endlich die Gelegenheit nutzen, diesen Plan in die Tat umzusetzen.«

»Captain, ich schwöre Ihnen, dass ich der glücklichste Mensch des Universums bin, wenn ich den Planeten Momidium niemals wiedersehe.«

Calhoun erhob sich von seinem Schreibtisch und stützte sich in beinahe gönnerhafter Weise auf die Tischplatte. »Morgan, Sie verstehen sicherlich, warum Ihre Beteuerungen mich kaum beeindrucken. Nicht nur Ihre Mitteilsamkeit lässt zu wünschen übrig, sondern Sie scheinen obendrein stolz auf ihre Fähigkeit zu sein, ein so großes Geheimnis um sich zu machen. Damit hinterlassen Sie keinen allzu guten Eindruck bei mir. Wenn Sie nicht bereit sind, den Mund aufzumachen, werden Sie an Bord meines Schiffes bleiben, bis Sie verfault sind. Habe ich mich verständlich ausgedrückt?«

»Das ist Erpressung!«

Er klatschte in die Hände. »Sehr gut, Sie haben es tatsächlich verstanden!«

»Sie wollen mich unter Druck setzen, damit ich mein Recht auf Privatsphäre aufgebe, Captain!«

»Für den einen ist es Erpressung, für den anderen eine längere Geschäftsverhandlung«, sagte er ruhig. Dann trat er einen Schritt auf sie zu und nun war es Calhouns Gesicht, das eine dunkle Färbung annahm. Die Narbe auf seiner Wange zeichnete sich deutlich von der Haut ab. »Jetzt hören Sie mir zu, Lady«, sagte er mit tiefer und furchteinflößender Stimme. »Ich kenne Sie nicht. Für mich sind Sie nur ein Objekt, eine Person, die an Bord meines Schiffes befördert wird. Lieutenant Lefler hingegen schätze ich als wertvolles Mitglied meiner Besatzung. Es gefällt mir nicht, wie Sie sie behandelt haben. Es gefällt mir nicht, dass Sie sie wütend machen, aus dem Gleichgewicht bringen und ihre Leistungsfähigkeit beeinträchtigen.«

»Dann lassen Sie mich gehen, damit ich keinen schlechten Einfluss mehr auf sie ausüben kann«, sagte Morgan.

Er schüttelte den Kopf. »Ohhh nein! So geht das nicht, Morgan. Ganz gleich, welche Dämonen Sie vor zehn Jahren getrieben haben, Ihre Familie im Stich zu lassen, so einfach kommen Sie jetzt nicht davon. Was Sie mit ihr gemacht haben, war Unrecht, und ich werde jetzt dafür sorgen, dass Gerechtigkeit einkehrt.«

»Captain Calhoun, stets bereit, Unrecht zu sühnen und die Galaxis zu retten, wie?«, sagte Morgan voller Sarkasmus.

»Nicht die gesamte Galaxis«, erwiderte er gepresst, »nur den kleinen Teil, für den ich zuständig bin.«

Eine ganze Weile schien es, als wäre die Luft zwischen ihnen mit knisternder Energie geladen, bis Morgan schließlich das zunehmende Bedürfnis empfand, den Blick von Calhouns stechenden violetten Augen abzuwenden.

»Wäre das alles?«, fragte sie, immer noch mit abgewandtem Blick.

»Ja, es scheint so. Botschafter ... Lieutenant ... würden Sie Morgan bitte in ihr Quartier führen, damit sie ihren Aufenthalt an Bord unseres Schiffes beginnen kann?«

»Also bin ich aus der Gefangenschaft der Momidianer entlassen worden, um unmittelbar darauf von Captain Calhoun inhaftiert zu werden?«, fragte Morgan.

»Diese Entwicklung gründet sich allein auf Ihre Taten und Ihr unkooperatives Verhalten. Ich ziehe lediglich die Konsequenzen.«

Sie schien etwas erwidern zu wollen, überlegte es sich jedoch anders und verließ wortlos den Raum. Si Cwan und Lefler begleiteten sie nach draußen und Lefler hielt nur einen kurzen Moment inne, um sich zu Calhoun umzuschauen. Der Captain wusste nicht, ob in ihrem Blick Dankbarkeit, Zorn, Verwirrung oder vielleicht sogar eine Mischung aus allen drei Dingen lag.

Shelby wollte etwas sagen, doch Calhoun hob schnell eine Hand und tippte auf seinen Kommunikator. »Mr. Kebron. Könnte ich wohl für einen Moment Ihre Zeit in Anspruch nehmen?«

»Das kann doch nicht dein Ernst sein, Mac!«, platzte es aus Shelby heraus.

»Derartige Äußerungen höre ich des Öfteren von Ihnen, Commander. Und jedes Mal müssen Sie feststellen, dass ich es in der Tat ernst meine. Ich denke, Sie können sich diesen Kommentar in Zukunft sparen. Es wird irgendwann langweilig, wenn Sie immer dasselbe sagen.«

»Um Himmels willen, Mac ...«

Kebron trat in den Bereitschaftsraum und stand mit lässig hinter dem Rücken verschränkten Armen da. »Ja, Captain?«

»Ich möchte, dass Morgan auf Sicherheitsstufe zwei überwacht wird«, sagte Calhoun.

»Es werden keine speziellen Personen zu ihrer Bewachung abgestellt, aber sämtliches Sicherheitspersonal wird stets ein Auge auf sie haben«, sagte Kebron ruhig. »Meine Leute werden sich alle fünfzehn Minuten melden, damit ich über ihren Aufenthaltsort informiert bin.«

»Genau. Weisen Sie alle Sicherheitskräfte an. Am besten bis gestern.«

»Verstanden, Captain.« Er aktivierte seinen Kommunikator. »An alle Sicherheitskräfte, hier spricht Kebron. Sicherheitswache Stufe zwei, Zielperson Morgan Primus, Ausführung sofort. Bestätigung aller Einheiten an Sicherheitszentrale.« Dann verließ er mit erstaunlicher Geschwindigkeit den Bereitschaftsraum.

Anschließend wartete Calhoun darauf, dass Shelby ihn fertig machte. Er hatte ihr den Rücken zugekehrt, aber er war überzeugt, dass es jeden Augenblick losgehen würde. Als nichts kam, drehte er sich zu ihr um, da er vermutete, dass sie ihm dabei in die Augen sehen wollte. Sie stand mit verschränkten Armen und ausdrucksloser Miene da, unter der sich zweifellos heftigste Verärgerung verbarg.

»Na los«, sagte er seufzend. »Spuck es aus.«

»Nun«, begann sie, »ich glaube, das hast du wirklich gut gemacht.«

Er starrte sie an, als wäre ihr plötzlich ein zweiter Kopf gewachsen. »Wie bitte?«

»Ich sagte, das hast du wirklich gut gemacht.«

Langsam und zögernd ging er ein paar Schritte auf sie zu. »Weißt du, Eppy ... als ich mir überlegt habe, was du sagen würdest, habe ich mit allem Möglichen gerechnet, aber nicht damit.«

»Mac, ich weiß, dass du das Herz auf dem rechten Fleck hast. Du hast gesehen, wie Lefler leidet, und empfindest einen gewissen Zorn auf die Frau, die daran schuld ist; und du hast das Gefühl, dass du verpflichtet bist, deswegen etwas zu unternehmen.«

»Das ist im Großen und Ganzen zutreffend«, sagte er. »Okay, zum Teil liegt es auch daran, dass sie mich zur Weißglut gereizt hat. Aber damit kann ich umgehen. Du hast gesehen, was sie mit Lefler gemacht hat. Lieutenant Lefler gehört zu meiner Besatzung und ich lasse nicht zu, dass man einem Mitglied meiner Besatzung übel mitspielt, wenn ich es verhindern kann.«

»Was unsere Mission betrifft, so gehört Robin Lefler zweifellos zu den Leuten, für die du verantwortlich bist, Mac.« Sie kam ihm ein Stück näher und sah ihn mitfühlend an. »Aber wenn es um ein Unrecht geht, das ihr vor zehn Jahren angetan wurde, dann muss sich Robin jetzt ganz allein damit auseinander setzen. Du hilfst ihr nicht unbedingt, wenn du ihre Mutter daran hinderst, erneut davonzulaufen.«

»Die Leistungsfähigkeit der Mitglieder meiner Besatzung geht mich in jedem Fall etwas an«, gab Calhoun zu bedenken. »Wenn Robin Lefler durch ihre Mutter davon abgehalten wird, ihre Arbeit zu tun, dann ist es mein Problem. Ich werde mich stets nach Kräften bemühen, günstige Arbeitsbedingungen für meine Offiziere herzustellen.«

»Dieses Ziel ist viel zu hoch gesteckt, Mac, und du weißt es. Was wäre, wenn sich an Bord deines Schiffes ein ehemaliges Liebespaar befindet, das sich gegenseitig nicht mehr ausstehen kann, und einer von beiden möchte versetzt werden. Würdest du dich dann weigern, diesen Wunsch zu erfüllen, nur weil du lieber ...«

Er starrte seine Ex-Verlobte ungläubig an.

»Okay, schlechtes Beispiel«, räumte sie ein.

»Das würde ich auch sagen.«

»Um auf den Punkt zu kommen ... Du kannst die Leute nicht dazu zwingen, sich miteinander zu vertragen, Mac. Du hast diesen König-Artus-Komplex. Du möchtest gerne auf deinem großen weißen Roß dahergeritten kommen, jedes Unrecht beseitigen, gefangene Jungfrauen befreien und die Welt insgesamt sicherer machen.«

»Bisher hast du mich immer mit einem Cowboy verglichen. Jetzt bin ich plötzlich ein Ritter.«

»Das liegt allein an dir, Mac. Morgan hat Recht. Du kannst sie nicht nach Lust und Laune gegen ihren Willen hier festhalten und ein bürokratisches Problem vorschieben. Sie hat sich nichts zuschulden kommen lassen. Sie hat gegen kein Gesetz verstoßen.«

»Sie hat gegen die thallonianischen Gesetze verstoßen, als sie in den Sektor 121-G eindrang. Lord Si Cwan ist über dieses Delikt empört und hat Gerechtigkeit gefordert. Er verlangt, dass sie bis zum ordentlichen Verfahren festgehalten wird.«

»Hat er das?«, fragte Shelby skeptisch. »Wenn man

bedenkt, dass er seinen Titel und sein Imperium verloren hat, sind seine juristischen Ansprüche äußerst zweifelhaft. Und wann soll er seiner heftigen Empörung Ausdruck verliehen haben, wenn ich fragen darf?«

»In etwa fünf Minuten, nachdem ich ihm den Sachverhalt geschildert habe.«

»Ich meine es ernst, Mac. Deine Motive sind ausschließlich …«

»Nichts anderes würde man vom Herrscher Camelots erwarten.«

Sie schüttelte den Kopf. »Aber du hast nicht das Recht, so etwas zu tun. Du versuchst, die legitimen Sorgen eines Captains um das Wohlergehen seiner Besatzung zu einem Recht zu erweitern, das dir völlig freie Hand lässt. Du kannst dich nicht rücksichtslos über Vorschriften hinwegsetzen, wenn dir danach ist. Es gibt einen Grund, warum diese Vorschriften erlassen wurden.«

»Natürlich weiß ich, dass du Recht hast. Ich sollte mir etwas mehr Mühe geben, mich an die Regeln zu halten. Aber häufig muss ich feststellen, dass Vorschriften einfach nicht funktionieren, und in diesem Fall – jetzt bin ich mal ganz ehrlich – versuche ich eine Möglichkeit zu finden, die Regeln zu umgehen, um eine Ungerechtigkeit zu vermeiden.«

»Wobei du selbstherrlich entscheidest, was gerecht oder ungerecht ist.«

»Ja. Weil *ich* hier draußen vor Ort bin, Eppy. Nicht die Schreibtischhelden und namenlosen Bürokraten, die die Regeln gemacht haben, an die ich mich halten soll. Mit Morgan Primus stimmt etwas nicht. Etwas, das weit über die Flucht aus der Verantwortung gegenüber ihrer Tochter und ihrem Mann hinausgeht. Ich weiß nicht, ob eine Gefahr für die Sicherheit der Föderation oder dieses Schiffes oder dieses Raumsektors droht, aber solange ich diese Frage nicht zu meiner Zufriedenheit geklärt habe, wird sie hier bleiben. Es tut mir Leid, wenn du damit Probleme hast, Eppy.«

»Nein, Probleme macht es mir eigentlich nicht. Es macht mich nur etwas traurig. Du könntest ein großartiger Offizier sein, Mac. Einer der besten, die es jemals gegeben hat, wenn du nur lernen würdest, mit den Regeln zu leben, wie es andere Offiziere tun. Mac, glaubst du, es macht mir Spaß, ständig dein Gewissen spielen zu müssen? Die Stimme der Vernunft? Als ich hier meinen Dienst angetreten habe, wusste ich, dass ich auch diese Aufgabe übernehmen würde. Aber ich habe nicht damit gerechnet, dass dieser Tätigkeitsbereich einen so großen Umfang einnehmen würde. Manchmal glaube ich, dass du grundsätzlich nie auf mich hörst.«

»Ich höre immer auf dich, Eppy. Wenn ich nicht immer tue, was du sagst, heißt das nicht, dass mir deine Ansicht gleichgültig wäre. Wenn ich vor einer Entscheidung stehe, mache ich das, womit ich als Mensch und nicht unbedingt als Offizier am besten leben kann. Alles weitere ergibt sich dann irgendwie.«

»Im Augenblick kannst du dir eine solche Philosophie erlauben, Mac, aber eines Tages wirst du damit in Schwierigkeiten kommen. Eines Tages wirst du dich über die falsche Regel hinwegsetzen. Und wenn das geschieht ...«

»Was dann, Eppy? Wenn man dich als Zeugin aufruft, auf wessen Seite wirst du dann stehen? Was wirst du dem Untersuchungsausschuss erzählen? Dass du mich unterstützt oder mich gewarnt hast?«

Sie zuckte mit den Schultern. »Ich weiß es nicht. Vielleicht bitte ich Käpt'n Blaubär, an meiner Stelle auszusagen.«

»Ich meine es ernst, Commander.«

»Ich ebenfalls, Captain.«

Als sie sich zum Gehen wandte, lächelte er matt und

rief ihr nach: »Du solltest dir nicht so viele Sorgen machen, Eppy. Im Grunde ist es völlig angemessen.«

»Angemessen? Wie meinst du das, Mac?«

»Du hast gesagt, ich hätte einen König-Artus-Komplex. Gäbe es ein besseres Schiff für mich als die *Excalibur*?«

Sie schüttelte den Kopf. »Mac, ich hoffe nur, dass du weißt, was du tust.«

Er wartete ab, bis sie den Raum verlassen hatte, dann sagte er: »Ich auch, Eppy. Das hoffe ich auch.«

9

Soleta und Burgoyne studierten die Messdaten aus dem Materie-Antimaterie-Reaktionskomplex, während die *Excalibur* mit Warp drei durch das All raste.

»Sehen Sie?«, sagte Burgoyne und deutete auf die Energiespitzen. »Da ist es wieder. Es pulsiert, es hat einen Rhythmus.«

»Und Sie glauben ernsthaft, dass es etwas Biologisches sein könnte?«, fragte Soleta. »Diese Idee kommt mir sehr absonderlich vor, Chief.«

»Absonderlicher als ein riesiger Feuervogel, der einen Planeten in Stücke reißt?«

»Da mögen Sie Recht haben. Es gibt in der Tat merkwürdige Dinge in diesem Universum. Aber die näher liegende Erklärung lautet«, sagte sie mit einem Seitenblick auf die Anzeigen, »dass das Phänomen immer dann zunimmt, wenn wir den Warpantrieb benutzen.«

»Das ist im Wesentlichen korrekt.«

Soleta trat von der Konsole zurück und betrachtete den massiven Materie-Antimaterie-Reaktionskomplex. Der MARK erstreckte sich über zehn Decks. Ganz oben befand sich der Materie-Injektor, ganz unten wurde die Antimaterie zugeführt. Der Reaktorkern bestand aus mehreren ringförmigen Druckbehältern, die von Spulen zur Phasenabstimmung umgeben waren und sich im Dilithiumgehäuse der eigentlichen Reaktionskammer im Zentrum trafen. Darin pulsierte ionisiertes Gas, das heißer als die Sonne glühte.

»Darin soll etwas existieren?«, fragte Soleta erstaunt.

»Etwas, das sich davon ernährt?« Sie dachte kurz darüber nach, dann sagte sie: »Nun, mir fällt nur eine Möglichkeit ein, wie wir diese Theorie testen könnten.«

»Und die wäre?«

»Wenn ein Kleinkind von der Mutter gestillt wird und man die Nahrungsquelle entfernt, erhält man eine Reaktion. Das Kind will wissen, warum es keine Nahrung mehr bekommt.«

»Sie wollen doch nicht etwa vorschlagen, die Maschinen abzustellen!«

»Das dürfte gar nicht nötig sein. Wenn wir die Maschinen ein wenig herunterfahren, würden wir wahrscheinlich die gleiche Reaktion auslösen.«

»Ja ...«, sagte Burgoyne langsam und blickte nachdenklich auf den Reaktorkern. »Ja, das könnten wir tun. Ich sollte dann alle meine Leute rund um den MARK aufstellen, damit sie mit Messgeräten nach Anomalien Ausschau halten. Bei verringertem Energieniveau würde es sich deutlicher abzeichnen und uns einen Hinweis auf seine Existenz geben. Und wenn wir schon mal dabei sind, könnten wir auch gleich einen HDVT machen – einen Hochdruckventiltest. Ich mache mir Sorgen, dass die Injektorventile durch die vielen Energiespitzen Schaden genommen haben könnten. Und wenn die Ventile offen sind, ist es leichter für uns, Daten aus dem Innern der Kammer zu bekommen und vielleicht in Erfahrung zu bringen, ob sich etwas darin befindet. Einen HDVT können wir nur dann durchführen, wenn die Maschinen mit einem Bruchteil der normalen Kapazität laufen.«

»Müssten Sie dazu nicht die Magnetfelder abschalten?«, fragte Soleta mit leichter Besorgnis. »Dann würde der gesamte Maschinenraum verstrahlt werden.«

»Diese Gefahr besteht nicht. Wir würden die Lücke natürlich mit einem Eindämmungsfeld isolieren. Das müsste ausreichen, um alles unter Kontrolle zu halten.

Ein Problem ist nur«, sagte er/sie nachdenklich, »dass wir dann nicht mit Warpgeschwindigkeit fliegen könnten. Wir müssten uns mit dem Impulsantrieb begnügen.«

»Das würde zu einer erheblichen Verzögerung führen.«

Burgoyne schüttelte den Kopf. »In meinen Maschinen ist etwas, das da nicht hingehört. Je früher wir herausfinden, was es ist, desto weniger Schwierigkeiten wird es uns machen.«

»Gut«, erwiderte Soleta sachlich. »Ich werde die nötigen Genehmigungen vom Captain einholen. Wir werden uns später als geplant mit der *Seidman* treffen, aber das dürfte keine unüberwindlichen Probleme aufwerfen. Sie versammeln Ihre Leute und dann beginnen wir mit der Prozedur um ... sagen wir, dreizehn Uhr?«

»Abgemacht«, erwiderte Burgoyne.

Morgan Primus saß um zwölf Uhr fünfundfünfzig im Freizeitraum und überlegte angestrengt, was sie als Nächstes tun sollte. Vor ihr auf dem Tisch stand ein großer Krug mit Synthehol, den sie vorsichtig anhob, als wollte sie sein Gewicht abschätzen.

»Darf ich mich zu Ihnen setzen?«, fragte jemand in ihrer Nähe. Sie blickte zu Si Cwan auf, der sie mit höflichem Interesse ansah.

»Bitte«, erwiderte sie und deutete auf den leeren Stuhl. Si Cwan nahm ihr gegenüber Platz und unwillkürlich fiel ihr auf, wie kerzengerade er dasaß – als hätte er einen Besenstiel verschluckt. »Ich scheine eine äußerst begehrenswerte Frau zu sein.«

»So ist es. Aber wie kommen Sie darauf?«

»Sehen Sie den Mann da drüben?« Sie blickte flüchtig in eine Ecke des Casinos, wo ein Sicherheitswächter mit einem Drink in der Hand saß und sie nicht aus den

Augen ließ. »Er ist mir in den Freizeitraum gefolgt. Und vorher ist mir ein anderer Wachmann gefolgt. Ich habe acht Ablösungen gezählt.«

»Warum sollten diese Leute so etwas tun?«

»Weil ich es genauso machen würde. Sicherheitsüberwachung Stufe zwei, wie es scheint. Eine recht wirksame Methode, jemanden im Auge zu behalten, der nicht merken soll, dass er beobachtet wird.«

Si Cwan drehte sich zum Sicherheitswächter um. Nach einer Weile blickte der Mann auf und bemerkte, dass er beobachtet wurde, worauf er sich Mühe gab, in eine andere Richtung zu schauen.

»Er macht es nicht besonders gut. Wahrscheinlich hat er noch nicht allzu viel Übung.« Sie schwenkte ihren Drink und fügte bedauernd hinzu: »Für Synthehol konnte ich mich noch nie begeistern. Romulanisches Ale ist mehr nach meinem Geschmack.«

»Ist dieses Getränk nicht illegal?«

Sie legte einen Finger an die Lippen und sagte mit Verschwörermiene: »Pssst! Nicht weitersagen!« Dann stellte sie das Glas ab und fragte mürrisch: »Sind Sie als Anwalt meiner Tochter zu mir gekommen?«

»Ich bin gekommen, weil Sie ein Problem haben. Ich möchte Ihnen gerne helfen.«

Sie beugte sich neugierig vor. »Können Sie dafür sorgen, dass ich von diesem Schiff wegkomme?«

»Nein. Aber Sie können dafür sorgen, dass Sie von diesem Schiff wegkommen.«

»Ach, schon wieder diese Nummer!« Sie blickte aus dem Sichtfenster, dann runzelte sie die Stirn. »Wir werden langsamer. Ich frage mich, warum.«

»Sind Sie sich ganz sicher?«

»Glauben Sie mir, ich kenne mich damit aus. Wir sind unter Warp gegangen und jetzt wird die Geschwindigkeit weiter reduziert. Ich wüsste wirklich gerne, warum wir den Warpflug abgebrochen haben. Schließlich gibt es hier weit und breit nichts, das einen Aufenthalt lohnen würde.«

»Ich weiß es nicht. Aber ich bin überzeugt, dass es gute Gründe gibt.«

»Tatsächlich?« Sie drehte sich wieder zu ihm um. »Dann sagen Sie mir eins: Wenn Sie sich so sicher sind, dass die Leute im Maschinenraum ihre guten Gründe haben, warum können Sie dann nicht in meinem Fall zur gleichen Schlussfolgerung gelangen – dass auch ich meine guten Gründe habe?«

»Weil ich die Leute kenne und ihnen vertraue«, erklärte Si Cwan geduldig. »Sie erwarten, dass ich Ihnen das gleiche Vertrauen entgegenbringe, aber Sie haben nichts getan, um es sich zu verdienen.«

»Wollen Sie damit sagen, dass ich zu meiner Tochter gehen und ihr mein Herz ausschütten soll?«

»Ich will sagen, dass Sie ein Problem haben, das Sie niemals lösen werden, wenn Sie im Casino herumsitzen und sich über die Qualität der servierten Getränke beklagen. Reden Sie mit Ihrer Tochter. Reden Sie mit dem Captain. Erklären Sie sich.«

Ihre Stirn legte sich in tiefe Falten. »Wie oft mussten Sie sich im Laufe Ihres Lebens schon erklären, Si Cwan? Hmm? Wie oft mussten Sie die Befehle erklären, die sie gegeben haben? Wie oft mussten Sie die Gründe für Ihre Entscheidungen offen legen? Ich möchte wetten, dass Sie es während der Zeit Ihrer Herrschaft nicht ein einziges Mal tun mussten. Sie haben einfach einen Wunsch geäußert und er wurde erfüllt.«

»Erstens entstammen Sie im Gegensatz zu mir keiner königlichen Familie.«

Sie hob tadelnd einen Finger. »Gehen Sie nie von unbewiesenen Vermutungen aus.«

»Und zweitens«, fuhr er fort, ohne darauf einzugehen, »musste ich mich sehr wohl und recht häufig rechtfertigen. Vor meiner Familie, vor Leuten, die sich ein Urteil über meine Beweggründe bilden konnten, und vor solchen, auf deren Unterstützung ich angewiesen war, damit meine Befehle ausgeführt wurden.«

»Aha!«, sagte Morgan. »Hier liegt also das eigentliche Problem. Leider konnte ich meinen Mitarbeiterstab nicht mit an Bord dieses Schiffes nehmen.«

»Wie bedauerlich.«

»Wenn ich Ihnen das eigentliche Problem erkläre, würden Sie mir mit hoher Wahrscheinlichkeit sowieso nicht glauben.«

»Da wäre ich mir nicht so sicher«, gab Si Cwan zurück. »Ich habe schon sehr viele ungewöhnliche Dinge gesehen und getan. Sie wären überrascht, was ich alles zu glauben bereit bin.«

»Aber das würden Sie nie im Leben glauben.«

»Und was genau soll dies sein, das ich angeblich nicht glauben würde?«

Sie schien ihn noch einmal gründlich zu mustern, als versuchte sie sich zu entscheiden, ob sie völlig offen mit ihm reden konnte. »Ich würde Ihnen wirklich gerne vertrauen. Ich würde gerne irgendwem vertrauen. Aber ich kann nicht einmal meiner eigenen Tochter vertrauen«, sagte sie mit äußerst deprimiertem Gesichtsausdruck. »Sie denken vermutlich, dass ich Ihnen vertrauen könnte, nicht wahr?«

»Sie können mir vertrauen, genauso wie Robin.«

Morgan schüttelte den Kopf. »Sie hasst mich. Und ich kann es ihr nicht einmal verübeln. Sie glaubt, dass ich sie im Stich gelassen habe, und sie versteht es einfach nicht. Wie sollte sie auch?«

»Wie sollte sie was verstehen?«

In diesem Moment ging das Licht aus.

Sofort waren alle Besucher des Casinos auf den Beinen und blickten sich verwirrt um. Die Beleuchtung wurde gleich wieder aktiviert, aber nur mit halber Stärke. Alle riefen durcheinander, jeder wollte vom anderen wissen, was los war.

Plötzlich wurde das Schiff heftig erschüttert, was für zusätzliches Chaos im Freizeitraum sorgte. Überall heulten Alarmsirenen.

Morgan war längst losgestürmt.

Mit dem Krug in der Hand rannte sie zur Tür des Casinos, in dem Moment, als zum ersten Mal die Beleuchtung ausfiel. Si Cwan, der vorübergehend abgelenkt war, hatte nichts davon bemerkt. Doch der Sicherheitswächter hatte sie trotz des Zwischenfalls nicht aus den Augen gelassen, zumal er ohnehin wusste, dass sie ihn durchschaut hatte. Nun gab er jede Zurückhaltung auf und lief los, um sie abzufangen.

Er kam bis auf einen halben Meter an sie heran, als sie unvermittelt mit dem Arm ausholte. Die Bewegung kam so schnell, dass dem Sicherheitswächter keine Zeit zum Reagieren blieb. Der Krug mit Synthehol knallte ihm gegen den Kopf. Der Krug bestand aus unzerbrechlichem Material, nicht aber der Kopf des Wachmannes. Er brach zusammen, während sich die Welt um ihn drehte und sein Bewusstsein in ein schwarzes Loch stürzte. Blut floss aus einer tiefen Schädelwunde, doch Morgan kümmerte sich nicht weiter darum. Sie ließ den Krug fallen und war im nächsten Moment durch die Tür nach draußen geflüchtet.

Den Plan hatte sie bereits gefasst, bevor das Geheul der Sirenen eingesetzt hatte. Auf dem Korridor begegnete sie zahllosen Besatzungsmitgliedern, die an die Positionen eilten, die ihnen für einen Notfall zugewiesen worden waren. Denn um einen solchen handelte es sich ganz offensichtlich, auch wenn der Grund noch völlig unklar war. Jetzt würde niemand seine kostbare Zeit mit einem unbedeutenden Passagier verschwenden.

Sie bemerkte einen medizinischen Assistenten, der durch den Gang eilte. Als Morgan die Ausrüstung sah, die er am Gürtel trug, gingen ihr neue Möglichkeiten durch den Kopf. Der Assistent war zweifellos zur Krankenstation unterwegs. Morgan lief sowieso in dieselbe Richtung, also würde sie nicht allzu viel Zeit verlieren, wenn sie ein paar Gegenstände an sich nahm, die ihr möglicherweise weiterhalfen.

Als hätte sie alle Zeit der Welt, fädelte sich Morgan Primus ohne übertriebene Eile in den Strom der Besatzungsmitglieder ein. Sie folgte unauffällig dem medizinischen Assistenten und hoffte, dass dieser Weg sie schließlich zu ihrem Ziel und dann … in die Freiheit führen würde.

Fähnrich Ronni Beth befand sich auf einem Wartungssteg über dem Materie-Injektor und hielt verschiedene Energiemessinstrumente in den Händen. Als sie aufblickte, stellte sie zu ihrer Verärgerung fest, dass Fähnrich Christiano ihr entgegenkam. Für einen Augenblick, nur einen winzigen Augenblick, beschleunigte sein Anblick ihren Puls – der große, schlaksige Körper, das fließende braune Haar, das freundliche Grinsen und die Erinnerung an das, was sie gemeinsam erlebt hatten. Doch dann erinnerte sie sich auch an den Schmerz, den er ihr zugefügt hatte, worauf sich ihr Herz wieder verschloss.

Christiano schien sie anfangs gar nicht zu bemerken, da er sich ganz den Anzeigen seiner Instrumente gewidmet hatte. Irgendwann blickte er jedoch auf und sagte fröhlich: »Hallo, Beth!«

Sie blieb anderthalb Meter von ihm entfernt stehen. Etwa zwei Meter unter ihnen pulsierte der Materie-Injektor immer langsamer, während allmählich die Leistung der Maschine heruntergefahren wurde. Aus diesem Blickwinkel schien sich der Kern bis in die Unendlichkeit nach unten zu erstrecken. Es war kaum vorstellbar, dass darin Gas rotierte, das die Energie einer

Nova enthielt. »›Hallo, Beth‹? Ist das alles, was du mir zu sagen hast? Nach der Hölle, durch die ich deinetwegen gehen musste?«

»Beth«, sagte Christiano seufzend, »es ist nicht so, wie du denkst …«

»Nein, es ist niemals so, wie ich denke«, gab sie wütend zurück. »Mit uns beiden war es niemals so, wie ich dachte.«

»Ron, warum bist du so …?«

»Ich bin nun einmal so, wie ich bin!«, sagte sie und schlug verärgert gegen das Geländer. »Und was machst du überhaupt hier oben? Ich soll den MRI-Test durchführen!«

»Nein, zu mir hat Burgoyne gesagt, dass ich es machen soll.«

Beth aktivierte ungehalten ihren Kommunikator. »Beth an Burgoyne.«

»Hier Burgoyne. Wir haben den Reaktor auf fünf Prozent heruntergefahren und die Abschirmung arbeitet zuverlässig. Sie müssten jetzt in der Lage sein, den Hochdruckventiltest durchzuführen.«

»Wird erledigt, Chief. Aber Christiano ist auch hier oben.«

»Was macht er da?« Burgoyne klang verwirrt und verärgert.

»Das habe ich mich auch gefragt. Haben Sie uns beide nach oben geschickt?«

»Nein! Christiano, können Sie mich hören?«

Es war nicht leicht, Burgoynes Stimme im Wummern der Maschinen zu verstehen, aber Christiano gelang es ohne allzu große Schwierigkeiten. »Ich höre Sie, Chief.«

»Sie sollen den Drucktest am *Antimaterie*-Reaktionsinjektor durchführen. Nicht den MRI, sondern den AMRI. Sie befinden sich am falschen Ende des MARK.«

Christiano wirkte äußerst bestürzt. Es war schlimm genug, einen Fehler gemacht zu haben, aber wenn obendrein Beth dabei war und alles erfuhr … nun, das gefiel ihm überhaupt nicht. »Tut mir Leid, Chief. Ich werde mich unverzüglich nach unten begegeben.«

»Tun Sie das, bitte. Burgoyne Ende.«

Burgoyne schüttelte verärgert den Kopf, als er/sie die Messanzeigen überwachte. Soleta, die neben ihm/ihr stand, fragte: »Probleme?«

»Einer meiner Leute ist nicht da, wo er hingehört«, sagte er/sie. »Zumindest glaube ich, dass ich ihm eine andere Aufgabe zugewiesen habe. Ich hoffe sehr, dass nicht ich für den Fehler verantwortlich bin. Vielleicht habe ich ihm in der Eile falsche Anweisungen erteilt. Ich hatte in letzter Zeit ziemlich viele Dinge im Kopf.«

»Möchten Sie darüber diskutieren?«, fragte Soleta.

»Nein. Ich glaube nicht.«

»Gut«, sagte Soleta. »Denn ich würde mir nur ungern anhören …« Plötzlich riss sie die Augen auf. »Burgoyne!«, rief sie, als die Anzeigen mit einem Mal verrückt spielten.

»Ich sehe es«, sagte Burgoyne. Sein/ihr Herz pochte heftig gegen den Brustkorb, während er/sie zu begreifen versuchte, was er/sie sah. »Schauen Sie sich das an! Irgendetwas treibt die Energieleistung wieder nach oben! Aber das ist doch unmöglich! Die energetischen Transferleitungen lassen sich nicht umgehen! Das System hat siebenundzwanzig Sicherungen!«

»Offensichtlich ist das eine zu wenig«, gab Soleta zurück. »Die Maschinenleistung steigt, der Materie-Antimaterie-Fluss kommt wieder in Gang.«

»Verdammte Kiste!«, rief Burgoyne, während er/sie gleichzeitig auf den Kommunikator schlug. Er/sie blickte zum oberen Bereich des MARK auf und rief: »Burgoyne an Beth! Burgoyne an Christiano! Machen Sie sich ganz schnell aus dem Staub! Wir werden das Eindämmungsfeld abschalten und die Druckventile wieder aktivieren! Bringen Sie sich in Sicherheit, falls etwas schief geht!«

In diesem Moment hörte Burgoyne die Schreie. Aus dem ganzen Maschinenraum waren entsetzte Reaktionen zu hören, als wäre etwas geschehen, das niemand für möglich gehalten hätte.

Dann sah er/sie es auch.

Im Herz des Materie-Antimaterie-Kerns nahm es Gestalt an. Es war von wirbelndem Ionengas umgeben. Ob es sich davon ernährte oder das Gas seinen Körper bildete, war eine Frage, über die er/sie nicht einmal spekulieren konnte.

Es schien weder Augen noch ein erkennbares Gesicht zu besitzen. Es wirkte beinahe embryonal, als hätte es sich noch nicht entschieden, welche Gestalt es schließlich annehmen wollte. Burgoyne glaubte, so etwas wie ein fernes Brüllen zu hören, doch das war einfach unmöglich. Aber letztlich war das ganze Phänomen unmöglich.

»Soleta an Brücke!«, schrie Soleta in ihren Kommunikator. »Im MARK befindet sich ein unbekanntes Wesen! Ich wiederhole, ein unbekanntes Wesen, möglicherweise intelligent, zweifellos hungrig nach Energie!«

»Ich bin schon unterwegs!«, antwortete Calhouns Stimme.

Dann ging überall im Schiff der Alarm los. Systeme schalteten sich ab und fuhren wieder hoch. Burgoyne wusste nicht, wohin er/sie zuerst schauen sollte, und als er/sie aufblickte, sah er/sie etwas wirklich Entsetzliches. Etwas, das ihn frappant an die Todeszuckungen Thallons erinnerte, nur dass sich diesmal die hilflose *Excalibur* im Zentrum des Geschehens befand.

Etwas schob sich durch den Materie-Reaktionsinjektor nach oben. Obwohl die Abschirmung noch intakt war, streckte sich *etwas* – eine Klaue, eine Kralle, ein Tentakel oder eine wabernde Mischung aus allem –

empor, genau dorthin, wo Beth und Christiano vor Schreck erstarrt dastanden.

Junior-Lieutenant Michael Houle blieb nicht einmal die Zeit, bewusst zu registrieren, was mit ihm geschah.

Houle war ein großer, gut aussehender und erst vor kurzem beförderter Flugdeckoffizier, der sich in diesem Moment darüber wunderte, warum plötzlich alle Systeme verrückt spielten. Einer Anzeige zufolge waren die Hangartore geöffnet, während eine andere behauptete, dass sie geschlossen waren, und eine dritte meldete, das Kraftfeld sei aktiviert worden, um einen Druckabfall im Hangar zu verhindern, was wiederum einer vierten Anzeige widersprach. Es war, als wären mit einem Mal sämtliche Instrumente durchgedreht, als würde das Schiff mit Energie und Daten überflutet, was zum absoluten Chaos in den Systemen führte.

Er hörte Schritte hinter seinem Rücken und drehte sich um, in der Hoffnung, es wäre jemand gekommen, der ihm eine Erklärung für dieses Durcheinander gab. Er nahm nicht einmal bewusst wahr, dass es eine Faust war, die sich in seine Richtung bewegte und sein Kinn traf. Houles Kopf flog nach hinten und er brach zusammen, ohne die Gelegenheit erhalten zu haben, auch nur ein Wort zu sagen.

Morgan ging an ihm vorbei und schüttelte ihre schmerzende Hand. »Niemals Knochen auf Knochen!«, ermahnte sie sich. »Diese Regel sollte man stets beherzigen.«

Von der Flugdeckzentrale aus betrachtete sie die Shuttles, die ihr nun zur Verfügung standen. Hier gab es nicht das gleiche Angebot wie im Hauptshuttlehangar, aber sie wusste, dass dieser Bereich nicht so streng bewacht wurde. Außerdem hatte sie ohnehin keine großen Ansprüche. Schließlich entdeckte sie das Gefährt, das für ihre Zwecke ideal war.

»Typ sechs«, sagte sie zufrieden. »Damit kann ich sechsunddreißig Stunden lang Warp zwei halten – oder zwei Tage lang Warp eins Komma zwei. Ausgezeichnet.«

Sie hatte beabsichtigt, die Kontrollen der Hangartore an das Shuttle zu übergeben, damit sie den Startvorgang ohne fremde Hilfe einleiten konnte. Doch sie stellte bald fest, dass die Systemausfälle, die das übrige Schiff lahm legten, sich auch hier auswirkten. Das unverhoffte Chaos war ein zweischneidiges Schwert. Durch die allgemeine Verwirrung war es ihr gelungen, den Sicherheitswächtern zu entkommen, aber jetzt gefährdete genau dieses Chaos ihren Fluchtplan.

»Also gut«, sagte sie, obwohl niemand anwesend war, der sie hätte hören können. »Kein Problem. Ich habe einen Ausweichplan.«

Hastig verließ sie die Zentrale und lief zum Shuttle, das sie sich ausgesucht hatte. Sie sprang von der Treppe, lief mehrere Meter – und blieb abrupt stehen.

Si Cwan versperrte ihr den Weg; er stand genau zwischen ihr und dem Shuttle.

»Sie haben unser Gespräch ohne ein Wort des Abschieds beendet, Morgan«, tadelte er sie. »Ich hatte Sie für eine Frau mit besseren Manieren gehalten.«

»Gehen Sie, Botschafter, sonst muss ich Ihnen eine viel schmerzhaftere Enttäuschung bereiten.« Sie ging langsam und scheinbar völlig entspannt auf ihn zu. »Das hier geht Sie nichts an.«

»Ja, mir ist nicht entgangen, dass Sie diesen Standpunkt vertreten. Nur leider bin ich anderer Ansicht.« Er schien sich keinerlei Sorgen zu machen, dass sie ihm irgendwie gefährlich werden könnte. Er war einen Kopf größer als sie, er hatte breite Schultern und einen kräftigen Körperbau. Und er war ein Mann, der sich viele Male im Kampf bewiesen hatte – es war ihm sogar gelungen, sich gegen den respekteinflößenden Zak Kebron zu behaupten. »Versuchen Sie es erst gar nicht, Morgan. Die Konsequenzen wären für Sie nicht sehr angenehm.«

»Ja, das scheint *Ihr* Standpunkt zu sein«, gab sie zurück. »Glauben Sie mir, Si Cwan, es wäre wirklich besser für Sie, wenn Sie sich nicht zwischen mich und das Shuttle stellen.«

»Da stehe ich bereits. Und das mangelnde Vertrauen in Ihre Worte scheint der Kern unseres Problems zu sein, nicht wahr?«

»So scheint es.«

Ohne weitere Ankündigung ging Morgan plötzlich auf Si Cwan los.

Er bewunderte ihren Kampfgeist. Sie bewegte sich schnell und sicher. Sie hatte nicht so viel Kraft und Reichweite wie Si Cwan, was sie jedoch mühelos durch Geschwindigkeit und Aggressivität ausglich. Trotzdem wurde Si Cwans Selbstsicherheit nicht einen Augenblick lang erschüttert. Als sie auf ihn zustürmte, wich er zur Seite aus, mit einer anmutigen und kräftesparenden Bewegung, wie sie für ihn typisch war. Gleichzeitig zog er ein Bein hoch und zielte mit dem Fuß auf ihren Rücken. Der Tritt sollte sie zu Boden werfen.

Doch dann bewegte Morgan plötzlich ihre Hand. Beinahe hätte er überhaupt nichts davon bemerkt. Als er es sah, war es bereits zu spät. Morgan hielt den Injektor in der Hand, den sie dem medizinischen Assistenten abgenommen und im Ärmel versteckt hatte. Sie presste das Instrument gegen seinen Schenkel, worauf der Inhalt sich zischend in seinem Blutkreislauf entlud.

»Sie ...!«, konnte Si Cwan noch hervorstoßen, dann drehte sich die Welt um ihn. Er ging in die Knie und kämpfte verzweifelt gegen das an, was sie ihm injiziert hatte. Auf einmal schienen drei Morgans vor ihm zu stehen und er versuchte, sich auf die in der Mitte zu werfen. Man hätte meinen sollen, dass es eine logische

Entscheidung war, aber seine Hand glitt einfach durch sie hindurch. Darauf versetzte ihm die rechte Morgan einen heftigen Fußtritt gegen den Kopf.

Doch Si Cwan gab sich noch nicht geschlagen. Er kroch ihr auf Händen und Knien hinterher, während sie bereits die Tür des Shuttles öffnete. »Das darf ja wohl nicht wahr sein!«, sagte sie verärgert. Angesichts ihrer geringen Körpergröße legte sie eine erstaunliche Kraft an den Tag, als sie Si Cwan am Hemdkragen packte und ihn zu einem am Boden verankerten Frachtcontainer zerrte. Sie öffnete die Klappe und sah, dass der Behälter leer war. Damit war er genau das, was sie jetzt benötigte. Sie wuchtete Si Cwan hoch, stieß ihn in den Container und ließ den Verschluss wieder zuschnappen. »Sie werden nicht ersticken«, sagte sie. »Ich werde einen Funkspruch absetzen, wenn ich mich in Sicherheit gebracht habe, und der Besatzung mitteilen, wo Sie sind. Vertrauen Sie mir, es ist nur zu Ihrem Besten. Auch wenn Sie mir vermutlich wieder nicht glauben – falls Sie mich überhaupt noch hören können. Aber wie Sie bereits sagen, ist die Vertrauensfrage stets ein Teil unseres Problems gewesen, nicht wahr?«

Si Cwan war nicht mehr in der Lage, eine verständliche Antwort zu artikulieren. Andererseits hätte sie ihn ohnehin nicht mehr gehört. Nachdem der Botschafter verstaut war, kehrte sie zum Shuttle zurück und stieg ein.

Sie verlor keine Zeit und startete mit geübten Handgriffen die Maschinen. Sie brachte die Systemtests mit unvorschriftsmäßiger Eile hinter sich, weil sie darauf baute, dass man bei Starfleet immer noch zwanghaft bemüht war, stets alles in hundertprozentig funktionsfähigem Zustand zu halten.

Für einen winzigen Moment bedauerte sie es, dass sie Robin nun ein weiteres Mal im Stich ließ. Aber ihrer Tochter blieb nichts anderes übrig, als sich damit abzufinden. »Du bist jetzt ein großes Mädchen, Robin«, sagte Morgan, »und du hast dein Leben auch ohne deine Mutter in den Griff bekommen.«

Das Hangartor war nach wie vor verschlossen, doch für Morgan stellte dieser Umstand kein unlösbares Problem dar. Als die Maschinen heulend zum Leben erwachten, aktivierte Morgan die Phaserstaffel. Waffensysteme gehörten zwar nicht zur Standardausrüstung dieses Shuttles, aber Morgan hatte sofort gesehen, dass dieses Gefährt mit Phasern vom Typ IV ausgestattet war. Offensichtlich war es für Spezialeinsätze reserviert, und was Morgan beabsichtigte, war alles andere als eine Routinemission.

Sie zielte auf das Hangartor und eröffnete das Feuer. Die Phaserstrahlen brannten sich in die dreischichtigen Duraniumplatten und zerschnitten sie zu großen Stücken, die in den freien Weltraum davonwirbelten.

Sie wollte gerade starten, als etwas gegen das Shuttle prallte und ins Vakuum gerissen wurde. Dann sah sie es durch die Sichtscheibe und erkannte, dass es die Klappe eines Frachtcontainers war. Darauf hörte sie ein weiteres Geräusch, das wesentlich schwächer war, an der Unterseite des Gefährts. Beinahe hätte sie gar nichts davon bemerkt, da die Maschinen und die entweichende Atmosphäre einen ohrenbetäubenden Lärm verursachten. Doch als sie die Containerklappe davonfliegen sah, wusste sie mit erschreckender Klarheit, was als Nächstes kommen würde. Die Außensensoren bestätigten ihren Verdacht.

»Ich glaube es einfach nicht!«

Si Cwan klammerte sich an die rechte Warpgondel des Shuttles. Er hatte nur noch wenige Sekunden zu leben, bevor das Vakuum des Weltalls ihn in den sicheren Tod riss.

10

Der Tentakel – zumindest war das die Form, die das Gebilde in diesem Moment hatte – streckte sich durch den Materie-Antimaterie-Kern immer weiter nach oben. Das Magnetfeld rekonfigurierte sich um den Tentakel, damit die intensive Strahlung und Hitze – die heiß genug war, um ein klaffendes Loch in die Hülle der *Excalibur* zu schlagen – nicht entweichen konnte.

»Du gehst dort entlang, ich hier!«, schrie Christiano. Doch Beth starrte in gelähmtem Entsetzen auf das sich windende Ding. Kein Lehrbuch hatte sie auf diese Situation vorbereitet, keine Weltraum-Abenteuergeschichte hatte jemals ein Lovecraftsches Monstrum erwähnt, das im Innern eines Warpkerns Zuflucht gesucht hatte. Niemand hatte so etwas jemals gesehen, ein Furcht erregendes Wesen, das aus glühendem, waberndem Energieplasma bestand und auf grässliche Weise pulsierte. Sie hätte schwören können, dass es ein unnatürliches Geheul ausstieß, das aus den Tiefen jenseits des menschlichen Ursprungs zu stammen schien.

»Los!«, schrie Christiano. Er versetzte ihr einen Stoß und nun gelang es ihr, sich in Bewegung zu setzen. Christiano rannte in die entgegengesetzte Richtung. Dann wand sich der Tentakel durch die Abschirmung und wickelte sich um seinen Fuß. Christiano blieb kaum die Zeit für einen Schrei, als er auch schon in die Höhe gerissen wurde. Der Tentakel zog sich zurück und Christiano näherte sich der magnetischen Abschirmung und damit dem eigentlichen Warpkern. Durch das Kraftfeld

konnte Beth das Wesen erkennen, wie es sich zornig und verwirrt wand, vom Zwiespalt seiner Existenz in einer Umgebung zerrissen, in der eigentlich gar nichts existieren konnte.

Christiano schrie Beths Namen und Beth blieb nur die Zeit zu einer spontanen Reaktion. Sie sprang über das Geländer und hielt sich an der untersten Strebe fest, während sie die andere Hand so weit wie möglich ausstreckte. In diesem Moment bewegte sich der Tentakel mit dem entsetzten, sich wehrenden Christiano an ihr vorbei nach unten. Das Eindämmungsfeld wölbte sich unter ihr; es ließ keine Strahlung nach außen dringen, aber es verhinderte nicht, dass etwas von außen eindrang. Kurz vor dem Wirbel des ionisierten Gases packte sie Christianos Handgelenk.

»Lass mich nicht los!«, schrie er. *»Nicht loslassen! Nicht loslassen!«*

Der Tentakel zerrte an seiner Beute und Beths Hand rutschte ab, bevor sie einen festen Halt am Geländer gefunden hatte. Sie sammelte ihre gesamte Willenskraft und hielt Christianos Hand krampfhaft umklammert, während sie nach unten gerissen wurde und verzweifelt die Füße um die unterste Strebe des Geländers schlang. Jetzt konnte sie gar nichts mehr ausrichten; sie war nur noch eine Brücke zwischen Christiano und dem Steg an der Wand des Maschinenraums. Sie hatte keinen Ansatzpunkt mehr, um Christiano wieder hinaufziehen zu können.

Doch es spielte ohnehin keine Rolle mehr.

Mit einem Ruck wurde Christianos untere Körperhälfte in den Warpkern gezogen. Ironischerweise verhalfen Beths Bemühungen ihm zu einem qualvollen Tod. Wäre er ungehindert hineingefallen, wäre er in Sekundenschnelle verdampft. Doch so verglühte seine untere Körperhälfte, während die obere – einschließlich des Mundes, der einen schrillen und Grauen erregenden Todesschrei ausstieß – noch bewusst registrieren konnte, was geschah.

Dann verglühte auch Christianos Oberkörper.

Beth hing in der Luft. Nur noch ihre Füße hielten sie fest. Sie war benommen, ihr Verstand wollte nicht akzeptieren, was sie soeben miterlebt hatte. Dann schaltete ihr Körper einfach ab und ihre Beine wurden schlaff. Beth ließ sich kopfüber in den sicheren Tod fallen.

In diesem Moment packte eine krallenbewehrte Hand ihren Fußknöchel.

Burgoyne 172 kauerte auf dem Steg und hielt sie mit aller Kraft fest. Er/sie war nur leicht außer Atem gekommen, obwohl er/sie die Notleiter am Reaktorschacht, die über zehn Decks führte, in weniger als sechzig Sekunden hinaufgeklettert war. Burgoyne wartete einen Moment ab, bis er/sie sich gesammelt hatte, dann zog er/sie Beth herauf und brachte sie aus der Gefahrenzone.

Und der Tentakel näherte sich erneut.

»Druckventilsiegel!«, schrie Burgoyne, so laut er/sie konnte. »Maschine auf fünfundsiebzig Prozent hochfahren und Leistung halten!« Sofort aktivierten sich die Notsysteme und schlossen die Druckventile, womit der Zugang zu den Injektoren versperrt war.

Der Tentakel löste sich im nächsten Augenblick auf, doch dabei gab er einen gewaltigen Hitzeschauer ab, sodass Burgoyne befürchtete, sie würden trotz allem zu Asche verbrannt werden. Aber nachdem einige Sekunden verstrichen waren, erkannte Burgoyne zu seiner/ihrer Erleichterung, dass sie immer noch existent und intakt waren.

Er/sie drückte die zitternde Beth fest an sich und legte ein bemerkenswertes Geschick an den Tag, als er/sie über die Leiter zum Hauptmaschinenraum hinunterstieg. Dort hatten sich alle seine/ihre Leute versammelt, die einen erschütterten und verwirrten Eindruck machten. Sie starrten den Warpkern mit unverhohlener Furcht an, denn obwohl die Gefahr vorübergehend gebannt schien, blieb sie gegenwärtig und äußerst real.

Si Cwan war im Frachtcontainer gefangen und kämpfte verzweifelt gegen die Lethargie, die seinen Verstand zu benebeln drohte. Die Droge, die Morgan ihm verabreicht hatte, war äußerst stark, aber sie war offenbar auf den Metabolismus eines Menschen abgestimmt. Thallonianer hingegen waren aus härterem Holz geschnitzt.

Der Kampf kostete ihn trotzdem erhebliche Kraft. Die Versuchung, einfach einzuschlafen, sich in die Dunkelheit fallen zu lassen, war überwältigend. Aber er murmelte immer wieder »Nein!« und zwang sich, bei Bewusstsein zu bleiben, auf keinen Fall der Versuchung nachzugeben.

Er schlug gegen die Klappe des Containers. Sie schien sehr stabil zu sein und der Lärm, den er verursachte, war so laut, dass er glaubte, ihm würde jeden Augenblick der Schädel platzen. Trotzdem hörte er nicht auf, wollte er nicht aufgeben. »Du entkommst … mir nicht«, murmelte er. »Du entkommst mir nicht!« Diese Worte wurden zu seinem Mantra, während er immer wieder gegen die Klappe schlug. Dann spürte er, wie sie Stück für Stück nachgab. Wieder wurde er müde, doch er wusste, dass er es niemals schaffen würde, wenn er sich jetzt auch nur eine Sekunde lang gehen ließ. Mit beiden Fäusten hämmerte er gegen die Klappe, bis sie sich endlich aus ihren Angeln löste. Dann zog er sich empor und kletterte mühsam heraus …

Im gleichen Moment, als das Hangartor durch die Phasersalve des Shuttles zerfetzt wurde.

Sofort wurde die Atemluft mit der Gewalt eines Sturmes nach draußen gerissen, während er noch seine tauben Beine aus dem Container zog. Er zwang sich zum Ausatmen, obwohl er instinktiv das Gegenteil tun wollte. Denn er wusste, dass seine Lungen platzen würden, wenn er die Luft anhielt. Die Gewalt des Druckausgleichs zwischen der Schiffsatmosphäre und dem Vakuum zerrte ihn vom Container fort und ließ ihn über den Boden rutschen. Nur Sekunden trennten ihn vom Sturz in den bodenlosen Abgrund des Weltraums.

Er stieß sich mit kräftigen Armen ab und versuchte, seinen Weg zu beeinflussen. Schließlich prallte er gegen die Warpgondel des Shuttles. Verzweifelt schlang er die Arme um die Gondel, stemmte die nur widerstrebend reagierenden Beine gegen die Verstrebung und hielt sich mit aller Kraft, die er aufbringen konnte, fest.

Als sich das Shuttle vom Boden abhob, wurde ihm klar, dass er vom Regen in die Traufe geriet. Er suchte Rettung vor dem Erstickungstod im All, indem er sich an ein Fahrzeug klammerte, dass genau dorthin unterwegs war. Diese Idee gehörte also ganz offensichtlich nicht zu den besten, die er in seinem Leben gehabt hatte. Und wie es aussah, würde er keine Gelegenheit mehr erhalten, eine bessere zu entwickeln.

»Verdammter Kerl!«, knurrte Morgan. »Dieser gottverdammte Mistkerl!«

Sie musste nur Vorwärtsschub geben, dann wäre sie draußen. Dann hätte sie die *Excalibur* verlassen und die Sicherheit und Freiheit des Weltraums erreicht. Wenn die Leute bemerkten, was geschehen war, wäre sie längst auf und davon. Nun gut, sie würden wahrscheinlich versuchen, ihr zu folgen, aber sie konnte auf einige Versteckmöglichkeiten und Ressourcen zurückgreifen. Sie schätzte ihre Chance zu entkommen auf etwa 70 zu 30 ein, aber sie war jederzeit bereit, ein solches Risiko einzugehen.

Doch der Preis für ihre Freiheit wäre das Leben eines

Mannes. Eines Mannes, der nur versuchen wollte, zwischen ihr und ihrer Tochter wieder alles in Ordnung zu bringen, und der dem Befehl des Captains Folge leistete, sie nicht von Bord des Schiffes zu lassen. War ihre Freiheit so viel wert, dass sie bereit war, dafür Si Cwan zu töten?

Ja, verdammt noch mal! schrie es in Morgans Kopf. *Du bist ihm nichts schuldig! Scheiß drauf und zisch ab!* Doch während in ihrem Kopf noch der Kampf tobte, gab sie bereits Rückwärtsschub. Langsam dirigierte sie das Shuttle zur Tür der Flugdeckzentrale. Wenn sich Si Cwan lange genug halten konnte, wäre es nicht allzu schwierig für ihn, sich dort in Sicherheit zu bringen.

Doch die Droge, die sie ihm verabreicht hatte, suchte sich ausgerechnet diesen Moment aus, um ihre volle Wirkung zu entfalten.

Si Cwan spürte, wie plötzlich seine Arme und Beine erschlafften. Er kam schnell wieder zu Bewusstsein, aber er hatte keine Macht über seine Gliedmaßen mehr. Er rutschte von der Gondel ab und erhielt nicht einmal die Gelegenheit, auf den Boden zu prallen, da er vom Sog des Vakuums gepackt und ins All gerissen wurde. Und Morgen konnte nicht das Geringste dagegen tun.

Daher reagierte sie mit maßlosem Erstaunen, als sie sah, wie Si Cwans Körper plötzlich in der Bewegung innehielt, kurz bevor er aus dem Schiff katapultiert worden wäre. Eine unsichtbare Barriere hatte sich gebildet, an der Si Cwan herunterrutschte und dann auf dem Boden landete. Er machte einen recht benommenen Eindruck.

In der Flugdeckzentrale war Junior-Lieutenant Michael Houle wieder zu sich gekommen, als er die Phaser hörte. Er hatte sich alle Mühe gegeben, wieder auf die Beine zu kommen, und verzweifelt versucht, die Notsysteme zu bewegen, das Kraftfeld zu aktivieren, was normalerweise automatisch geschah, wenn das Hangartor geöffnet war. Houle waren für diese Aktion nur wenige Sekunden geblieben.

Sofort legte sich der Sturm des Druckabfalls. Si Cwan schien am meisten erstaunt zu sein, dass er trotz allem noch am Leben war.

Morgan jedoch hatte nun ein Problem. Wenn sie das Feuer auf das Kraftfeld eröffnete, würde ihr vielleicht der Durchbruch gelingen. Doch damit stand sie wieder vor demselben Dilemma wie zuvor, das den Namen Si Cwan trug. Er lag halb betäubt im Hangar und schien immer noch nicht ganz begriffen zu haben, was geschehen war. Und vor allem lag er Morgan im Weg. Wenn sie gewaltsam ausbrach, würde er dies in keinem Fall überleben.

Sie hatte angesichts dieser Frage schon einmal eine Entscheidung getroffen und wusste genau, wie sie beim zweiten Mal ausfallen würde.

Mit einem frustrierten Knurren fand sich Morgan mit der Tatsache ab, dass sie verloren hatte, und setzte das Shuttle wieder auf den Boden der Halle. Dann öffnete sie die Tür und ging zu Si Cwan, um nachzusehen, ob mit ihm alles in Ordnung war.

Doch stattdessen stand sie einem halben Dutzend Sicherheitswächtern gegenüber, die ihre Phaser auf sie richteten.

»Hallo, Jungs!«, sagte sie mit einer Fröhlichkeit, die gar nicht ihren wahren Empfindungen entsprach.

Man hatte unverzüglich ein medizinisches Team in den Maschinenraum geschickt. Einige Techniker hatten geringfügige Verbrennungen durch Strahlung und Hitze erlitten, für die der seltsame Tentakel aus Energieplasma verantwortlich war; doch Beth schien die schwersten Verletzungen davongetragen zu haben. Sie saß in einer Ecke, zitterte unkontrolliert und hatte in beinahe embryonaler Haltung die Arme und Beine eng an den Körper gezogen. Dr. Karen Kurdziel verabreichte ihr ein Beruhigungsmittel, während Burgoyne in der Nähe stand und sich hilfloser als je zuvor in seinem/ihrem Leben fühlte.

»So, gleich wird es besser«, sagte Kurdziel. »Entspannen Sie sich.« Vorsichtig drängte sie Beth, ihren Starrkrampf zu lösen.

Etwas Weiches fiel klatschend zu Boden. Mehrere Besatzungsmitglieder wichen erschrocken und angewidert zurück. Es war Christianos rechte Hand. Beth hatte sie bis zum Ende nicht losgelassen. Sie hatte sich noch daran geklammert, als sie gar nicht mehr bewusst wahrnahm, was sie tat. Dann setzte die Wirkung des Sedativums ein und sie sackte zusammen. Wenig später brachte man sie auf einer Antigravbahre hinaus.

Burgoyne schaute ihr nach, dann stand Calhoun an seiner/ihrer Seite und legte ihm/ihr eine Hand auf die Schulter. »Toll, wie Sie Fähnrich Beth gerettet haben, Chief.«

»Aber nicht toll genug, um auch Christiano zu retten.«

»Sie haben alles getan, was Sie konnten.« Dann wandte sich der Captain an die übrigen Mitglieder der technischen Abteilung. »Leute, ich weiß, dass Sie einiges mitgemacht haben. Und ich weiß auch, dass unser Passagier« – er deutete auf den Warpkern, in dem sich ein völlig unbekanntes Wesen aufzuhalten schien – »recht unangenehme Eigenarten an den Tag legen kann. Aber Lieutenant Soleta hat mir versichert, dass wir ihn vorläufig unter Kontrolle halten können. Wir müssen das Schiff also nicht evakuieren. Ich bitte Sie nun darum, weiterhin Ihre Pflichten mit der Effizienz zu erfüllen, die ich von Ihnen gewohnt bin.«

Viele blickten nervös oder ängstlich auf den Warpkern, doch langsam kehrte das Personal des Maschinenraums wieder an die Posten zurück. Calhoun begab sich unverzüglich mit Burgoyne und Soleta in das Büro des Chiefs. Sobald sie unter sich waren, sagte Calhoun ohne Umschweife: »Ich hoffe, Sie werden mir jetzt nicht sagen, dass ich Sie falsch zitiert habe, Lieutenant! Können Sie das Ding wirklich unter Kontrolle halten?«

»Ja, ich denke schon, zumindest eine Zeit lang. Wir könnten die Materie-Antimaterie-Mischung herunterkühlen, um den Metabolismus dieses Wesens zu verlangsamen. Dann erhält es immer noch genug Energie als Nahrung, sodass es keinen weiteren Wutanfall bekommt. Aber es wird träger reagieren und vermutlich nicht mehr in der Lage sein, Schaden anzurichten.«

»Haben Sie daran gedacht, dass es sich auf diese Weise rächen würde, wenn wir ihm die Energiezufuhr abschneiden?«

»Nein, Captain«, sagte Soleta. »Aber ich hätte diese Möglichkeit in Betracht ziehen sollen. Ich trage die Verantwortung und die Konsequenzen für das Ergebnis dieses Experiments.«

»Einen Moment«, widersetzte sich Burgoyne. »Das hier ist mein Maschinenraum und nur ich treffe die letzte Entscheidung. Wenn ich nicht …«

»Es ist ein wissenschaftliches Problem, Chief. Wenn ich diese Möglichkeit nicht übersehen hätte, wäre es vielleicht …«

»Hören Sie auf!«, fuhr Calhoun dazwischen und brachte beide zum Schweigen. »Es spielt keine Rolle, wessen Fehler es war. Die Verantwortung liegt allein bei mir … wie immer. Und damit ist die Sache erledigt. Außerdem können wir durch Schuldzuweisungen keinen Toten wieder zum Leben erwecken. Sind wir uns in diesem Punkt einig?« Als beide stumm nickten, sagte er: »Gut. Womit zum Teufel haben wir es überhaupt zu tun?«

»Möglichst simpel ausgedrückt«, sagte Soleta, »mit etwas, das von dem Energiewesen hinterlassen wurde, dem wir während der Zerstörung Thallons begegneten. Vielleicht sogar ein Nachkomme dieses Wesens. Ich habe die Energieresonanz der vogelähnlichen Entität mit der des Wesens im Warpkern verglichen. Es gibt Unterschiede, aber genügend Ähnlichkeiten, die auf einen Zusammenhang hinweisen. Ich glaube, dass es sich quasi noch im embryonalen Stadium befindet. Doch wenn es ›schlüpft‹, wird es höchstwahrscheinlich das Schiff zerstören. Und während es weiterwächst, dürften die Auswirkungen auf uns und das Schiff immer unvorhersehbarer werden.«

»Wann wird es schlüpfen?«

»Unbekannt. Es könnte Tage, Monate oder Jahre dauern. Sein Vorfahre, wenn er es denn war, hat Jahrhunderte benötigt. Wir wissen einfach zu wenig für eine sinnvolle Prognose.«

»Gut. Wie können wir es aus der *Excalibur* entfernen?«

»Auch das wissen wir nicht.«

»Großartig. Was wissen wir überhaupt?«

»Dass wir in der Scheiße stecken?«, schlug Burgoyne vor.

Calhoun sah Burgoyne frustriert an. »Ja, Chief. Zu dieser Erkenntnis sind wir tatsächlich aus eigener Kraft gelangt.«

11

Si Cwan stand vor der Arrestzelle und betrachtete Morgan, die sich drinnen befand, mit großer Traurigkeit. »Ich habe mir alle Mühe gegeben«, sagte er. »Ich habe den Captain darauf hingewiesen, dass Sie ohne Schwierigkeiten hätten fliehen können, aber dass Sie sich entschieden, es nicht um den Preis meines Lebens zu tun. Ich dachte, dieser Punkt würde für Sie sprechen. Bedauerlicherweise war der Captain nicht bereit, Ihre Großmütigkeit auf die gleiche Weise wie ich zu beurteilen.«

Morgan zuckte mit den Schultern. »Machen Sie sich deswegen keine Sorgen, Si Cwan. Sie haben es versucht. Und um ehrlich zu sein, in diesem Fall verstehe ich sogar den Standpunkt des Captains. Es dürfte ihm ziemlich schwer fallen, eine gute Meinung von einer Person zu haben, die in seinem Schiff das Tor eines Shuttlehangars zerschießt.«

»Sie betrachten es auf geradezu philosophische Weise«, stellte Si Cwan fest. Dann verstummte er, als er hörte, wie sich jemand näherte. »Morgan, ich glaube, Sie haben Besuch.«

Morgan hörte bereits am Geräusch der Schritte, wer es war, bevor Robin in Sicht kam. Er jetzt verstand sie, warum es ihr so leicht fiel, sie zu identifizieren: weil ihre eigenen Schritte ganz ähnlich klangen.

»Hallo, Robin«, sagte sie.

Lefler stand auf der anderen Seite des Kraftfelds, hatte die Arme hinter dem Rücken verschränkt und starrte ihre Mutter einfach nur an. Si Cwan sagte vorsichtig: »Vielleicht wäre es Ihnen lieber, wenn ich gehe, damit sich die Damen ungestört unterhalten können.«

»Nein, das ist schon in Ordnung«, sagte Lefler. »Mutter, mir sind die Umstände bekannt, die dazu geführt haben, dass du dich jetzt hier befindest. Ich ahnte, dass du im Begriff warst, ein Verbrechen zu begehen – für das du eine schwere Strafe verdient hast. Und offen gesagt, es ist mir völlig gleichgültig, wenn du in dieser Zelle bleibst, bis du verrottet bist, und ...«

»Robin, wenn du deinen Vortrag auf diese Weise fortsetzen möchtest, würde ich vorschlagen, das Gespräch abzubrechen, weil ...«

»Mutter, sei einfach mal still, ja? Ich ... wollte dir nur danken, dass du Si Cwan am Leben gelassen hast. Mein Gott, ich glaube nicht, dass ich das wirklich gesagt habe! Sich bei einer Person zu bedanken, weil sie keinen Mord begangen hat, als wäre das ein Beweis für einen moralisch besonders wertvollen Charakter! Niemand hat sich jemals bei mir bedankt, weil ich auf einen Mord verzichtet habe!«

»Unser zehnter Hochzeitstag«, sagte Morgan unvermittelt.

Robin starrte sie verwirrt an. »Wie bitte?«

»Es war am zehnten Jahrestag unserer Hochzeit«, erklärte Morgan. »Du warst fünf Jahre alt. Und du hattest es dir in den Kopf gesetzt, für deinen Vater und mich das Frühstück zu machen. Du warst sehr aufgeregt. Du konntest dich einfach nicht entscheiden, was du machen solltest, also hast du alles gemacht. Während wir noch schliefen, hast du die Küche in Schutt und Asche gelegt. Du hast Eier gemacht, Pfannkuchen – mit Erdnussbutter, wie ich mich erinnere –, Toast, Müsli, Speck, der nach dem Braten so hart war, dass man sich die Zähne daran ausbeißen konnte, frisch gepressten Orangensaft, in dem noch die Kerne schwammen, und noch etliches mehr. Ich glaube, ich habe ein paar Sachen vergessen. Dann hast du alles auf einem Tablett in unser Schlafzimmer gebracht.« Sie imitierte den stolzen Gang einer Fünfjährigen, die fest davon überzeugt war, soeben die größte Leistung ihres jungen Lebens vollbracht zu haben. »Du hast uns geweckt und uns deine Frühstücksüberraschung gezeigt und erwartet, dass wir alles aufessen.«

»Mein Gott, ich erinnere mich sogar noch dunkel daran«, sagte Robin und hielt sich eine Hand vor den Mund. Sie wirkte regelrecht erschüttert, wie Si Cwan zufrieden bemerkte. Es war das erste Mal seit Tagen, dass er sie nicht mit wütender Miene erlebte. »Dein Haar stand in alle Richtungen ab, weil du gerade aufgewacht warst.«

»Richtig. Und du sahst in deinem kleinen weißen Nachthemd einfach entzückend aus. Du hast das Tablett abgestellt und dich mit dem Cheshire-Grinsen im Gesicht auf den Boden gehockt, um abzuwarten. Deinem Vater und mir blieb einfach keine andere Wahl. Wir zwangen uns zu einem Lächeln und aßen alles auf. Bis auf den letzten Krümel. Dann verbrachten wir die nächsten fünf Stunden damit, abwechselnd ins Bad zu rennen. Es war das grässlichste Mahl, das wir jemals zu uns genommen hatten.«

»Oh, mein Gott!«, sagte Robin lachend. »Das tut mir Leid.«

»Schon gut«, beruhigte Morgan sie. »Anderseits war es ja auch die beste Mahlzeit, die wir je genossen haben. Du warst so ein wunderbares Kind, das beste, das …«

Dann sah sie, dass Robins Unterlippe zitterte. »Ach, meine Ches«, sagte sie traurig und benutzte den Kosenamen aus lang vergangenen Tagen.

»Warum hast du mich verlassen, Mutter?« Robins Stimme klang schwach und hilflos.

Morgan ging mit ausgestreckten Armen auf sie zu,

und wenn Si Cwan keine Warnung gerufen hätte, wäre sie gegen das Kraftfeld gelaufen.

Sie kämpfte gegen die Tränen, die sich in ihre Augen drängten.

»Mutter, was ist los mit dir?«, fragte Lefler.

Morgan gewann allmählich die Fassung wieder. »Es ist alles in Ordnung. Mir geht es gut. Ich bin nur ... etwas gerührt. Damit komme ich schon zurecht.«

»Tut mir Leid, Mom. Das war ... unprofessionell.« Sie kämpfte ihre Tränen zurück und wischte sich auf recht dramatische Weise mit dem Ärmel über das Gesicht.

»Das ist ... kein Problem, Liebes«, sagte Morgan, die sich fühlte, als wäre sie heftig durchgeschüttelt worden. »Damit hätte ich wohl rechnen müssen. Und mit noch ganz anderen Dingen. Ches, kannst du mir sagen, was hier geschehen ist? Als plötzlich das ganze Schiff verrückt spielte? Niemand war bislang bereit, mir diese Frage zu beantworten.«

»Du hast nichts mit uns zu tun, Mom. Im Maschinenraum kümmert man sich um das Problem.«

»Schatz, ich glaube kaum, dass das schon die ganze Geschichte ist. Ich würde wirklich gerne mehr über das wissen, was vor sich geht, und ich wäre dir sehr dankbar, wenn du mich einigermaßen auf dem Laufenden hältst. Und vielleicht – nur vielleicht – kann ich euch bei einigen eurer Probleme helfen, wenn ihr mir mit meinen helft. Du kennst mich, Ches. Du weißt, dass ich ein kluges Köpfchen habe, auch wenn es mir die Bescheidenheit eigentlich verbietet, so etwas zu sagen.«

»Wir haben hochqualifizierte Leute, die in diesem Augenblick daran arbeiten, Mom.«

»Was kann es schaden, noch ein Genie darauf anzusetzen? Na los, ihr habt doch nichts zu verlieren. Erzähl es mir.«

Also erzählte Robin ihrer Mutter die ganze Geschichte mit allen Einzelheiten, von denen sie erfahren hatte. Morgans Miene wurde immer ernster, während sie zuhörte, und der Blick ihrer Augen schien immer wacher zu werden, als könnte sie die Welt nur durch das Prisma eines Problems betrachten, das gelöst werden musste.

Robin schwieg eine Weile, nachdem sie geendet hatte, genauso wie Morgan. Doch nachdem Letztere anscheinend gründlich über die Sache nachgedacht hatte, sagte sie: »Ich muss mit dem Captain sprechen.«

»Warum?«

»Weil ich glaube«, erwiderte Morgan mit einer Spur von Ungeduld, »dass ich tatsächlich etwas Ordnung in das Chaos bringen könnte. Ich halte es für möglich – nur für möglich, mehr nicht –, dass ich in der Lage bin, dieses Schiff zu retten. Aber dazu muss ich zuerst mit dem Captain reden und ich glaube nicht, dass ich einen der oberen Plätze auf seiner Audienzliste einnehme.«

Jetzt war es Robin, die gründlich über alles Gesagte nachdenken musste. Schließlich antwortete sie: »Du musst verstehen, Mom, dass du mich bittest, auf einen sehr dünnen Ast zu klettern. Du stehst nicht nur recht weit unten auf seiner Liste, wie du völlig richtig bemerkt hast, aber nun forderst du mich auf, meinen eigenen Platz auf dieser Liste in Gefahr zu bringen. Wenn ich mich mit dir auf diesen Ast wage und wir feststellen müssen, dass er hinter uns abgesägt wird, erwartet uns beide ein böser Absturz. Deswegen habe ich gewisse Bedenken, deinen Wunsch zu erfüllen.«

»Was willst du mir damit sagen?«

»Ich will damit sagen, dass du diesmal schon etwas mitteilsamer sein müsstest, Mutter.« Sie beugte sich bis zum Rand des Kraftfelds vor und stützte sich mit den Händen am Türrahmen ab. »Bevor du die Gelegenheit bekommst, den Captain zu überzeugen, musst du zuerst mich überzeugen. Meinst du, dass du dazu in der Lage bist?«

»Bleibt mir eine andere Wahl?«

»Nicht dass ich wüsste.«

Diesmal musste Morgan nicht darüber nachdenken. »Also gut«, sagte sie ohne Zögern. »Ich erzähle es dir. Zwar nicht alles, aber für den Anfang dürfte es genügen.«

Dann erzählte sie.

Die Geschichte beanspruchte einige Minuten, und während sie redete, wurden die Augen von Lefler und Si Cwan immer größer. Am Ende blickten sie sich gegenseitig an und stellten fest, dass beide restlos überzeugt schienen. »Das muss sich der Captain auf jeden Fall anhören«, sagte Si Cwan.

»Ob er es glauben wird?«, fragte Morgan.

»Würden Sie es tun, wenn Sie an seiner Stelle wären?«, fragte Si Cwan zurück.

Morgan dachte kurz nach, dann sagte sie: »Auf gar keinen Fall.«

»Also wird er Ihnen wahrscheinlich glauben. Denn eines kann ich mit Sicherheit von Mackenzie Calhoun behaupten: Immer wenn man versucht, seine Entscheidungen vorherzusagen, liegt man mit fast hundertprozentiger Wahrscheinlichkeit daneben.«

»Ich glaube kein Wort«, sagte Calhoun.

»Captain, ich meine es ernst«, sagte Morgan, während Calhoun im Konferenzraum auf und ab ging. Im Gegensatz zu ihrem letzten Treffen, bei dem er die meiste Zeit den Eindruck gemacht hatte, dass er nicht aus der Ruhe zu bringen war, wirkte er diesmal äußerst angespannt. Sie konnte es ihm nicht verübeln. Schließlich steckte ein fremdartiges Lebewesen im Warpkern seines Schiffs. Das würde vermutlich jeden nervös machen.

Ebenfalls anwesend waren Shelby, Soleta und Burgoyne sowie Lefler und Si Cwan, die das Treffen organisiert hatten. Auch sie schienen sehr mit dem Problem beschäftigt und immer wieder störte Burgoyne die Besprechung, wenn er/sie Berichte aus dem Maschinenraum entgegennahm – obwohl er/sie sich bemühte, so leise wie möglich zu sein. Burgoyne hatte verlangt, alle zehn Minuten über jede Veränderung informiert zu werden, die möglicherweise im Zusammenhang mit dem Wesen stand. In einem außergewöhnlichen Versuch, die Situation aufzulockern, hatte er/sie dem Geschöpf einen Namen gegeben: Sparky. Als sich Soleta nach dem Grund für diesen Namen erkundigt hatte, konnte er/sie nur erwidern, dass es schließlich irgendeinen Namen brauchte. Der Name Sparky zeichnete sich zwar nicht durch funkensprühende Genialität aus, aber immerhin passte er einigermaßen. Soleta hatte gar nicht verstanden, warum das Wesen überhaupt einen Namen außer der völlig angemessenen Bezeichnung ›das Wesen‹ tragen sollte, aber sie verzichtete darauf, diesen Punkt zu vertiefen.

»Ihre Skepsis ist durchaus verständlich, Captain«, sagte Morgan. »Aber ich sage Ihnen, dass unsere einzige Hoffnung, das Problem zu lösen, bei einem bestimmten Volk liegt – beim jenem Volk, das gleichzeitig den Grund für mein Hiersein darstellt.«

»Ja, das sagten Sie bereits«, entgegnete Calhoun. »Da Sie diejenige sind, die diese haarsträubende Behauptung vorgebracht hat, möchte ich Sie auffordern, sie entweder zu beweisen oder damit aufzuhören, unsere Zeit zu vergeuden.«

»Captain, wenn Sie einfach nur zuhören würden …«, begann Robin.

»Ich glaube, Lieutenant, dass ich dieser Frau schon lange genug zugehört habe.«

Morgan, die direkt neben dem Captain saß, beugte sich vor und verschränkte die Finger beider Hände ineinander. Sie sprach mit noch größerer Eindringlichkeit als zuvor. »Ich habe nicht die leiseste Ahnung, wie sie sich selbst nennen, aber ich bezeichne sie als Promethianer. Es ist ein hoch entwickeltes Volk mit überlegener Technologie. Ich bin mit einer Freundin namens Tarella in den Raumsektor der Thallonianer gekommen. Wir waren auf der Spur dieser geheimnisvollen Promethianer und unsere Nachforschungen führten uns schließlich nach Momidium. Was wir dort herausfanden, ließ uns zur Auffassung gelangen, dass wir die Promethianer auf einer Welt namens Ahmista finden würden. Doch bevor wir uns auf den Weg machen konnten, wurde ich von den Momidianern gefangen genommen. Tarella konnte entkommen und ich hatte darauf gehofft, dass sie zurückkehren würde. Das ganze erste Jahr meiner Gefangenschaft habe ich darauf gewartet, dass sie kommt, um mich zu befreien. Aber ich habe sie nie wiedergesehen. Ich weiß nicht, ob sie getötet wurde oder ob sie etwas so Unglaubliches entdeckte, dass sie ...« Morgan zuckte mit den Schultern. »Es könnte hundert Gründe geben, warum sie nicht zurückgekommen ist.«

»Und wir sollen nun nach Ihrer Freundin suchen. Geht es darum?«

»Ich weiß, dass ich nicht viel in der Hand habe. Ich weiß nur, dass wir auf dem Weg nach Ahmista waren. Was seitdem mit Tarella geschehen ist, entzieht sich meiner Kenntnis. Ich denke, die Wahrscheinlichkeit, dass sie sich noch auf Ahmista aufhält, dürfte sehr gering sein. Es sieht eher danach aus, dass ich wieder bei Null anfangen muss, wenn ich die Spur der Promethianer noch einmal aufnehmen will.«

»Woher wissen wir«, fragte Shelby, »dass das nicht einfach nur ein neuer Trick ist, hinter dem wieder ein Fluchtplan steht?«

»Wir müssen uns nicht gegenseitig etwas vormachen, Commander. Wir beide wissen, dass es kein Schiff mehr geben wird, von dem ich fliehen könnte, wenn wir nichts gegen Sparky unternehmen. Vielleicht werden wir die nächste Woche nicht mehr überleben.«

»In Anbetracht des Reifungsprozesses des letzten Energiewesens, dem wir begegneten, könnten wir durchaus noch bis ins nächste Jahrhundert überleben«, sagte Soleta.

»Das ist natürlich richtig, Lieutenant. Aber sind Sie bereit, Ihr Leben und das aller Besatzungsmitglieder dieses Schiffes auf diese Möglichkeit zu verwetten?«, gab Morgan zurück.

»Das ist keiner von uns«, mischte sich Calhoun ein. »Aber wir sind auch nicht bereit oder daran interessiert, unsere Ressourcen für eine Suche nach einem so mythischen Volk zu vergeuden, das Sie nicht einmal mit einem eindeutigen Namen benennen können. Es mag sein, dass wir uns auf die Suche nach einem Märchen, einem Phantom begeben.«

Si Cwan trat vor. »Ich muss sagen, dass diese Märchen in meinen Ohren recht vertraut klingen, Captain. Ich habe Ihnen vor kurzem von den Geschichten erzählt, die ich aus meiner Kindheit kenne, von Göttern und einem Feuerbringer. Morgan hat dieses geheimnisvolle Volk nach einer mythologischen Figur benannt, die große Ähnlichkeit mit der aus unseren Sagen aufweist. Finden Sie es nicht seltsam, dass es in Ihrer und unserer Kultur den gleichen Mythos über die Herkunft des Feuers gibt?«

»Das ist überhaupt nichts Ungewöhnliches«, erwiderte Soleta. »Es gibt sehr viele elementare Vorstellungen, die ganz ähnliche Mythen hervorgebracht haben. In vielen Kulturen gibt es Visionen vom Ende der Welt, von Sintfluten und anderen Naturerscheinungen, die auf ähnliche Weise erklärt werden. Da diese Parallelen sehr häufig sind, stellen sie keinen Beweis für einen direkten Zusammenhang dar. Sofern Sie nicht behaupten wollen, diese mysteriösen Promethianer seien für einen bedeutenden technischen Fortschritt in der Vorgeschichte der Menschheit verantwortlich.«

»Alles ist möglich.«

»Aber nicht wahrscheinlich«, sagte Calhoun. »Irgendein Beweis für die Existenz dieses Volkes wäre besser als Ihre Vermutungen und Spekulationen. Andernfalls liegt für mich die Schlussfolgerung viel näher, dass es sich lediglich um eine ausgefeilte Hinterlist handelt, in die sich Lieutenant Lefler und Botschafter Si Cwan aus irgendwelchen Gründen haben hineinziehen lassen.«

Si Cwan blickte auf Morgan und sagte nur: »Zeigen Sie es ihm.«

»Jetzt ist der richtige Zeitpunkt, Mutter«, pflichtete Lefler ihm bei.

Sie nickte und griff unter ihr Hemd, um etwas zum Kragen hinaufzuschieben. Es war ein kleines Amulett, das mit einem erhabenen Flammensymbol verziert war, in einer runden schwarzen Fassung. »Wir haben zwei dieser Stücke von einem momidianischen Händler bekommen, der gar nicht wusste, was er besaß«, sagte sie. »Tarella und ich glaubten, dass es sich um eine Art Wegweiser handelt. Vielleicht sogar ein Leuchtfeuer, mit dem sich die Promethianer herbeirufen lassen, auch wenn wir keine Ahnung hatten, wie sie funktionieren sollten.«

Eine Weile herrschte erstauntes Schweigen im Raum.

»So etwas haben Sie schon tausendmal gesehen, wie?«, fragte Morgan trocken.

Calhoun wandte sich an Soleta und sagte: »Holen Sie es.« Soleta sprang wie der Blitz von ihrem Sitz auf.

Morgan blickte sich verwirrt um und wandte sich dann verdutzt an Si Cwan und Lefler, die in ihrer Nähe standen. »Ist mir etwas Wichtiges entgangen?«, wollte sie wissen. »Ihr habt mir gesagt, man würde sich sehr für das Medaillon interessieren. Mehr wolltet ihr nicht verraten. Gibt es da etwas, von dem ich wissen sollte?«

»Möglicherweise«, sagte Robin. »Aber du warst so sehr damit beschäftigt, geheimnisvoll und unverständlich zu erscheinen, dass ich es nur für gerecht hielt, wenn wir zur Abwechslung dir ein kleines Rätsel aufgeben. Meinst du nicht auch, dass das ein fairer Ausgleich ist?«

»Ja«, sagte Morgan zögernd. Aber sie schien durchaus in der Lage zu sein, sich über die Situation zu amüsieren. »Ja, ich schätze, so ist es.«

Wenig später kehrte Soleta zurück und legte zu Morgans maßloser Verblüffung eine Metallscheibe auf den Tisch, die ebenfalls mit einem Flammensymbol verziert war. Vorsichtig und mit zitternder Hand griff Morgan danach.

»Captain ...«, sagte Shelby warnend, doch Calhoun wehrte ihren Einwand mit einem Wink ab, weil sein Instinkt ihm sagte, dass sie Morgan gewähren lassen sollten. Sie hob es auf, betrachtete es von allen Seiten und berührte die gravierte Flamme mit den Fingern. Ihr fiel sofort auf, dass es kein Relief wie bei ihrem Medaillon war, sondern dass es als Vertiefung ins Material geritzt war.

Burgoyne schien von all diesen Dingen überhaupt nicht beeindruckt zu sein. »Wir verschwenden nur unsere Zeit, Captain«, sagte er/sie ungeduldig. »Wir sollten schnellstens den thallonianischen Raumsektor verlassen und zur nächsten Starbase fliegen. Wo man über Mittel verfügt, die uns helfen können, Sparky aus dem Warpkern zu entfernen.«

»Es besteht keine Garantie, dass die Technik eines Raumdocks in der Lage ist, dieses Ziel zu erreichen – vielleicht mit Ausnahme der Werft in San Francisco. Und wahrscheinlich verfügt man auch dort nicht über die nötigen Mittel«, sagte Soleta. »Außerdem haben wir keine Ahnung, welche Fähigkeiten dieses Wesen tatsächlich besitzt. Können Sie sich vorstellen, was geschieht, wenn die Bemühungen unzureichend informierter Starfleet-Ingenieure das Wesen …«

»Sparky«, korrigierte Burgoyne.

»… das Wesen dazu veranlassen«, fuhr Soleta unbeirrt fort, »aus der *Excalibur* zu fliehen und Zuflucht im Kern der Erde zu suchen? Genauso wie das Energiewesen von Thallon? Eine solche Entwicklung wäre eine Katastrophe, um es vorsichtig auszudrücken.«

»Wollen Sie damit sagen, dass wir ganz auf uns allein gestellt sind?«

»Ich will damit sagen, Chief, dass es klüger wäre, zunächst andere Optionen in Betracht zu ziehen, ganz gleich, wie abwegig sie erscheinen mögen.«

»Captain«, sagte Morgan zaghaft und hielt die Scheibe und das Medaillon auf gleicher Höhe in den Händen. »Haben Sie irgendwelche Einwände, wenn ich versuche …?«

Ihr Vorhaben war völlig offensichtlich und Calhoun dachte über die möglichen Konsequenzen nach. »Wenn ich unsere gegenwärtige Lage bedenke«, entschied er schließlich, »muss ich sagen, dass wir nicht allzu viel zu verlieren haben. Tun Sie es. Schauen wir mal, ob wir den Geist wecken können, wenn wir an der Wunderlampe reiben.«

Morgan atmete einmal tief durch und legte die zwei metallischen Gegenstände aneinander. Sie bemerkte, dass sie exakt den gleichen Durchmesser besaßen. Und nicht nur das – es bereitete ihr nicht die geringste Mühe, das Flammensymbol auf ihrem Medaillon genau in die Vertiefung der Scheibe einzupassen, die Soleta geholt hatte.

Sie wusste nicht, was sie erwarten sollte. Vielleicht einen Lichtblitz oder ein bedrohliches Gelächter. Einen Energieausbruch oder einen telepathischen Blitz, der bis ins Zentrum ihrer Seele fuhr und ihr eine religiöse Offenbarung bescherte. Oder einen chinesischen Gong. Sie hatte wirklich keine Ahnung.

Doch was tatsächlich geschah, war nichts von alledem – nämlich nichts.

Sie saß da und hielt die Scheiben in den Händen. Kein Zittern, kein Vibrieren. Es geschah – nichts.

»Sind wir Sparky jetzt los?«, fragte Calhoun ironisch.

»Das verstehe ich nicht«, sagte Morgan. Doch dann fügte sie mit etwas festerer Stimme hinzu: »Aber ich habe im Grunde auch nicht damit gerechnet, es zu verstehen. Es muss einfach mehr dahinterstecken, Captain, und mit etwas Glück finden wir die Antwort auf Ahmista.«

»Glück hatten wir in letzter Zeit nicht gerade im Überfluss.« Er lehnte sich in seinem Sessel zurück und dachte kurz über die Angelegenheit nach. »Botschafter, wissen Sie etwas über diesen Planeten?«

»Nicht viel«, antwortete Si Cwan. »Ahmista ist nur dünn besiedelt, die Bewohner sind technisch nicht sehr hoch entwickelt und die Welt hatte keine besondere strategische Bedeutung. Wir wussten von Ahmista, haben uns aber nie darum gekümmert, weil Thallon keinen Nutzen daraus ziehen konnte.«

»Eine vernünftige Einstellung«, sagte Calhoun. »Wissen Sie, wo sich der Planet befindet?«

»Ich bin nicht McHenry, Captain«, entgegnete Si Cwan leicht amüsiert. »Mit solchen Daten pflege ich mein Gedächtnis nicht zu belasten. Wenn Sie mir eine Sternenkarte zeigen und unsere relative Position markieren würden …«

»Soleta?«, sagte Calhoun.

Soleta leitete die Anfrage an das Computerterminal an ihrem Platz weiter und kurz darauf erschienen die gewünschten Informationen auf dem großen Bildschirm des Konferenzraums. Die Karte zeigte alle bekannten Daten über den Raumsektor der Thallonianer und die Position der *Excalibur* wurde durch einen blinkenden Punkt dargestellt. Si Cwan studierte die Karte eine Weile, dann deutete er auf ein System, über das nur sehr allgemeine Daten verfügbar waren. »Genau hier«, sagte er. »Das ist es.«

»Nach unseren Angaben sind keine Planeten vorhanden«, bemerkte Soleta.

»Ich denke, Sie werden feststellen, dass die Föderation keine vollständigen Sternenkarten über den Sektor 221-G besitzt«, gab Si Cwan zurück. »Mein Volk neigte dazu, Informationen nur sehr zögernd preiszugeben, auch wenn kein unmittelbarer Grund für diese Vorsicht erkennbar war. Glauben Sie mir, diese Sonne verfügt über drei Planeten und der äußerste wird gemeinhin als Ahmista bezeichnet.«

Shelby beugte sich vor und musterte die Daten. »Bei Warp neun wären wir mindestens drei Tage lang unterwegs Das ist natürlich nur eine grobe Schätzung. McHenry könnte es Ihnen vermutlich bis auf die Sekunde ausrechnen. Aber es müsste in etwa hinkommen.«

»Können wir es uns leisten, auf Warp neun zu gehen, Burgy?«, fragte Calhoun.

»Ich denke schon«, sagte Burgoyne, obwohl er/sie nicht gerade von dieser Vorstellung begeistert schien. »Soweit wir wissen, wird Sparky bei erhöhter Warpleistung aktiver. Aber auch friedfertiger. Das einzige Problem ist … nun, dadurch könnte seine Entwicklung oder sein Wachstum beschleunigt werden. Während wir nach einer Lösung unseres Problems suchen, könnten wir es genau dadurch verschlimmern.«

»In dieser Angelegenheit können wir ohnehin nur mit Mutmaßungen arbeiten, Captain«, stellte Shelby fest.

»Wollen Sie damit sagen, dass wir es nicht riskieren sollten, Commander?«

»Nein, ich sage nur, wie es ist.«

Calhoun trommelte eine Weile nachdenklich mit den Fingern auf der Tischplatte. Schließlich sagte er: »Ich würde dieses Schiff nur sehr ungern aufgeben, Leute. Die Evakuierung bleibt eine Möglichkeit, aber ich wäre nur dazu bereit, wenn es wirklich nicht mehr anders geht. Und selbst wenn wir die gesamte Besatzung ins Diskussegment bringen und die Maschinensektion abkoppeln, haben wir keine Garantie, dass Sparky nicht vielleicht aus dem Warpkern entkommt und sich in den Impulstriebwerken des Diskussegments einnistet – womit wir schlimmer als vorher dran wären. Wenn wir auf der Basis von Mutmaßungen etwas unternehmen, ist das immer noch besser, als gar nichts zu unternehmen. Commander, teilen Sie McHenry mit, dass er Kurs auf Ahmista nehmen soll. Burgoyne, Sie überwachen Sparky noch genauer als bisher. Stimmen Sie Ihren Schlaf- und Wachrhythmus auf seinen ab, wenn es sein muss, aber lassen Sie ihn nicht einen Moment aus den Augen. Verstanden?«

»Verstanden.«

»Captain«, fragte Lefler, »darf meine Mutter die Arrestzelle verlassen?«

Er musterte Morgan nachdenklich, dann sagte er: »Ihre Mutter, Lieutenant, hat den Shuttlehangar zwei verwüstet und Si Cwan beinahe ins Jenseits befördert. Obwohl sie inzwischen einige Pluspunkte verbuchen konnte, bin ich immer noch nicht bereit, ihr zu vertrauen.«

»Ich sitze neben Ihnen, Captain«, warf Morgan ein. »Sie müssen nicht in der dritten Person von mir sprechen.«

Calhoun sah ihr in die Augen. »Ich traue Ihnen immer noch nicht. Und solange ich das tue, möchte ich mich mit dem Gedanken beruhigen, dass Sie in einer Arrestzelle sitzen, damit ich keine Sicherheitskräfte abstellen muss, die Sie rund um die Uhr überwachen.«

Lefler wollte protestieren, doch Morgan war bereits aufgestanden und willigte mit einem Nicken ein. »Ich kann Sie sehr gut verstehen, Captain. Wenn ich an Ihrer Stelle wäre, würde ich wahrscheinlich genauso entscheiden. Und ich habe jetzt einen gewissen Eindruck gewonnen, was Sie tun und nicht tun werden. Robin, Cwan, ich möchte mich bedanken, dass ihr euch für mich eingesetzt habt. Ich denke, meine Eskorte wartet bereits auf mich. Captain, darf ich das behalten?«, fragte sie und hielt die zusammengefügten Metallscheiben hoch.

»Äußerst ungern«, gestand er. »Behalten Sie Ihre Hälfte, wenn Sie möchten, aber geben Sie die andere bitte an Lieutenant Soleta zurück.«

Sie nickte und zog die Hälften wieder auseinander, was sie ein wenig, aber nicht sehr viel Kraft kostete. Sie reichte Soleta die Scheibe mit der Vertiefung und sagte dann zu Calhoun: »Ich danke Ihnen für die Nachsicht, die Sie mir gegenüber an den Tag gelegt haben, Captain.«

»Darf ich Sie fragen, warum Sie plötzlich so kooperativ sind, Morgan?«

Alle schauten sie erwartungsvoll an, da jeder an ihrer Antwort interessiert schien. »Ich wünschte, ich könnte es Ihnen ohne Schwierigkeiten erklären, Captain. Vielleicht erkenne ich in einer Kooperation mit Ihnen lediglich einen größeren Vorteil für mich. Vielleicht glaube ich, das wir uns tatsächlich gegenseitig helfen können. Oder …« Sie schaute sich zu Si Cwan um. »Wissen Sie, während der ganzen Zeit, die ich auf Momidium gefangen war, dachte ich, dass ich alles tun würde, wirklich alles, um meine Freiheit wiederzuerlangen. Doch dann stellte ich fest, dass dem nicht so war. Es gibt einige Dinge, die ich auch dann nicht tun würde, wenn sie mir die Freiheit brächten. Und das fand ich ... ermutigend. Habe ich damit Ihre Frage beantwortet, Captain?«

»Nein, überhaupt nicht.«

»Nun, dann müssen Sie wohl damit leben, Captain. Das müssen wir schließlich alle ... mehr oder weniger.«

Er nickte und stellte fest, dass sie ihm trotz allem sympathisch war – was ihm ganz und gar nicht passte.

12

In seinem Büro betrachtete Si Cwan das Porträt von Morgan Primus auf dem Computerbildschirm. Es flackerte leicht, doch dann stabilisierte sich der Energiefluss wieder, nachdem Burgoyne dic Systeme umgeleitet hatte. Inzwischen nahm Si Cwan derartige Fluktuationen kaum noch wahr. Es war wie bei den Opfern in einer vom Krieg verwüsteten Umwelt: Schwierigkeiten, die sie früher als unerträglich empfunden hätten, rückten weit in den Hintergrund.

Er musterte das Gesicht sehr aufmerksam. Sie war eine verdammt attraktive Frau. Doch in ihr schien es etwas zu geben, das die Maske der Verschwiegenheit mit einem lauten Schrei durchbrechen wollte. Ein tiefes und unergründliches Geheimnis, das er vielleicht niemals verstehen würde.

»Sie hat alte Augen«, sagte er schließlich. Für einen Thallonianer hatte diese Bemerkung eine sehr tiefe Bedeutung. Damit war gemeint, dass jemand eine alte Seele hatte und über große Erfahrung und spirituelle Weisheit verfügte. Außerdem eignete sich die Bemerkung hervorragend als Kompliment für eine Frau, mit der man gerne ins Bett gehen wollte.

Si Cwan hatte sich noch nicht endgültig entschieden, welche dieser beiden Bedeutungsvarianten für ihn von Bedeutung war.

Von der Tür kam ein leises Signal. »Herein«, sagte er und lehnte sich im Sessel zurück.

Zu seiner Verblüffung stand Zak Kebron im Türrahmen. Der massive Brikar machte wie stets den Eindruck, dass er kaum hindurchpassen würde.

Si Cwans erster Gedanke war, sich zu fragen, ob er irgendetwas angestellt hatte. Kebron und er hegten eine gegenseitige Antipathie, in der ein widerstrebender Respekt vor den Leistungen und der Persönlichkeit des anderen mitschwang. Das, was einer Akzeptanz am nächsten kam, war ihre Erkenntnis, dass sie sich lieber zum Verbündeten als zum Feind hatten. Infolgedessen bemühten sie sich, ihren Umgang auf ein Minimum zu reduzieren und ihre knappen Gespräche auf sachliche Themen und den Austausch von Daten zu beschränken. Mit dieser Art von Beziehung konnten sie beide recht gut leben.

Aus diesen Gründen reagierte Si Cwan sehr überrascht, als er den Sicherheitsoffizier vor seiner Tür stehen sah. »Gibt es ein Problem, Kebron?«, fragte er ohne Umschweife.

»So ist es«, sagte Kebron langsam. Kebron war der Erzfeind des Begriffes ›Geselligkeit‹ und schien es als seine Lebensaufgabe zu betrachten, ihn aus jedem Wörterbuch in jeder Sprache der Galaxis zu verbannen. Wenn er redete, dann benutzte er knappe, spartanische Sätze, obwohl er gelegentlich einen ziemlich schwarzen Humor entwickeln konnte, den selbst Si Cwan bewunderte, wie er sich eingestehen musste. »Ein Problem, das angesprochen werden muss.«

»Ein Problem mit mir?«, fragte Si Cwan.

Kebron nickte. Da der Brikar praktisch keinen Hals besaß, bestand sein Nicken im Grunde aus einer leichten Verbeugung.

»Gut«, sagte Si Cwan und erhob sich langsam von seinem Schreibtisch. »Worin besteht dieses Problem? Wenn ich irgendwie behilflich sein kann …«

»Das können Sie. Wenn ich ein Handzeichen gebe, sagen Sie ›Keine Ursache‹.«

»Wie bitte?« Si Cwan starrte ihn verdutzt an. »Das verstehe ich nicht.«

»Sie müssen es auch nicht verstehen. Sie müssen nur tun, was ich sage.« Kebron hatte sich keinen Schritt von der Tür entfernt. »Sind Sie dazu in der Lage?«

»Natürlich. Jedes Kind kann eine solche Aufgabe bewältigen.«

»Gut.« Kebron zögerte einen Moment, als müsste er sich wappnen, dann sagte er: »Danke.« Und gab ein Handzeichen.

»Keine Ursache«, sagte Si Cwan amüsiert.

Kebron drehte sich um und ging davon. Die Tür glitt hinter ihm zu.

»He, einen Moment!«, rief Cwan, der es dabei nicht bewenden lassen wollte. Er folgte Kebron in den Korridor. Er versuchte gar nicht, neben ihm zu gehen, weil Kebrons Körpermaße und seine schwingenden Arme dies zu einem riskanten Unterfangen gemacht hätten. Also blieb Cwan etwa einen halben Meter schräg hinter ihm. »Was sollte das Ganze? Sie können doch nicht einfach hereinkommen, ›Danke‹ sagen und wieder gehen.«

»Aber ich habe es getan.« Wie immer zitterte der Boden leicht unter Kebrons wuchtigen Schritten.

»Sie haben nicht gesagt, wofür Sie sich bei mir bedankt haben.«

»Das ist überflüssig.«

»Für mich ist es nicht überflüssig!« Er packte Kebron am Arm.

Der schwere Brikar blieb stehen. Ohne Si Cwan anzusehen, grollte er: »Das wollen Sie ganz bestimmt nicht tun.«

Si Cwan ließ Kebrons Arm los, als hätte er sich unvermittelt als glühendes Brikett entpuppt, doch er nutzte die Gelegenheit, sich an Kebron vorbeizuschieben und sich ihm in den Weg zu stellen. So etwas konnte leicht ins Auge gehen, da Kebron mühelos in der Lage war, ihn einfach umzurennen und niederzuwalzen, aber Si Cwan hoffte innig, dass es nicht dazu kommen würde. »Kebron … Zak … was ist los?«

Aus Kebrons Brust kam ein Geräusch, das sich anhörte wie Steine, die in einem Wäschetrockner herumgeschleudert wurden – obwohl keiner der beiden jemals einen Wäschetrockner gesehen oder auch nur davon gehört hatte, sodass ihnen der Vergleich nicht viel gesagt hätte. »Ich fühle mich dazu gezwungen, mich zu bedanken … für Ihre Hilfe.«

»Meine Hilfe?«, fragte Si Cwan verständnislos.

»Sie haben Morgan Primus davon abgehalten, aus dem Schiff zu fliehen. Das war nicht Ihre Aufgabe. Es war meine Aufgabe. Meine und die meiner Leute. Wir haben es verpatzt. Sie haben es wieder hingebogen. Also bedanke ich mich bei Ihnen, weil ich glaube, dass es sich so gehört.« Es kam selten vor, dass Kebron so viele Sätze hintereinander sprach, und Si Cwan war sich der außergewöhnlichen Situation durchaus bewusst.

»Niemand macht Ihren Sicherheitsleuten einen Vorwurf, weil Sie Morgan aus den Augen verloren haben. Im Schiff ging es drunter und drüber. Dafür gibt es …«

»Keine Entschuldigung. Ich bin Ihnen etwas schuldig, Cwan. Und ich vergesse meine Schulden nie. Danke.«

»Keine Ursache«, sagte Si Cwan. »Wer weiß, Kebron … Auch ich habe in der Vergangenheit Fehler gemacht, das gestehe ich ein. Ich kann nicht behaupten, vollkommen zu sein. Vielleicht hatten wir beide nur einen schlechten Start. Vielleicht ist dies der Anfang einer neuen und besseren Freundschaft. Vielleicht können wir unsere Differenzen überwinden und die Grundlage einer wahren und dauerhaften Freundschaft schaffen.« Er streckte Kebron eine Hand hin, damit er einschlug.

Kebron starrte auf die ausgestreckte Hand und blickte Si Cwan dann genau in die Augen. »*So* viel bin ich Ihnen nicht schuldig«, sagte er und ging fort. Si Cwan blieb zurück und schüttelte grinsend den Kopf.

Dr. Selar entdeckte jemanden in der Krankenstation, den sie dort nicht erwartet hatte. Mark McHenry unterhielt sich mit Dr. Maxwell und berührte mit schmerzhaft verzogener Miene seinen Rücken. Maxwell schien erstaunlicherweise zu lächeln, während McHenry sprach. Schließlich nickte er und gab seinem Patienten zu verstehen, dass er sich auf eine Untersuchungsliege setzen sollte. McHenry tat es und zog sich das Hemd aus, während Maxwell sich einem Regal mit Instrumenten zuwandte. McHenry saß mit dem Rücken zu ihr, als Selar sich näherte. Sie konnte sehen, dass Maxwell einen dermalen Regenerator von der Wand genommen hatte. Mit diesem Gerät ließ sich neue Haut auf Wunden auftragen; es wurde hauptsächlich zur schnellen Behandlung von Abschürfungen eingesetzt.

Maxwell bemerkte Selar und blickte sie fragend an. Selar hingegen betrachtete McHenrys Rücken, der blutige Streifen aufwies, als wäre er von einem krallenbewehrten Tier angefallen worden. Sie bedeutete Maxwell, ihr den Regenerator zu reichen, was er unverzüglich tat.

Bei näherer Untersuchung stellte sie fest, dass sich die feinen Schnitte ohne Unterbrechungen diagonal über den Rücken zogen. Sie bestanden aus fünf parallelen Linien. Da Selar alles andere als dumm war, brauchte sie nicht lange, um darauf zu kommen, auf welche Weise diese Kratzwunden entstanden waren. Ohne ein Wort machte sie sich mit dem Regenerator an die Arbeit. Die Schnitte wurden automatisch desinfiziert und durch einen Streifen rosafarbener neuer Haut ersetzt.

McHenry stieß einen schweren Seufzer aus. »Ahhhh … das fühlt sich gut an. Sie haben magische Hände,

Doktor.« Als Selar nichts erwiderte, redete McHenry weiter. »Ich muss Ihnen sagen, dass Burgoyne … ziemlich wild sein kann.«

»Hmm«, machte Selar unverbindlich.

»Ich sollte es sein lassen. Ich meine, ich weiß, dass ich es nicht tun sollte. Doch meine Willenskraft ist sehr schwach ausgeprägt, was diese Dinge betrifft. Aber Ihnen muss ich wohl nicht erklären, wie das ist. Habe ich Recht, Doktor Selar?«

Selar reagierte völlig überrascht auf McHenrys Respektlosigkeit.

»Das Problem ist nur«, gestand McHenry, »dass ich mir vorkomme … als würde ich ihn/sie ausnutzen, wissen Sie? Weil ich genau weiß, dass er/sie eigentlich gar nicht mich will. Aber ich glaube, er/sie hat Angst davor, wie sehr er/sie die Person will, die er/sie eigentlich will, weil er/sie noch nie so starke Gefühle für jemanden empfunden hat. Ich wünschte, ich hätte genügend Willenskraft, um darauf zu bestehen, dass er/sie tut, was richtig für ihn/sie ist. Aber das fällt mir so schwer, weil ich viel zu viel Spaß dabei habe. Also mache ich einfach mit, obwohl ich weiß, dass er/sie viel lieber mit … einer anderen Person zusammen wäre. Und diese … Person … verdammt, ich glaube, sie würde niemals zugeben, dass sie Burgoyne genauso sehr begehrt wie Burgoyne sie. Sie werden bald ein Baby haben, das muss man sich mal vorstellen! Ich meine, ich bin durchaus ein moderner Mann. Es ist ja nicht so, dass meine Moralvorstellungen im zweiundzwanzigsten Jahrhundert stecken geblieben sind. Aber diese beiden haben eine enge Beziehung, sowohl emotional als auch familiär. Man sollte meinen, das würde ihnen etwas bedeuten. Dass sie das Bedürfnis haben zusammenzuarbeiten und nicht einen so weiten Bogen um jede Form von Nähe und Verpflichtung machen.« Wieder seufzte er, aber diesmal stand keine angenehme

Empfindung dahinter. »Ich habe Christiano gekannt, wissen Sie? Wir haben ein paarmal zusammen die Sau rausgelassen. Ein anständiger Kerl, wenn man bedenkt, dass er im Grunde nicht mehr als eine Hilfskraft war. Wenn ich daraus irgendetwas gelernt habe, dann die Tatsache, dass das Leben viel zu kurz ist, um nicht das zu tun, was man wirklich will.«

Selar hatte keine Ahnung, was sie dazu sagen sollte. Sie hatte daran gedacht, sich bei Gelegenheit mit McHenry zu unterhalten, um ihn nach Burgoyne zu fragen. Sie hatte gehört, was sich im Maschinenraum zugetragen hatte, wie Burgoyne im heldenhaften Einsatz Fähnrich Beth das Leben gerettet hatte. Diese Erfahrung war schrecklich gewesen, und obwohl Selar viel zu stoisch veranlagt war, um den Schrecken tatsächlich zu empfinden, machte sie sich dennoch große Sorgen um Burgoyne. Sie hatte hinuntergehen wollen, hatte sich persönlich erkundigen wollen, ob alles mit ihm/ihr in Ordnung war ... nur um irgendetwas zu sagen, irgendeine Verbindung herzustellen. Auch wenn sie gar nicht wusste, was sie sagen sollte, und noch weniger wusste, ob Burgoyne eine solche Verbindung überhaupt wollte.

Und nun war sie plötzlich in ein Gespräch mit McHenry verwickelt, auch wenn sie vorwiegend auf der Zuhörerseite stand. Sie kam sich beinahe vor, als würde sie ein Gespräch belauschen, das gar nicht für ihre Ohren bestimmt war. Selars Persönlichkeit war sehr moralisch geprägt und die ganze Angelegenheit kam ihr nun durchtrieben und falsch vor. Sie trat zurück und sah, dass Dr. Maxwell sie aus dem Augenwinkel beobachtete. Sie winkte ihm, zu ihr zu kommen, gab ihm den Regenerator zurück und wandte sich hastig ab. Er schaute ihr nach, schüttelte den Kopf und setzte dann die Hautregeneration auf McHenrys Rücken fort.

»Alles in Ordnung da hinten?«, fragte McHenry.

»Sicher«, sagte Selar. »Aber Dr. Maxwell wird die Behandlung fortsetzen.«

»Und?«, fragte Dr. Maxwell, als Selar sich in ihr Büro zurückgezogen hatte.

»Nichts«, erwiderte McHenry beiläufig. »Es war nichts Wichtiges. Vertrauen Sie mir, Maxie, es war nichts, von dem Sie wissen müssten.«

»Ich muss es wissen.«

Robin Lefler hatte die Arrestzelle betreten und stand ihrer Mutter gegenüber an die Wand gelehnt. Morgan sah ihre Tochter nicht einmal an.

»Mutter, hast du gehört, was ich gesagt habe?«

»Ja. Du sagtest, dass du es wissen musst.«

»Mom ...« Sie suchte nach den richtigen Worten. »Neulich, als das Chaos im Maschinenraum losbrach ... wir hätten alle sterben können. Jeder, der sich an Bord dieses Schiffes befand. Weißt du, ich habe keine besondere Angst vor dem Sterben, Mom. Wirklich nicht. Andererseits bin ich auch nicht wild darauf, wie du vielleicht verstehst. Wenn jemand versucht, mich umzubringen, werde ich mich in jedem Fall mit Händen und Füßen dagegen wehren. Glaub mir, wenn ich die Wahl habe, würde ich lieber auf dem Gras tanzen, als hineinzubeißen. Aber ich ... ich möchte nicht in Unwissenheit sterben. Jahrelang habe ich geglaubt, mein Leben wäre einfach nur ungerecht und tragisch gewesen, aber wenigstens hatte ich mich daran gewöhnt. Jetzt muss ich jedoch feststellen, dass es überhaupt keinen Sinn mehr hat. Ich weiß nicht, warum es keinen Sinn mehr hat. Ich weiß überhaupt nichts mehr. Ich habe dir geholfen, als du mit dem Captain reden wolltest. Du hast keine Ahnung, wie schwierig das für mich war. Du kannst es dir nicht vorstellen. Aber ich war zu dieser Geste bereit, um dir zu zeigen, dass ich in der Lage bin, dir zu vertrauen. Jetzt ... jetzt musst du mir vertrauen, Mutter. Du musst mir sagen, was wirklich vor sich geht. Die Wahrheit über alles. Kannst du das für mich tun, Mutter? Würdest du bitte alles tun, was in deiner Macht steht, um mir zu helfen, meinem Leben wieder einen Sinn zu geben? Ich möchte ... ich möchte wieder die Frau sein, die ich war. Ich war einmal glücklich. Ich kann nie wieder glücklich sein, bis ich alles weiß und verstanden habe. Bitte. Bitte tu mir diesen Gefallen. Tu es nur dieses eine Mal in deinem Leben. Wenn du jemals wirklich geglaubt hast, dass du mich liebst, dann sei völlig ehrlich zu mir.«

»Du wirst mir nicht glauben«, sagte Morgan leise.

»Doch, das werde ich.«

»Nein, das wirst du nicht.« Sie blickte traurig zu ihr auf. »Dein Vater hat mir nicht geglaubt – zumindest anfangs. Zuerst dachte er nur, ich sei verrückt geworden. Und dann, als ich ... als ich es ihm bewiesen hatte ... hatte er Angst vor mir.«

»Angst vor dir?« Robin wollte nicht glauben, was sie gehört hatte. »Wie konnte er Angst vor dir haben? Du warst seine Frau! Die Mutter seiner Tochter! Er hat dich geliebt und verehrt ...«

Morgan schüttelte energisch den Kopf. »Ich sage dir, dass du auf genau die gleiche Weise reagieren wirst, Robin, und ich bringe es einfach nicht übers Herz, dir so etwas anzutun ... dir und mir. Ich will dieses Risiko nicht noch einmal eingehen.«

»Mutter, ich bin Starfleet-Offizier. Mein ganzes Leben besteht aus Risiken. Ich kann mit ungewöhnlichen Dingen umgehen. Ich schwöre, dass ich es kann.«

»Du würdest nicht verstehen ...«

»Ich bin kein Kind mehr, verdammt noch mal!« Robin war so frustriert, dass sie ihre Mutter beinahe anschrie. »Ist das bei dir angekommen? Willst du einfach nicht verstehen, dass ...«

Plötzlich war Morgan aufgesprungen und sprach mit

einer Stimme, in der eine tödliche Kälte lag. »Und du willst einfach nicht verstehen, dass ich nicht die oder das bin, wofür du mich hältst.«

»Was soll das heißen? Dass du nicht meine Mutter bist?«

»Nein. Nein, ich bin deine Mutter. Im Laufe der vielen Dekaden war ich vieles, aber die Tatsache, dass ich deine Mutter bin, ist wahrscheinlich das Einzige, auf das ich wirklich stolz bin.«

»Dekaden? Mutter, wovon redest du?«

Morgan atmete tief durch. »Ich bin … viel älter, als du glaubst.«

»Okay, gut«, sagte Robin und warf verzweifelt die Hände hoch. »Erzähl es mir nicht. Ich weiß gar nicht, warum ich deswegen einen solchen Aufstand gemacht habe. Ich will gar nicht …«

Doch dann packte Morgan den Arm ihrer Tochter und riss sie herum, sodass sie ihr in die Augen schauen konnte. In ihren eigenen Augen brannte ein glühendes Feuer. »Du willst unbedingt die Wahrheit hören, kleines Mädchen?«, fragte sie mit einer Stimme, die so dunkel und furchteinflößend war, dass sie kaum noch wiederzuerkennen war. Sie sprach nun mit einem merkwürdigen Akzent, den Robin nicht genau identifizieren konnte. Er klang vielleicht wie eine Mischung aus schottischem und britischem Englisch. »Du willst sie hören? Gut, ich sage es dir und du wirst dir jetzt jedes einzelne verdammte Wort anhören. Ich wurde vor Jahrhunderten geboren, und nachdem ich erwachsen geworden war, stellte ich fest, dass ich nicht mehr alterte … und dass ich nicht starb … nicht sterben *konnte*.«

»Das ist … unmöglich«, sagte Lefler und versuchte sich ihrem Griff zu entziehen. »Niemand kann so lange leben.«

»Ein Mensch vielleicht nicht, aber ein Wesen wie ich. Während ich auf der Erde von menschlichen Eltern aufgezogen wurde, erkannte ich bald, dass ich von anderswo stammte. Ich war sehr geschickt darin, mir unterschiedliche Identitäten zuzulegen, in denen ich eine Zeit lang lebte, bis ich meinen Tod vortäuschte und weiterzog. Ich war sogar für einige Zeit bei Starfleet, zuerst in der Hoffnung, eines Tages mein Volk zu finden. Dann wartete ich nur noch darauf, dass ein Unfall bewirken würde, was die Zeit nicht bewirken konnte. Aber es funktionierte nicht. Ich habe ... eine Art Aura, die mich vor allen tödlichen Gefahren schützt.«

»Eine Aura«, wiederholte Lefler tonlos.

Morgan nickte. »Ich habe es mit einem Phaser auf höchster Emissionsstufe versucht, aber die Energie konnte mir nichts anhaben. Ich habe daran gedacht, einen Transporter zu programmieren, meine Moleküle ins Weltall zu zerstreuen, aber ich fürchtete, dass ich in aufgelöster Form das Bewusstsein wiedererlangen würde, als eine Art feinstofflicher Geist – ein noch schrecklicherer Zustand als der, in dem ich mich gegenwärtig befinde.«

»Das kann ich mir vorstellen.«

Und Morgan – die niemals die Beherrschung verlor, die ansonsten die Gelassenheit in Person war – rastete plötzlich aus. Sie blickte Lefler mit wutfunkelnden Augen an und brüllte: »Hör auf damit! Hör auf, mich so herablassend zu behandeln!«

Ihr Wutausbruch war wie ein Schuss, der Lefler zu Boden warf. Ein Sicherheitswächter stand im nächsten Moment vor der Zelle und machte sich bereit, hineinzugehen und Morgan zu betäuben, damit er Lefler in Sicherheit bringen konnte. Doch Robin hob abwehrend eine Hand. »Bleiben Sie, wo Sie sind!«, rief sie. »Mit mir ist alles in Ordnung!«

»Erzähl keinen Unsinn, Ches!«, gab Morgan zurück. »Mit dir ist überhaupt nichts ›in Ordnung‹! Du bist Lichtjahre von einem derartigen Zustand entfernt! Begreifst du es immer noch nicht? Ich hatte es satt! Ich hatte es satt, einen geliebten Menschen nach dem anderen sterben zu sehen, während ich weiterleben musste. Man sollte meinen, dass ich mich nach einigen Jahrhunderten daran gewöhnt hätte, aber so war es nicht. Jeder Tod war ein Messerstich in mein Herz. Ich konnte es nicht mehr ertragen. Ich wollte nur noch, dass es aufhört. Aber mein Körper wollte mir kein Ende gönnen … Vielleicht gäbe es ein paar Möglichkeiten, aber die sind so riskant, dass ich zu viel Angst habe, sie auszuprobieren … Die Konsequenzen könnten viel schrecklicher als meine jetzige Existenzform sein. Ich brauche eine sichere Methode. Verstehst du das?«

»Ja, ich verstehe es, ich verstehe es«, sagte Robin. Sie zog sich so weit wie möglich von ihr zurück, um sie zu mustern. »Du bist kein Mensch. Du lebst schon seit Ewigkeiten.«

Nachdem ihre Wut verraucht war, ließ sich Morgan wieder auf die Pritsche sinken. »Eine Zeit lang streifte ich ziellos durch die Galaxis und wurde immer verzweifelter.« Jetzt klang es beinahe, als hätte sie Robin vergessen und würde ein Selbstgespräch führen. »Dann kehrte ich zur Erde zurück, begegnete deinem Vater und verliebte mich. Und nachdem wir geheiratet hatten, erlebte ich zum ersten Mal so viel Liebe, dass ich wieder eine Zukunft für mich sah. Ich hatte dich. Und während ich dich aufwachsen sah, meine Liebe, erkannte ich, dass ich es nicht ertragen würde mitzuerleben, wie du älter wirst … wie du erwachsen wirst. Ich habe so viele Menschen verloren, die ich geliebt habe, aber jeder Tag, an dem ich dich älter werden sah … ich konnte es einfach nicht ertragen. Also inszenierte ich meinen Tod viel früher, als ich es normalerweise getan hätte, und verschwand. Ich verschwand, weil ich egoistisch war und weil ich fest entschlossen war, nach einer Möglichkeit zu suchen, meiner grausamen Existenz ein

Ende zu setzen. Bist du jetzt glücklich, nachdem du alles weißt, Robin? Bist du glücklich?«

»Mutter ...« Robin schüttelte den Kopf. »Mutter ... ich weiß, was du über Vater gesagt hast ... dass er dir nicht geglaubt hat ... aber ich ... ich weiß nicht, wie ich damit umgehen soll. Es ist ... es ist ...«

»Grotesk?«

»Ja.«

»Absurd?«

»Völlig. Ich glaube ... vielleicht solltest du zu jemandem gehen. Es gibt ... Leute, die dir helfen können.«

»Ich könnte dir etwas zeigen«, sagte sie.

»Ähm ... ja klar. Wenn du möchtest.«

»Okay. Dann führe ich dir einen kleinen Trick vor.«

Sie drehte sich um, sodass Lefler nicht sehen konnte, was sie tat. Dann war ein schnappendes Geräusch zu hören. Als Morgan sich wieder ihrer Tochter zuwandte, hielt sie ein Messer in der Linken. Die Klinge war knapp zehn Zentimeter lang und äußerst scharf.

»Mutter, was ...?«

Mit einer schnellen, eleganten Bewegung streckte Morgan ihr rechtes Handgelenk vor und schnitt mit dem Messer hinein. Sie zog die Klinge der Länge nach durch den Unterarm und öffnete die Schlagader. Dickes, rotes Blut quoll heraus.

»Oh, mein Gott!«, kreischte Lefler. Sie verlor keine Zeit und setzte sofort einen Notruf an die Krankenstation ab.

»Mach dir keine Sorgen«, sagte Morgan völlig ruhig. »Das habe ich schon des Öfteren getan.«

»Mom, o Gott, Mom!«, rief Lefler und sprang zu ihrer Mutter. Hektisch presste sie ihre Hände auf die blutende Wunde. Sie versuchte, die Blutung durch kräftigen Druck zu stoppen, aber das Blut quoll weiter zwischen ihren Fingern hervor. »Mom, wie konntest du nur so etwas tun? Wie konntest du nur?«

»Noch etwa fünf Sekunden«, sagte Morgan gelassen. »Vier … drei … zwei … eins … Du kannst jetzt loslassen.«

»Nein! Du wirst verbluten! Du wirst …«

Mit einem ungeduldigen Schnaufen stieß Morgan ihre Tochter weg und wandte sich an den Wachmann, der immer noch vor der Zelle stand und auf die Verstärkung aus der Krankenstation wartete. »Haben Sie vielleicht ein Handtuch? Einen Lappen?«

»Einen … einen Lappen?«

»Schon gut«, sagte sie, ohne die Ruhe zu verlieren. Sie nahm das Sitzkissen vom Stuhl und wischte damit das Blut auf. »Besorgen Sie mir bitte ein neues. Die Flecken gehen nie wieder raus.«

»Wo bleibt das Medo-Team?«, schrie Lefler. »Wo zum Teufel ist der …«

Dann zeigte Morgan ihr den Unterarm, hielt ihn Lefler praktisch unter die Nase. Robin starrte darauf … und konnte nicht glauben, was sie sah.

Die Blutung hatte vollständig aufgehört. Wo noch vor wenigen Augenblicken ein gefährlicher Schnitt gewesen war, befand sich nun eine dünne rosafarbene Linie, die sich von der gebräunten Haut abhob. Und selbst diese Spur verschwand allmählich. Lefler beobachtete fassungslos, wie die hellere Färbung der frisch verheilten Wunde die Farbe wechselte, bis sie nicht mehr von der umgebenden Haut zu unterscheiden war.

In diesem Moment stürmte das Medo-Team in den Arrestbereich. Die Leute sahen die roten Flecken auf dem Boden und der Matratze und suchten verwirrt nach der Person, die solche Mengen von Blut verloren hatte.

»Danke, dass Sie vorbeigekommen sind, meine Herren«, sagte Morgan ruhig, »aber ich fürchte, es handelt sich um einen falschen Alarm. Ich wollte meiner Tochter nur einen kleinen Zaubertrick vorführen – der vielleicht etwas geschmacklos war, wie ich zugebe –, aber unser Wachmann hier hat wohl ein wenig überreagiert. Es tut mir sehr Leid, dass Sie sich umsonst bemüht haben. Doch es wäre wirklich nett, wenn Sie jemanden schicken könnten, der die Verunreinigung entfernt.« Sie zeigte auf die Blutflecken. Dann wandte sie sich an Lefler und legte ihr eine Hand auf die Schulter. »Und du siehst ziemlich mitgenommen aus, Robin. Vielleicht solltest du lieber zu deiner Arbeit zurückkehren. Meinst du nicht auch, dass es das Beste wäre?«

»Ja«, sagte Robin, die immer noch unter Schock stand. »Ja, das wäre … wohl das Beste.«

Der Wachmann schaltete das Kraftfeld vorübergehend ab, damit Lefler die Zelle verlassen und ein Reinigungsteam hineingehen konnte, um das Blut zu beseitigen. Lefler entfernte sich von der Zelle. Sie warf ihrer Mutter nur noch einen kurzen Blick über die Schulter zu. Morgan wirkte völlig gelassen, als gäbe es im ganzen Universum keine Sorgen mehr, die sie betreffen konnten.

13

Sie sind hier ... sie sind hier ...
Ihr Geliebter schreit ihr die Warnung zu und sie wappnen sich für die bevorstehende Konfrontation.

»Hier ist niemand.«

Calhoun stand vom Kommandosessel auf und ging zu Zak Kebrons taktischer Station hinüber. Unter ihnen drehte sich der Planet Ahmista. »Was wollen Sie damit sagen?«

»Dass die Sensoren beim ersten Suchlauf keine Anzeichen humanoider Lebenformen feststellen konnten.«

»Keine?«, fragte Calhoun ungläubig. Er drehte sich zu Soleta um, die an ihrer wissenschaftlichen Station arbeitete. »Soleta?«

»Meine Untersuchungen sind noch nicht abgeschlossen, aber bis jetzt kann ich Mr. Kebrons Analyse bestätigen. Trotz der lebensfreundlichen Umweltbedingungen und minimaler Anzeichen für tierische Lebensformen scheinen keine humanoiden Organismen vorhanden zu sein.«

»Dann ist es der falsche Planet«, sagte Shelby.

»Aber er befindet sich genau an der von Si Cwan angegebenen Position«, meldete sich McHenry von der Navigation zu Wort.

»Könnte es vielleicht ... zu einem Krieg gekommen sein?«, fragte Calhoun. »In dem sich die Bewohner gegenseitig vernichtet haben?«

»Es gibt keine Spuren von Strahlung, Giften, biologischen Waffen oder anderen Verwüstungen. Keins der üblichen Anzeichen für einen Krieg, der die gesamte Bevölkerung eines Planeten ausgelöscht haben könnte«, sagte Soleta. »Außerdem hat Si Cwan angegeben, dass die Bewohner dieser Welt technisch nicht sehr weit fortgeschritten waren. Also besteht kaum die Wahrscheinlichkeit, dass sie über Waffensysteme verfügten, die zu einer totalen Vernichtung der Bevölkerung imstande sind.«

»*Grozit!* Wo sind die Ahmistaner, Lieutenant?«

»Das ist angesichts der gegenwärtigen Datensituation unbekannt, Captain.«

»Vielleicht haben sich alle irgendwo versteckt und warten darauf, hervorzuspringen und ›Überraschung!‹ zu rufen«, sagte Calhoun in völlig humorlosem Tonfall. »Soleta, ich möchte, dass Sie notfalls jeden Quadratmeter dieses Planeten scannen. Wenn irgendwo auch nur ein Lagerfeuer brennt, will ich es wissen. Brücke an Si Cwan.«

»Ja, Captain?«, war sofort die Stimme des Botschafters zu hören.

»Mr. Cwan, es wäre schön, wenn Sie auf die Brücke kommen könnten. Wir haben hier ein oder zwei Fragen, zu denen Sie vielleicht etwas sagen können. Calhoun Ende.« Ohne Pause wandte er sich an Kebron. »Lassen Sie auch Morgan Primus von einer Eskorte auf die Brücke bringen, Lieutenant.«

Robin Lefler drehte sich um. »Meine Mutter?«, fragte sie.

Er nickte. »Sofern sich keine andere Person namens Morgan Primus an Bord dieses Schiffes befindet. Haben Sie damit ein Problem, Lieutenant?«

»Nein«, antworte Robin schnell und schien sich plötzlich brennend für die Instrumente ihrer Einsatzstation zu interessieren. »Nicht das geringste.«

Wenig später waren Si Cwan und Morgan mittels

Turbolift auf der Brücke eingetroffen. Calhoun bemerkte, dass sich Robin Mühe gab, dem Blick ihrer Mutter auszuweichen. Irgendetwas war zwischen den beiden vorgefallen, seit Robin erneut versucht hatte, eine gemeinsame Basis zu finden. Er wusste, dass es in der Arrestzelle zu einem ungewöhnlichen Zwischenfall gekommen war. Der Bericht, den er erhalten hatte, war recht verworren gewesen. Es ging um einen Selbstmordversuch, nur dass weder Lefler noch Morgan Verletzungen aufwiesen, obwohl überall Blut gewesen war. Und außer den beiden Frauen hatte sich zum fraglichen Zeitpunkt niemand in der Zelle aufgehalten. Die Sache ergab überhaupt keinen Sinn. Es war ein weiterer auf einer ganzen Liste von Punkten, die er irgendwann ansprechen musste.

»Wir sind ein wenig irritiert«, sagte Calhoun zu Si Cwan und Morgan. »Sie, Morgan, haben uns erzählt, dass dies die Welt sein soll, auf der sich möglicherweise ein Kontakt zu den Promethianern herstellen lässt. Nun ist es so, dass Sie uns nie verraten haben, wie Sie eigentlich auf diese Idee gekommen sind. Wären Sie wohl so freundlich, uns jetzt über diesen Punkt aufzuklären?«

»Bemerkungen, die wir während unserer Nachforschungen aufgeschnappt haben. Hinweise in verschiedenen seltenen Texten. Es war ein langwieriger Prozess, in dem ...« Dann bemerkte sie, wie er sie ansah, und zum ersten Mal fühlte sich Morgan in seiner Gegenwart gar nicht mehr so selbstsicher. »Es läuft darauf hinaus«, gestand sie schließlich, »dass Tarella und ich es irgendwann ... einfach wussten.«

»Sie wussten es einfach.«

»Ja.«

»Mehr haben Sie mir nicht zu bieten. Sie wussten es einfach.«

»Das ist nicht unmöglich, Captain«, warf Soleta ein, ohne ihre Anzeigen aus den Augen zu lassen. »Erinnern

Sie sich an meine Erfahrungen mit der Metallscheibe? Es könnte eine Verbindung zu einem größeren Ganzen geben.«

»Vielleicht ähnlich wie bei den Borg, nur dass sie aus kleinen Scheiben bestehen?«, fragte Calhoun skeptisch.

»Das klingt auf jeden Fall weniger bedrohlich«, gab Shelby zu bedenken.

»Botschafter«, wandte sich Calhoun an Si Cwan, »können Sie uns ungefähr sagen, wie groß die Bevölkerung von Ahmista ist?«

»Keine Ahnung«, erwiderte Si Cwan. »Aber wenn ich schätzen müsste ... vielleicht fünf oder sechs Milliarden.«

»Soll ich Ihnen verraten, wie viele Personen sich derzeit auf Ahmista aufhalten?«

»Eine.«

Die Antwort kam von Soleta. Verständlicherweise hatte sie damit die Aufmerksamkeit aller Anwesenden auf sich gelenkt. Calhoun ging mit schnellen Schritten zu ihrer Station. »Sie haben jemanden gefunden?«

»Es hat eine Weile gedauert, da es sich um einen äußerst dünn besiedelten Planeten handelt – sofern man noch von einer Besiedelung reden kann. Es ist mir gelungen, eine humanoide Lebensform auf der Oberfläche zu lokalisieren.«

»Nur eine einzige?«, fragte Si Cwan entgeistert. »Das ... das ist doch absurd! Was ist mit der übrigen Bevölkerung geschehen?«

»Genau das versuchen wir gerade herauszufinden«, sagte Calhoun. »Commander«, wandte er sich an Shelby, »stellen Sie ein Einsatzteam zusammen, das aus Ihnen, Si Cwan, Lieutenant Soleta und Mr. Kebron besteht. Schauen Sie nach, mit wem oder was wir es hier zu tun haben. Alle Mitglieder des Teams sollen sich bewaffnen, weil wir keine Ahnung haben, was uns erwartet.«

»Sogar ich?«, fragte Si Cwan.

Calhoun hielt einen kurzen Moment inne, dann nickte er. »Sogar Sie.« Hinter seinem Rücken hörte er ein missmutiges Grollen; offenbar war Zak Kebron mit dieser Entscheidung des Captains nicht einverstanden. Doch Calhoun beschloss, die Ansicht des Sicherheitschefs einfach zu ignorieren.

»Was ist mit mir, Captain?«, fragte Morgan.

»Was soll mit Ihnen sein?«

»Ich habe Sie zu diesem Planeten geführt. Wenn irgendwer das Recht hat, sich dort umzusehen und das Rätsel zu lösen, dann ich.«

»Aus Ihrer Perspektive mag das durchaus sinnvoll erscheinen, aber ich fürchte, dass es sich aus meiner ganz anders darstellt«, entgegnete Calhoun. »Ich vertraue Ihnen einfach noch nicht genug, Morgan, um Sie nach unten zu schicken, während meine Leute genug damit zu tun haben, auf ihre eigene Sicherheit zu achten. Ich weiß nicht einmal, ob die größere Gefahr vom Planeten oder von Ihrer Person ausgeht.«

»Was ist mit dem alten Sprichwort, Captain? Bleib nahe bei deinen Freunden, aber noch näher bei deinen Feinden.«

»Ich würde gar nicht behaupten wollen, dass wir Feinde sind, Morgan. Trotzdem muss ich Ihnen Recht geben. Sie werden hier bleiben, wo ich Sie ständig im Auge behalten kann.«

»So habe ich das nicht gemeint.«

»Ja, ich weiß, aber so habe ich entschieden.« Er nickte Shelby zu. »Sie haben Ihre Befehle.«

Die Mitglieder des Einsatzteams versammelten sich vor dem Turbolift. Als sie die Brücke verließen, ging Morgan ohne Eile zu Shelbys Sessel und nahm darin Platz, als wäre es das Selbstverständlichste der Welt. Calhoun musterte sie kühl. »Ich habe nicht gesagt, dass Sie sich auf diesen Stuhl setzen dürfen.«

Sie starrten sich eine Weile an.

»Würden Sie gerne auf diesem Platz sitzen?«, fragte er.

»Ich würde mich geehrt fühlen. Vielen Dank für das freundliche Angebot.«

»Kein Ursache«, sagte er und kehrte zu seinem Kommandosessel zurück. Doch ihm entging nicht, dass sich Morgan auf dem Platz des Ersten Offiziers ausgesprochen wohl zu fühlen schien.

Burgoyne hatte sich selten so frustriert gefühlt wie in diesem Moment.

Er/sie war eine Datei nach der anderen durchgegangen und hatte mit zahllosen Möglichkeiten experimentiert, deren wahrscheinliches Ergebnis er/sie vom Computer berechnen ließ. Er/sie hatte nicht nur keinen Hinweis gefunden, dass sich jemals zuvor ein ähnliches Wesen in den Warpkern eines Raumschiffs eingenistet hatte, sondern obendrein schien jeder Plan, wie sich das verdammte Ding vielleicht aus den Maschinen vertreiben ließ, die totale Zerstörung des Schiffes zur Folge zu haben. Die Wahrscheinlichkeit dieses Ausgangs war nicht immer gleich hoch. In manchen Fällen erreichte sie neunundneunzig Prozent, in anderen lag sie nur bei dreiundachtig. Aber nicht einmal die aussichtsreichsten Szenarios schienen für einen realistischen Lösungsansatz geeignet zu sein.

Er/sie warf einen Blick auf den Warpkern und konnte in der durchsichtigen Röhre das langsam pulsierende Wesen erkennen. Es war nicht mehr als ein aus der Verzweiflung geborenes Unterfangen, aber er/sie gab seinem/ihrem spontanen Impuls nach, es mit sehr finsterer und wütender Miene anzustarrren – in der vagen Hoffnung, Sparky würde über diese Feindseligkeit erschrecken und panisch die Flucht ergreifen.

Doch Sparky schien überhaupt nichts zu bemerken.

»Burgoyne.«

Selar kam auf ihn/sie zu und wirkte sachlich und distanziert wie stets. »Doktor«, erwiderte Burgoyne ebenso nüchtern.

»Ich dachte, es würde Sie vielleicht interessieren. Ich habe verschiedene Tests durchgeführt und festgestellt, dass ich in der Tat schwanger bin. Ich hatte den Eindruck, dass ich mich in dieser Angelegenheit vielleicht nicht ausschließlich auf meinen Instinkt verlassen sollte.«

»Nun, das ist … das ist ja großartig, Selar. Ich freue mich für Sie.«

»Ich …« Sie holte tief Luft, als wollte sie in ein unbekanntes Gewässer springen. »Ich freue mich für uns.«

Es dauerte ein Weilchen, bis Burgoyne die Bedeutung ihrer Worte aufgenommen hatte, da seine/ihre Gedanken immer noch um Sparky kreisten. Doch dann drehte sich Burgoyne ganz zu Selar herum und sah sie mit unverhohlener Überraschung an. »Um ehrlich zu sein, ich bin mir nicht sicher, welcher Teil Ihres Satzes mich mehr verblüfft – der mit dem ›sich freuen‹ oder der mit dem ›uns‹. Mir war gar nicht bewusst, dass es so etwas wie ›uns‹ gibt.«

»Empfinden Sie diesen Gedanken als angenehm? Oder möchten Sie die Vorstellung lieber von sich weisen?«

»Ich weiß nur, dass Sie nicht daran interessiert sind«, sagte Burgoyne mit einer Spur von Trotz.

Selar richtete sich auf. »Maßen Sie sich nicht an, für mich zu sprechen, Burgoyne. Sie wissen ja nicht einmal, was Sie selber wollen. Bilden Sie sich nicht ein, etwas über meine Gefühle zu wissen.«

»Ihre Gefühle?«, entgegnete Burgoyne. »Ich wusste ja gar nicht, dass Sie welche haben!«

»Ach, jetzt beleidigen Sie mich! Wie typisch! Wie emotional! Damit hätte ich rechnen müssen.«

»Ja!«, sagte Burgoyne lauter, als er/sie beabsichtigt hatte. Als ihm/ihr bewusst wurde, dass andere auf ihre Diskussion aufmerksam wurden, zerrte er/sie Selar in Richtung seines/ihres Büros. »Ja«, wiederholte er/sie leiser als zuvor. »Sie hätten damit rechnen müssen, weil der Rest der Galaxis von Individuen bevölkert ist, die lachen und weinen und richtig wütend werden können – im Gegensatz zu Vulkaniern, die sich einbilden, über ihren Emotionen zu stehen, nur weil sie sie niemals benutzen! Ich …«

Selar war unvermittelt stehen geblieben. Sie folgte Burgoyne nicht mehr, sondern schien auf einmal fest mit dem Boden verwachsen zu sein. Burgoyne konnte sie nicht mehr dazu bewegen, sich von der Stelle zu rühren. »Selar?«, sagte er/sie verwirrt. »Selar, was ist mit Ihnen …?«

Selar hörte ihm/ihr gar nicht mehr zu, da sich ihre gesamte Aufmerksamkeit auf den Warpkern konzentrierte. Und das Energiewesen – oder was immer es war – schien irgendwie auf sie zu reagieren.

Langsam, Schritt für Schritt näherte sich Selar dem Warpkern. »Was haben Sie vor?«, wollte Burgoyne wissen. Doch Selar gab keine Antwort. Stattdessen ging sie weiter auf den Warpkern zu, als würde sie hypnotisch davon angezogen. Plötzlich machte sich Burgoyne große Sorgen um sie. »Selar! Hören Sie! Kommen Sie dem Ding nicht näher …«

Als er/sie Selars Arm packte, erstarrte sie und stieß ihn/sie zurück. Burgoyne war äußerst kräftig, aber mit einer so heftigen und plötzlichen Reaktion hatte er/sie nicht gerechnet. Er/sie wurde zurückgeschleudert, prallte gegen eine Wand und sackte benommen zu Boden.

Währenddessen bewegte sich Selar weiter auf den Warpkern zu und streckte ihre Hände aus.

Das Erste, was Shelby hörte, nachdem das Geräusch der Transporterstrahlen verklungen war, war ein melodischer Gesang.

Es schien sich um keine bestimmte Melodie zu handeln. Wer immer da singen mochte, fügte die Töne offenbar völlig spontan aneinander. Shelby blickte sich um und stellte fest, dass Si Cwan, Kebron und Soleta es ebenfalls hörten.

Eine beständig wehende Brise trug den Gesang zu ihnen; die Quelle konnte nicht weit entfernt sein. Sie waren auf einem Pfad materialisiert, der einen kleinen Berg hinaufführte. Diese Tatsache bereitete Soleta leichte Bauchschmerzen, da sie in jüngster Zeit üble Erfahrungen mit Bergen gesammelt hatte. Aber es sah so aus, dass diesmal buchstäblich kein Weg daran vorbeiführte.

»Was ist das?«, fragte Shelby.

Soleta lauschte eine Weile und sagte dann: »Eine leichte Disharmonie.«

»Vielen Dank für dieses kritische Urteil, Lieutenant.« Sie winkte den anderen, ihr zu folgen, dann stiegen sie langsam den Berghang hinauf.

Doch während sie näher kamen, nahm der Gesang – der zu Anfang fröhlich und verspielt gewirkt hatte – eine düstere Färbung an. Die Stimmung des Liedes wurde bedrohlicher; zumindest hatte Shelby diesen Eindruck.

Sie folgten einer Biegung des Pfades und plötzlich hörte der Gesang auf. Gleichzeitig blieben sie stehen.

Zunächst waren sie sich gar nicht sicher, ob das, was sie sahen, real war. Eine Frau, die so abgemagert war, dass sie wie ein Skelett wirkte, das nur mit Haut bekleidet war. Sie sah aus, als wäre sie vor kurzem aus einem Arbeitslager entlassen oder ein Jahr lang von Feinden gefoltert worden. Sie schien ein Mensch zu sein – oder zumindest gewesen zu sein. Ihre Augen waren eingefallen, ihr Haar zerzaust und verfilzt. Von ihrer Kleidung waren nur noch Fetzen übrig.

Und sie klammerte sich an etwas, das einen unangenehmen Eindruck machte. Sie hatte die Arme und Beine darum geschlungen, als wäre es das Einzige, das sie vor dem Ertrinken bewahrte.

Wenn man Shelby aufgefordert hätte zu raten, was es war, hätte sie es vermutlich als Waffe eingestuft. Aber sicher war sie sich nicht. Es handelte sich um ein zylindrisches Gebilde, dessen Ende wie eine Mündung aussah. Es war etwa zwei Meter hoch und hatte einen Durchmesser von vielleicht dreißig Zentimetern.

»Ist das … eine Waffe?«, fragte Si Cwan leise.

»Wenn ja, dann ist es eine verdammt große«, entgegnete Shelby.

Die Waffe zeigte senkrecht nach oben. Die Frau sang nicht mehr, doch ansonsten reagierte sie nicht auf die Annäherung des Einsatzteams. »Hallo«, sagte Shelby sehr leise, denn irgendetwas an diesem Ort gab ihr das Gefühl, dass ein gedämpfter Tonfall angebracht war. Obwohl sie bewaffnet war, gab sie darauf Acht, ihre Hände vom Phaser fernzuhalten. Sie wollte auf keinen Fall einen feindseligen Eindruck erwecken. Sie bemühte sich, die Frau nicht zu erschrecken, denn wenn dieses Ding tatsächlich eine Waffe war und die Frau sie plötzlich auf sie richten und abfeuern sollte, wäre nichts mehr von Shelbys Oberkörper übrig – außer vielleicht ein paar netten Erinnerungen. »Ich bin Commander Shelby von der *U.S.S. Excalibur*. Das sind Lieutenant Soleta, Lieutenant Kebron und Botschafter Si Cwan.«

Si Cwan verbeugte sich. »Sie sehen bezaubernd aus, Madam.«

Kebron warf ihm einen verdutzten Blick zu. Si Cwan zuckte nur mit den Schultern, als wollte er erwidern: *Was hätte ich denn sonst sagen sollen?*

»Verraten Sie uns Ihren Namen?«, fragte Shelby.

Die Frau sagte nichts. Sie wiegte lediglich ganz langsam den Oberkörper vor und zurück und starrte ins Leere.

»Können Sie …« Shelby kam vorsichtig ein paar Schritte näher, was der Frau keine erkennbare Reaktion entlockte. »Können Sie uns sagen, wo all die anderen sind? Dieser Planet ist praktisch unbewohnt, falls es Ihnen entgangen sein sollte. War er schon unbewohnt, als Sie hier eintrafen?«

Jetzt sprach sie.

Sie sprach mit einer Furcht einflößenden Stimme, die an das Knarren eines langsam sich öffnenden Sargdeckels erinnerte. Es war schwierig zu bestimmen, wie alt oder jung die Frau sein mochte, doch ihre Stimme klang wie die eines Menschen, der schon seit Jahrhunderten tot war.

»Sie wollten mir meinen Geliebten wegnehmen«, sagte sie zu ihnen.

»Oh«, erwiderte Shelby mitfühlend. »Das ist … das ist nicht gut. Und wer sind ›sie‹?«

»Sie.« Die Frau gab wieder einige Töne ihres merkwürdigen Singsangs von sich. »Alle. Aber mein Geliebter ist stark. Er beschützt mich. Er beschützt uns.«

»Darf ich fragen, wovor er Sie beschützt, Madam?«, erkundigte sich Soleta. »Hier scheint niemand zu sein, der eine potenzielle Gefahr darstellt.«

Zum ersten Mal schien die Frau ihren Blick auf sie zu richten. Sie sah Soleta an und ihr Gesicht zeigte einen Ausdruck, in dem sich Wahnsinn und Belustigung zu mischen schienen.

»Jetzt nicht mehr«, sagte sie.

Schließlich war es Si Cwan, der aussprach, was alle anderen dachten, auch wenn es ihn große Anstrengung kostete, sich zu beherrschen. »Wollen Sie damit sagen, dass … Ihr Geliebter … jeden beseitigt hat, der Sie beide voneinander trennen wollte?«

»Er beschützt mich. Deshalb ist er ein guter Geliebter.«

»Madam«, sagte Si Cwan, »es wäre einfacher für uns, wenn wir Ihren Namen wüssten.«

»Soll ich ihnen meinen Namen verraten?«, fragte sie flüsternd den großen Zylinder, als wäre es ein guter Freund. »Sollte ich ... ja. Ja, du hast natürlich Recht. Es spielt keine Rolle.« Sie sah die Leute an und sagte: »Ich bin Tarella.«

Shelby wusste sofort, woher sie diesen Namen kannte. Es war der Name der Freundin, die Morgan auf der Suche nach den Promethianern begleitet hatte.

»Tarella«, sagte Si Cwan. »Wir haben es hier mit einer sehr komplizierten Situation zu tun. Aber ich bin mir sicher, dass wir eine Lösung finden, die ...« Dann hielt er inne. »Warum haben Sie gesagt, dass es keine Rolle spielt, ob wir ihren Namen erfahren?«

»Weil wir Sie jetzt töten werden«, sagte Tarella.

»Mussten Sie danach fragen?«, murmelte Kebron.

Und nahm sein Phasergewehr in die Hände.

Zak Kebron hielt im Allgemeinen nicht viel von Phasern. Er verließ sich lieber auf seine Körperkraft. Doch der Captain hatte sie angewiesen, sich zu bewaffnen, und er hatte sich daran gehalten. Phaser in normaler Größe waren für ihn noch schwieriger zu bedienen als für die großen behaarten Hände von Fähnrich Janos. Zur Not konnte er mit einem normalen Phaser umgehen, aber es fiel ihm nicht leicht. Deshalb rüstete er sich für einen Außeneinsatz in der Regel mit einem Phasergewehr des Typs III aus. Er trug es auf dem Rücken, was ein beeindruckender Anblick war.

Doch nun hielt er den Phaser in der Hand und richtete ihn auf Tarella. Er wählte eine hohe Einstellung und warnte: »Machen Sie keine hastigen oder bedrohlichen Bewegungen!«

»Sie wollen mir meinen Geliebten wegnehmen!«, erwiderte Tarella in protestierendem Tonfall. »Das werde ich nicht zulassen. Wir gehören zusammen. Ich lasse nicht zu, dass Sie ihm etwas antun.«

»Tarella«, warf Shelby schnell ein, »auf unserem Schiff befindet sich jemand, den Sie bestimmt gerne sehen würden. Ihre Freundin Morgan.«

Sie schien auf die Erwähnung dieses Namens zu reagieren. Ihr Körper erzitterte leicht und sie klammerte sich noch fester an die Waffe. Über ihre trockenen, aufgesprungenen Lippen kamen die Worte: »Morgan ist tot. Sprechen Sie nie wieder ihren Namen aus.«

»Aber ...«

»Sprechen Sie nie wieder ihren Namen aus!!!«

Dann entlud sich die Waffe.

»Runter!«, rief Kebron und stieß die anderen mit einem Arm zu Boden, während er gleichzeitig sein Phasergewehr abfeuerte. Der Strahl traf den Energieball, den die Waffe – der Geliebte – ausgestoßen hatte, und lenkte ihn ein paar Grad von der beabsichtigten Flugbahn ab.

Der Energieball raste donnernd durch die Luft. Er verfehlte die Einsatzgruppe – aber nur knapp – und schlug krachend in einen Berghang.

Und zerstörte ihn.

Der gesamte Berg explodierte. Dort, wo der Energieball einschlug, verglühte das Gestein sofort zu Asche, und der Rest des Berges wurde emporgerissen, sodass in der gesamten Umgebung ein Regen aus kleinen Felstrümmern niederging. Auch auf das Einsatzteam, das einige Meter weiter Zuflucht hinter einer Felskante gesucht hatte. Als sie beobachteten, wie in einem Kilometer Entfernung ein kompletter Berg durch die Waffe zerstört wurde, an die sich Tarella klammerte, machten sie sich klar, dass diese Deckung ihnen letztlich nicht die geringste Deckung bot.

Shelby schlug so heftig auf ihren Kommunikator, dass sie sich einen blauen Fleck auf der Brust zufügte.

»Außenteam an Transporterraum! Holt uns sofort hier raus!«

Dann hörten sie, wie Tarella schrie: »Ich will euch nicht! Ich will Morgan nicht! Und ich will euer Schiff nicht!« Damit entlud sich die Energie der Waffe und schoss senkrecht in den Himmel.

Die Schilde wurden automatisch aktiviert, bevor Boyajian, der die taktische Station besetzte, erkennen konnte, dass sie angegriffen wurden. Gleichzeitig gingen alle Systeme der *Excalibur* auf Alarmstufe Rot. »Captain, da kommt was!«, rief Boyajian. »Eine Art Plasma mit extrem hoher Energie!«

»McHenry, Ausweichmanö ...«, konnte Calhoun noch sagen, bevor der Energieball die *Excalibur* traf. Die Schilde schützten das Schiff kaum mehr als eine Plastikfolie. Der Energieball traf sie mittschiffs und jeder, der auf den Beinen stand, wurde umgeworfen.

Calhoun war gerade zu seinem Kommandosessel unterwegs gewesen, als der Einschlag erfolgte. Er flog durch die Luft, stieß mit Morgan zusammen und landete auf dem Boden. Morgan klammerte sich verzweifelt an die Armlehnen des Sessels und konnte so Schlimmeres verhindern, doch die Erschütterung des Schiff war das geringste der Probleme.

McHenrys Station explodierte, während er durch eine Stoßwelle aus dem Sitz geschleudert wurde. Er schlug mit dem Kopf gegen die hintere Rampe und sackte zusammen. Blut lief ihm aus dem Mundwinkel. Die Navigationsstation war schwer beschädigt, sogar vereinzelte Flammen schossen aus den Konsolen. Da die Feuerlöschsysteme an der Decke nicht funktionierten, holte Morgan in ihrer Verzweiflung einen Handfeuerlöscher aus einer Wandklappe und taumelte quer über die Brücke, um den Brand in der Navigationskonsole zu löschen.

Rauch erfüllte den Raum. Sie suchte nach ihrer Tochter und sah, dass sie über der Funktionsstation zusammengebrochen war. An ihrer Schläfe bildete sich eine große Schwellung. Sie war kaum noch bei Bewusstsein, kämpfte aber gegen die Ohnmacht an. »An alle Stationen, Meldung!«, stieß sie mühsam hervor. »Hier spricht Lefler, bitte Statusmeldung!«

Das Schiff machte einen Satz und Morgan konnte sich im letzten Moment an einem Sessel festhalten. Doch dann blickte sie zum Hauptbildschirm und sah, wie der Planet auf sie zuraste ... nein ... das Schiff raste auf den Planeten zu.

Morgan ließ sich auf den Sitz des Navigators fallen, warf den Feuerlöscher weg und studierte die chaotischen Anzeigen. Selbst in dieser katastrophalen Situation schien sie nicht die Nerven zu verlieren. Als hätte sie ihr Leben lang nichts anderes getan, begann sie, Systeme umzuleiten, um die Steuerung wieder unter Kontrolle zu bekommen und das Schiff vor dem Absturz zu bewahren ... bevor es zu spät war.

Selbst Burgoyne wurde trotz seiner/ihrer katzengleichen Reflexe von den Beinen gerissen, als das Schiff einen schweren Treffer einsteckte.

Auch Selar verlor das Gleichgewicht und prallte gegen die Hülle des Warpkerns.

Und die Entität, die sich tief im Warpkern aufhielt, schien Selar näher zu kommen. Die Vulkanierin hielt sich an der Röhre fest, worauf sich das Wesen auf den Bereich konzentrierte, den sie berührte.

Burgoyne rappelte sich auf, wankte zu Selar und wollte sie fortzerren. Zu seiner/ihrer Überraschung hatte er/sie damit nicht den geringsten Erfolg. Es war, als würde Selar am Warpkern festkleben, als würde sie sich unter keinen Umständen davon trennen lassen.

Ihre Augen blickten glasig und ihre Lippen schienen

Worte zu formulieren, doch Burgoyne hatte keine Ahnung, was sie möglicherweise sagen wollte. Er/sie wusste nur, dass Selar auf irgendeine Weise in direktem Kontakt mit dem unbekannten Wesen im Warpkern zu stehen schien. Da Burgoyne nicht einschätzen konnte, was genau vor sich ging, war er/sie sich nicht sicher, ob es gut wäre, etwas dagegen zu unternehmen, oder nicht.

Im Lärm der Alarmsirenen und der explodierenden Systeme konnte Calhoun kaum seine eigene Stimme verstehen. *Es wird ewig dauern, die Brücke wieder in Ordnung zu bringen,* dachte er verzweifelt. Dann sah er, dass sie auf eine Bruchlandung zusteuerten. Er blickte zur Navigation … und stellte zu seiner Verblüffung fest, dass Morgan an den Kontrollen saß. Er taumelte über die Brücke und kämpfte gegen den Boden, der sich immer wieder unter ihm aufbäumte. »Was machen Sie da?«, schrie er.

Sie warf ihm einen kalten, starren und völlig ruhigen Blick zu. »Uns den Arsch retten«, teilte sie ihm mit, während sie weiter die Kontrollen bediente.

Und plötzlich brach die *Excalibur* den Kollisionskurs ab, bevor sie die Atmosphäre erreicht hatte.

»Die Steuerung reagiert wieder«, rief Morgan, als das Schiff ausscherte und die Planetenoberfläche zum unteren Rand des Bildschirms wanderte. Allmählich kehrte das Schiff in den Orbit zurück. Der Angriff war überstanden, aber niemand wusste, ob es einen weiteren geben würde.

»Schildstatus?«

Lefler rieb sich die Stirn und versuchte, ihren Blick zu konzentrieren. »Schilde stabil bei achtzig Prozent, Captain. Strukturfestigkeit unbeeinträchtigt. Was wir erlebt haben, waren hauptsächlich Stoßkräfte.«

»Das heißt, wenn wir keine Schilde gehabt hätten, wären wir alle in Stücke gerissen worden.«

»Ja, Captain. Der Transporterraum meldet, dass das Einsatzteam die Aufforderung zum Hochbeamen gesendet hat, unmittelbar bevor der Angriff erfolgte.«

»Wir können sie nicht an Bord holen, wenn unsere Schilde oben sind, und wir können es nicht riskieren, sie zu deaktivieren. Kommunikationssystem?«

»Funktioniert wieder, Captain.«

»Calhoun an Einsatzteam.« Er klopfte sich Staub von der Uniform und half McHenry, wieder auf die Beine zu kommen. Der Navigator machte einen verwirrten Eindruck. Sein Uniformhemd wies Brandspuren auf; wahrscheinlich war an den entsprechenden Stellen auch seine Haut verbrannt. In den nächsten Augenblicken wuchs Calhouns Überzeugung, dass er kein Wort von der Planetenoberfläche hören würde.

Doch dann meldete sich Shelbys Stimme. Sie schien ganz offensichtlich unter Schock zu stehen. »Hier Shelby.«

»Commander! Was ist da unten los? Unsere Sensoren haben keinen Hinweis auf irgendwelche schweren Waffensysteme entdeckt, aber jemand hat auf uns geschossen und uns beinahe erledigt!«

»Es ist eine Frau, Captain. Eine Frau mit einer Kanone.«

Die Leute auf der Brücke, die mit ihren blauen Flecken, Abschürfungen und blutenden Wunden beschäftigt waren, blickten sich gegenseitig mit ungläubigen Mienen an. »Haben Sie gerade von *einer* Frau und *einer* Kanone gesprochen, Commander?«

»Völlig richtig, Captain.«

Robin Lefler hatte den Captain schon in sehr unterschiedlichen Situationen und Stimmungen erlebt. Aber sie konnte sich nicht erinnern, jemals einen solchen Ausdruck tiefster Verblüffung auf seinem Gesicht gesehen zu haben. »Wie konnte eine Frau mit einer Kanone uns beinahe aus dem Orbit pusten?«

Es folgte eine kurze Pause. Da Shelby offenbar keine Ahnung hatte, wie sie es auf andere Weise erklären sollte, sagte sie nur: »Es ist eine ziemlich große Kanone, Captain.«

Calhoun wusste nicht, was er dazu sagen sollte. Ein »Oh« war alles, was ihm einfiel. McHenry starrte unterdessen verdutzt auf Morgan, die an seiner Station saß. Morgan stand sofort auf und drängte ihn, wieder Platz zu nehmen.

»Übrigens scheint sich diese Waffe im Besitz der Frau zu befinden«, sagte Shelby, »die Morgan als ihre frühere Gefährtin beschrieben hat.«

»Tarella?«, rief Morgan.

»Völlig richtig.«

Morgan drehte sich um. »Captain, bitte lassen Sie mich nach unten gehen. Ich bin vermutlich die einzige Person, die zu ihr durchdringen kann.«

Calhoun war ganz und gar nicht von dieser Entwicklung der Dinge begeistert, aber ihm schien kaum eine andere Wahl zu bleiben. »Also gut. Dieses Risiko müssen wir eingehen. Mr. McHenry, bringen Sie uns auf maximale Transporterreichweite. Wir sollten so viel Abstand wie möglich zwischen uns und dieses … diese große Kanone bringen. Morgan, melden Sie sich im Transporterraum. Wir werden die Deflektoren nur so lange herunterfahren, wie es dauert, Sie auf den Planeten zu beamen. Shelby, wie ist Ihre Lage? Sollen wir Sie raufholen, nachdem wir Morgan runtergeschickt haben?«

»Negativ«, antwortete Shelby nach kurzer Überlegung. »Wir können Tarella von hier aus sehen. Sie macht den Eindruck, als hätte sie völlig vergessen, dass wir da sind. Sie scheint immer wieder den Kontakt zur Realität zu verlieren.«

»Das kann ich gut nachvollziehen«, bemerkte McHenry.

»Captain«, sagte Lefler plötzlich. Sie erhob sich von ihrem Platz und wirkte etwas unsicher, aber fest entschlossen. »Ich würde gerne Mrs. Primus auf den Planeten begleiten ... wenn Sie einverstanden sind.«

Trotz der Verwüstung, die auf der Brücke herrschte, brachte Calhoun ein gezwungenes Lächeln zustande. »Irgendwie hatte ich das Gefühl, dass Sie so etwas sagen würden«, entgegnete er.

14

Morgan und Robin materialisierten flimmernd auf der Planetenoberfläche, nur wenige Schritte von der Einsatzgruppe entfernt, die sich immer noch in der zweifelhaften Deckung der Felskante befand. Auf Shelbys Wink kamen sie so leise wie möglich näher. Sie bemerkte natürlich, dass die Neuankömmlinge reichlich mitgenommen aussahen, aber sie hatten keine Zeit, sich darüber auszulassen. »Ich habe mir Sorgen gemacht, dass sie während des Transportvorgangs auf das Schiff feuern könnte«, flüsterte sie.

»Haben wir einen Plan, Commander?«, fragte Robin.

»Ja. Er trägt den Titel ›Wir versuchen irgendwie zu überleben‹.«

»Ein guter Plan«, sagte Si Cwan. »Sonst haben wir nichts?«

In der Hocke drehte sich Shelby langsam zu Morgan um. Sie schien eine halbe Ewigkeit darauf zu verwenden, die Frau eingehend zu betrachten. »Und Sie glauben wirklich, dass Sie zu ihr durchdringen können?«, fragte sie schließlich.

Morgan dachte an die unzähligen Möglichkeiten und Unwägbarkeiten, bis sie einräumte: »Ich weiß es nicht. Ich kann für nichts garantieren. Aber ich kann sie vielleicht ablenken.«

»Gut. Eine ehrliche Antwort. Was haben Sie da oben angestellt, dass der Captain Ihnen so plötzlich vertraut?«

»Ich habe das Schiff gerettet«, sagte Morgan gelassen.

Shelby sah Robin an, die bestätigend nickte. »Na gut. Lassen Sie sich Zeit und seien Sie vorsichtig …« Sie zeigte auf eine Stelle mehrere Meter rechts von ihnen. »Versuchen Sie es von dort aus.«

Morgan hielt sich an die Anweisungen und entfernte sich ein Stück vom Einsatzteam. Sie holte tief Luft und wirkte für einen Moment verunsichert. Robin erkannte, dass ihre Mutter tatsächlich ein wenig Angst zu haben schien. Als sie auf ihr bisheriges Leben zurückblickte, gelangte sie zur Erkenntnis, dass sie ihre Mutter immer nur völlig beherrscht und selbstsicher erlebt hatte.

Aber warum? Wenn Morgan wirklich unsterblich war, wie sie behauptete, warum machte sie sich dann solche Sorgen? Sie drehte sich noch einmal zu Robin um und zeigte ihr einen hochgereckten Daumen. Nun wusste Lefler, warum sie auf diese Weise reagierte. Morgan war nicht um ihre eigene Sicherheit besorgt, sondern um die ihrer Tochter. Sie hatte Angst, dass Robin etwas zustieß.

Lefler erwiderte die Geste, dann verließ Morgan langsam die Deckung.

Mit äußerster Vorsicht näherte sich Morgan der Frau, die sie in glücklicheren Zeiten als Tarella gekannt hatte. Es war ein großer Schock zu sehen, was aus ihr geworden war. Tarella summte leise vor sich hin, kein Lied, sondern irgendeinen Singsang. »Tarella?«, sprach Morgan sie leise an.

»Was hast du gesagt, Geliebter?« Tarella sah sie nicht an. Ihre Gedanken schienen mit etwas ganz anderem beschäftigt zu sein. Versonnen bewegte sie den Körper an der Waffe auf und ab, sodass nicht schwer zu erraten war, wen sie angesprochen hatte.

»Tarella, ich bin's. Morgan. Erinnerst du dich noch? Ich bin … ich bin wieder frei. Ich bin zurückgekommen. Ich bin gekommen, um zu beenden, was wir begonnen haben.« Sie winkte, um Tarella auf sich aufmerksam zu machen. »Tarella, das ist … ein sehr beeindruckendes Stück Technik, das du da hast. Willst du mir verraten, wie du es gefunden hast?«

Tarellas Blick schien sich auf sie zu konzentrieren, doch ihre Augen waren dunkel und Furcht einflößend. Sie klammerte sich noch fester an die Waffe. »Morgan.«

»Ja. Ich bin Morgan.«

»Du bist tot.« Sie hielt inne und brachte sich dann in eine bequemere Position. »Mein Geliebter sagt, dass wir dich töten sollten.«

»Wenn ich schon tot bin, kannst du mich nicht mehr töten«, gab Morgan zu bedenken. »Warum solltest du die Energie deines Geliebten an einen Geist verschwenden?«

Es war nicht mehr als ein Versuch und Morgan glaubte eigentlich keinen Augenblick daran, dass Tarella sich dadurch irritieren ließe. Doch zu ihrer Überraschung schien Tarella sehr gründlich über diesen Punkt nachzudenken. »Daran hatte ich nicht gedacht«, sagte sie und betonte jedes zweite Wort, sodass sie wie ein kleines Kind klang – oder wie eine Erwachsene, die mit einem Kind sprach.

Unterdessen war Morgan vorsichtig und Schritt für Schritt näher gekommen. »Tarella«, sagte sie mit einer Gelassenheit, als würden sie sich auf einer Cocktailparty aufhalten, »möchtest du mir deinen Geliebten nicht vorstellen? Hat er einen Namen?«

»Nein. Wir brauchen keine Namen, nicht wahr?« Dabei streichelte sie liebevoll die Waffe. Dann sagte sie mit ihrer seltsamen Singsang-Stimme und einem bedrohlichen Unterton: »Ich glaube, du versuchst nur, mir meinen Geliebten wegzunehmen! Er glaubt es auch! Mein Geliebter will dich töten, und zwar auf der Stelle. Aber ich halte ihn noch zurück. Nur ich hindere ihn daran! Weil ich es so sehr vermisst habe, mit meiner alten Freundin Morgan zu sprechen, auch wenn es nur der Geist von Morgan ist. Das macht meinen Geliebten eifersüchtig. Aber das ist in Ordnung. Es macht überhaupt nichts, wenn ein Geliebter von Zeit zu Zeit eifersüchtig ist, nicht wahr? Das belebt die Beziehung.«

»Das finde ich auch«, pflichtete Morgan ihr bei. Bei ihrem nächsten Schritt wäre sie beinahe gestolpert. Ganz vorsichtig zog sie ihren Fuß von der Stelle zurück, bis sie einen sicheren Stand gefunden hatte. Es wäre vermutlich nicht sehr günstig, wenn sie plötzlich der Länge nach hinflog und Tarella aus ihrer psychotischen Trance aufschreckte.

Es fiel ihr immer noch schwer zu glauben, dass sie es mit derselben Frau zu tun hatte, die einmal ihre Partnerin und beste Freundin gewesen war. Eine Abenteurerin voller Lebensfreude. Jetzt war sie kaum wieder zu erkennen, nachdem sie ihr Leben, ihre Liebe und ihre Seele an ein absurdes Verhältnis zu einer Vernichtungsmaschine verloren hatte, an ein *Ding*, das bestenfalls Ansätze intelligenten Denkvermögens besaß.

Sie musste sich anstrengen, ihre Abscheu nicht offensichtlich werden zu lassen, als sie fragte: »Wo hast du deinen Geliebten kennen gelernt? Wie seid ihr zusammengekommen?«

»Die Promethianer waren hier«, antwortete Tarella. »Du erinnerst dich sicher an sie. Sie waren hier, genauso wie wir gehofft hatten. Es war, als ... hätten sie auf uns gewartet. Auf mich.«

»Ja, das sieht ihnen ähnlich«, stimmte Morgan zu. »Sie sind meisterhafte Schachspieler, brillante Ränkeschmiede. Vermutlich war es wie ein Möbiusband. Sie wussten, dass wir nach ihnen suchten, und sie bewirkten, dass wir sie fanden. Unsere Suche schuf das Gesuchte.«

»Das hast du sehr klug ausgedrückt, Morgan. Du warst schon immer so wahnsinnig klug! Aber nicht klug genug, um wieder von Momidium wegzukommen, nicht wahr?«

»Nein. Da hast du leider Recht.«

»Ich habe auf dich gewartet. Hast du eine Ahnung, wie lange ich auf dich gewartet habe?« Ihre Stimme wurde immer lauter, ihre Hände zitterten und Morgan machte sich immer größere Sorgen, dass sie doch noch das Feuer eröffnen würde. »Hast du eine Ahnung, wie viel Zeit vergangen ist? Es waren dreihundert Jahre!«

Morgan starrte sie an und schüttelte den Kopf. »Tarella, es waren nur fünf Jahre. Nicht dreihundert, sondern fünf Jahre. Fünf.«

Diese Offenbarung schien Tarella maßlos zu überraschen. Sie strich mit den Fingern durch ihr verfilztes Haar und sagte erstaunt: »Nur fünf? Bist du dir sicher?«

»Ja.«

»Mein Gott … es … es kam mir viel länger vor.«

Ihre Gedanken schweiften ab und Morgan erkannte, wie wichtig es war, die Richtung, in die sie sich bewegten, zu beeinflussen. »Dein Geliebter, Tarella. Du hast mir noch nicht gesagt, wie …«

»Die Promethianer gaben ihn mir«, sagte sie und lachte, als sie sich erinnerte. »Sie glaubten, es wäre nur eine Waffe. Diese dummen Promethianer! Eine Waffe, die unverzüglich auf die Gedanken seiner Geliebten reagiert. Alles, was ich will, will er auch. Und alles, was er will, will ich. Wir sind eins. Wir sind zusammen. Wir sind …« Einen Moment lang schien ihr Bewusstsein in der Schwebe zu hängen, als würde sie nach Erinnerungsbruchstücken suchen, dann sagte sie: »Die Promethianer wollten sie den Ahmistanern zur Verfügung stellen. Damit sie sich besser gegen mögliche Feinde verteidigen können. Sie gaben sie mir … damit ich sie an die Ahmistaner weitergebe. Aber ich erkannte, dass es ein Fehler war. Dass die Ahmistaner niemals in der Lage wären, richtig damit umzugehen. Sie waren einfach noch nicht auf eine solche Technik vorbereitet. Sie war nicht richtig für sie. Und sie liebten sie nicht. Das war der allerwichtigste Grund.« Tränen liefen über ihr Gesicht und ihre Stimme klang erstickt. »Ich wusste, dass nur ich damit umgehen konnte. Ich *musste* mich darum kümmern. Dann kamen die Ahmistaner. Sie wollten meinen Geliebten. Sie wollten ihn mir wegnehmen. Das konnte ich nicht zulassen. Ich musste sie aufhalten. Das verstehst du doch, nicht wahr, Morgan?«

»Natürlich«, sagte Morgan bestimmt, obwohl sie innerlich zusammenzuckte. »Wenn ich an deiner Stelle gewesen wäre, hätte ich genau das Gleiche getan. Du hast dich völlig richtig entschieden.«

Sie war Tarella jetzt so nahe, dass sie nur den Arm ausstrecken musste, um sie zu berühren.

»Und mein Geliebter wollte ebenfalls bei mir bleiben. Ich habe ihn beschützt. Ich wollte nicht, dass irgendwer in seine Nähe kommt. Mein Geliebter wollte es auch nicht. Aber du, Morgan … du kannst bleiben. Meinem Geliebten gefällt es nicht, aber du kannst bei mir bleiben. Weil du meine Freundin bist.«

»Ja, so ist es. Wir sind zusammen um die Häuser gezogen, wir haben zusammen Pläne ausgeheckt. Wir haben alles zusammen gemacht. Du bist Tarella Lee, aber das weißt du natürlich. Deine Lieblingsfarbe ist blau und deine Lieblingsjahreszeit ist der Winter auf der Erde.« Sie sprach immer schneller und versuchte, zum menschlichen Wesen vorzudringen, das sich in dieser Hülle verbarg. »Du magst Weißwein, aber keinen Rotwein. Du kleidest dich am liebsten schwarz. Dein Lachen ist kein zartes Kichern, sondern ein herzhaftes, schallendes Gelächter. Aber an all das kannst du dich natürlich erinnern, nicht wahr?«

»Ich erinnere mich an Tarella Lee«, sagte sie im Tonfall leichten Erstaunens. »Interessant. Ich habe schon lange nicht mehr an sie gedacht …«

»Du siehst sehr müde aus, Tarella.«

»Ja, das bin ich.« Ihr Körper sackte ein wenig an der Waffe zusammen. Es schien, als könnte sie sich nur mit Mühe bei Bewusstsein halten. Als würde die gesamte Anspannung einer sehr langen Zeit plötzlich ihren Tribut fordern. »Ich bin so müde.«

»Es scheint sehr anstrengend zu sein, sich festzuhalten. Ich werde es eine Zeit lang tun, während du dich ausruhst …«

Im nächsten Moment wünschte sich Morgan, sie hätte ihre Worte zurücknehmen können. Denn ihre Bemerkung riss Tarella unvermittelt aus ihrem lethargischen Zustand. Sie klammerte sich um so fester an die Waffe und schrie wutentbrannt: »Du willst ihn mir wegnehmen! Du bist genauso wie alle anderen!«

Morgan erkannte, dass sie sich unmöglich rechtzeitig in Sicherheit bringen konnte, falls Tarella das Feuer eröffnen sollte. Also wich sie zurück und versuchte an das bereits gewonnene Vertrauen anzuknüpfen. »Nein, Tarella. Siehst du? Ich bin hier drüben. Ich würde niemals auf die Idee kommen zu versuchen …«

Aber Tarella wollte ihr anscheinend nicht mehr vertrauen. »Du willst ihn mir wegnehmen!«, kreischte sie in panischer Angst und schwenkte die Mündung der Waffe herum.

Robin hatte plötzlich die Deckung der Felsen verlassen. Sie wedelte mit den Armen und rief: »Nein! Tun Sie es nicht!« Morgan konnte es nicht fassen, dass Robin sich zwischen Tarella und sie stellte. »Tun Sie es nicht!«, schrie ihre Tochter.

Morgan versuchte sie aus der Schusslinie zu drängen, aber Robin ließ es nicht zu. Sie klammerte sich an ihre Mutter, während sie immer wieder schrie: »Tun Sie es nicht! Das wollen Sie nicht tun! Lassen Sie sie in Frieden. Tun Sie es nicht!«

Das Geschrei und die Aufregung schienen Tarella für

einen Moment abzulenken. Die leidgeprüfte Frau blinzelte verwirrt und bemühte sich zu verstehen, was sie sah. Dann war auf einmal etwas in ihren Augen – und Morgan sah darin für einen kurzen Moment eine ferne Erinnerung an die Frau aufblitzen, die sie einmal gekannt hatte, die früher aus diesen nun eingesunkenen Augen geblickt hatte.

»Morgan, hilf mir«, flüsterte sie.

Das war der Zeitpunkt, an dem sich Si Cwan einschaltete. Er kam von der anderen Seite, und da Tarellas Aufmerksamkeit von Morgan und Robin beansprucht wurde, bemerkte sie den Angriff des Thallonianers viel zu spät. Er packte sie von hinten. Sie klammerte sich an die Waffe, aber sie hatte kaum Kraft in den Armen und Beinen. So konnte er sie mühelos losreißen. Die Waffe kippte um und landete scheppernd auf dem Boden. Tarella schrie wie eine Wahnsinnige und wollte wieder nach der Waffe greifen, doch Si Cwan hob sie einfach mit einem Arm auf. Er konnte nicht fassen, wie leicht die Frau war. Es war, als hätte er eine leere Hülle aufgehoben.

»Loslassen!«, kreischte sie. »Lassen Sie mich los! Ich will zu meinem Geliebten zurück! Er braucht mich! Er hat Angst ohne mich! Merken Sie es nicht? Ich will zurück!«

Shelby, Kebron und Soleta kamen aus der Deckung. »Kebron, übernehmen Sie die Frau«, sagte Shelby knapp. »Cwan und Morgan, gute Arbeit.«

»Fassen Sie ihn nicht an! Er will Sie nicht! Er will mich! Wir sind eins! Wir … wir …«

Und dann verschwand langsam … ganz langsam … etwas aus ihren Augen. Etwas, dessen sie sich gar nicht bewusst gewesen war, bis es sich allmählich verflüchtigte. Es war, als würde sie aus einer Nebelbank auftauchen. Dann sagte sie mit leiser und verwirrter Stimme: »Mor … Morgan …?«

»Ich bin hier, Tarella. Ich bin für dich da.« Morgan nahm Tarellas Gesicht in die Hände und konnte nicht glauben, was sie spürte. Früher hatte Tarella unglaublich weiche Haut gehabt, doch nun fühlte sie sich völlig trocken an, wie Papier. Was in Gottes Namen hatte dieses Ding mit ihr angestellt? »Jetzt wird alles wieder gut.«

»All die vielen Leute …« Langsam schienen ihre Erinnerungen zurückzukehren. »Hier lebte ein Volk … Millionen … nur noch Asche … Asche zu Asche … mein Gott … Morgan …« Sie zitterte. Ob es aus Angst oder Entsetzen oder Selbstekel war, konnte Morgan unmöglich sagen. »Morgan, was … was habe ich getan?«

»Du hast gar nichts getan.«

Kebron hatte die Waffe behutsam aufgehoben und misstrauisch auf Anzeichen einer geistigen Beeinflussung geachtet. »Sie scheint praktisch hohl zu sein«, sagte er in seltener Verblüffung. »Wie ist das möglich?«

Tarella hörte gar nicht zu. Sie hörte weder auf Kebron noch auf Morgan. Stattdessen lauschte sie auf etwas anderes, das offenbar nur sie wahrnahm. »Hörst du sie, Morgan? Kannst du sie hören?«

»Ich höre nichts«, sagte Morgan.

»Die vielen Leute … sie schreien … ich kann ihre Stimmen deutlich hören.« Dann verlor sie auch die letzten Reste ihrer Fassung und begann den langsamen Abstieg in die Tiefen einer Hölle, in der nur der totale Wahnsinn lauern konnte. »Ich höre ihre Stimmen … sie flehen mich an aufzuhören, aber er lässt mich nicht … Ich wollte nicht, dass er aufhört … Großer Gott, was habe ich nur getan? Ein ganzes Volk … jetzt ist es nur noch Asche, die vom Wind verweht wird, und ich kann sie nicht mehr abwaschen …«

Shelby tippte auf ihren Kommunikator. »*Excalibur*, hier ist Shelby. Machen Sie sich bereit, uns direkt in die Krankenstation zu beamen. Wir haben …«

Und mit einer Stimme, in der mehr Schmerz lag, als Morgan in ihrem langen Leben jemals erlebt oder miterlebt hatte, heulte Tarella Lee aus der Tiefe ihres Herzens und ganzer Seele, mit jeder Faser ihres Seins: »ICH WÜNSCHTE, ICH WÄRE TOT! ICH WILL STERBEN!«

Die Waffe in Kebrons Armen reagierte ein letztes Mal auf den leidenschaftlichen Wunsch seiner Geliebten. Sie sprang ihm beinahe aus den Händen, als sie einen Ball aus Energieplasma ausspuckte, wie er vor nicht allzu langer Zeit einen kompletten Berg vernichtet hatte. Dieser Ball war jedoch kleiner, viel kleiner, aber nicht weniger tödlich. Er schoss durch die Luft, bevor irgendwer etwas unternehmen konnte … nicht dass irgendwer etwas hätte bewirken können.

Tarella sah ihn kommen und wusste, was geschehen würde. Sie breitete die Arme aus, warf den Kopf zurück und schluchzte vor Erleichterung und Freude. »Nein!«, schrie Morgan, aber es war zu spät. Der Ball traf sein Ziel und verbrannte Tarella zu Asche. Alle anderen spürten die Hitzestrahlung und Sekunden später nahm der Wind die letzten Überreste von Tarella auf, um sie über Ahmista zu zerstreuen und mit denen ihrer Opfer zu vermischen.

Kebron drehte sofort die Waffe herum und rammte sie mit der Mündung in den Boden. Als sie etwa einen Meter tief im Untergrund steckte, nickte er zufrieden.

Es herrschte eine Weile Totenstille, während die Mitglieder des Außenteams zu verarbeiten versuchten, was sie soeben miterlebt hatten. Schließlich reckte Morgan eine Faust in die Luft und rief: »Ihr verdammten Hunde! Ich verfluche euch, die ihr alles seht! Ihr haltet das für witzig, nicht wahr? Ihr amüsiert euch köstlich über uns! Ihr lacht uns aus, ich weiß es! Kommt runter! Kommt runter, damit ihr mir ins Gesicht lachen könnt und ich euch die blöde Fresse polieren kann!«

»Mutter, beruhige dich!«, drängte Robin. Sie stand vor Morgan und hatte die Hände um ihre Schultern gelegt, als wollte sie sie umarmen. »Beruhige dich, um Himmels willen!«

»Ja, ich beruhige mich. Ich bin ganz ruhig.« Sie zitterte vor Wut und konnte sich kaum beherrschen, aber sie blickte in Robins Augen und sah darin große Besorgnis. Dann gewann sie langsam ihre Fassung zurück. Schließlich nickte sie, zog ihre Tochter an sich und schloss sie in die Arme. »Okay«, sagte sie leise. »Jetzt geht es wieder.«

»Commander, schauen Sie sich das an«, war Soletas Stimme zu hören.

Shelby hatte gerade die *Excalibur* über die jüngsten Ereignisse auf der Planetenoberfläche informiert. »Einen Moment, Captain«, sagte sie und ging zur Waffe hinüber, die Soleta untersucht hatte.

»Schauen Sie … hier … und hier«, sagte Soleta und zeigte auf verschiedene Stellen an der Waffe. Eigentlich hätte Shelby überrascht sein sollen, aber zu diesem Zeitpunkt konnte sie kaum noch etwas überraschen.

An der Seite der Waffe befand sich eine Scheibe, die identisch mit dem Medaillon war, das Morgan ihnen an Bord des Schiffes gezeigt hatte. Und daneben befanden sich zwei flache Vertiefungen im Metall, die aussahen, als wären sie dazu bestimmt, weitere Scheiben aufzunehmen. »Eins davon«, erklärte Soleta, »ist mit einem eingravierten Flammensymbol ausgestattet, und es macht den Eindruck, als würde Morgans Medaillon hineinpassen. Im anderen« – sie ertastete die zweite Aussparung – »befindet sich ein erhabenes Symbol, sodass es zu meiner Scheibe passen könnte.« Aus einer Tasche an ihrem Gürtel holte sie das Artefakt hervor, das sie auf Zondar gefunden hatte.

»Sie haben das Ding mitgebracht?«

»Es schien mir eine logische Vorsichtsmaßnahme zu sein, Commander.«

»Captain«, sagte Shelby und aktivierte damit erneut die Kommunikatorverbindung.

»Hier Calhoun. Ich bin immer noch ganz Ohr.«

»Captain, die Scheiben, die sich im Besitz von Soleta und Morgan befinden, scheinen genau in zwei Aussparungen in der Waffe zu passen. Sollen wir sie einfügen?«

»Wenn Sie meinen. Aber ich werde den Transporter in Bereitschaft halten. Beim ersten Anzeichen einer Gefahr beamen wir Sie sofort hoch.«

»Alles klar«, sagte Shelby.

»Commander«, meldete sich Kebron grollend zu Wort, »ich schlage vor, dass ich diese Aufgabe übernehme – und sich alle anderen ein gutes Stück zurückziehen.«

»Kebron …«, setzte Shelby zu einer Erwiderung an, doch dann erkannte sie, dass es eigentlich nichts gegen diesen Vorschlag einzuwenden gab. Sie wandte sich an Morgan und gab ihr zu verstehen, dass sie Kebron ihr Medaillon aushändigen sollte. Sie tat es – allerdings mit sichtlichem Widerstreben.

Kebron nahm das Medaillon in die eine Hand und Soletas Scheibe in die andere. Beide Gegenstände wirkten in seinen Pranken winzig klein, als er neben der Waffe in die Hocke ging. Shelby befahl den anderen, sich zurückzuziehen, dann aktivierte sie wieder ihren Kommunikator. »Captain, wir werden jetzt die Scheiben einsetzen.«

»Wir halten uns bereit und achten auf Anzeichen für einen Energieausstoß, falls es sich um eine Falle handelt«, versicherte Calhoun. »Wir holen Sie sofort raus, wenn es den geringsten Hinweis auf eine Gefahr gibt.«

»Ich weiß Ihre gut gemeinte Bestätigung zu schätzen,

Captain, aber sagen Sie jetzt lieber nichts mehr, weil Sie mich damit erst recht nervös machen.«

Sie glaubte, sein Grinsen zu sehen, obwohl er sich weit entfernt im Orbit befand. »Verstanden.«

»Ich mache mich bereit«, gab Kebron bekannt. »Drei … zwei … eins …«

Dann setzte er die Scheiben ein.

Sechzig Sekunden später brach die Hölle los.

15

Das von Dr. Maxwell angeführte Medo-Team musste untätig zusehen, wie sich Selar an die Hülle des Warpkerns klammerte. »Herzschlag und Atmung innerhalb vulkanischer Normen«, gab er bekannt, nachdem er sie mit einem medizinischen Tricorder untersucht hatte. »Gehirnwellenfunktionen stabil. Was immer mit ihr geschehen mag, es tut ihr nicht weh.«

»Das können Sie gar nicht wissen«, sagte Burgoyne verärgert und zerrte zum wiederholten Mal an Selars Hand. Doch es nützte nichts. Es war, als wäre sie fest mit der Hülle verschmolzen. »Das ist verrückt! Was ist, wenn sie nie mehr davon loskommt? Was sollen wir machen? Um sie herum arbeiten?«

Als er Burgoynes Verzweiflung sah, sagte Maxwell: »Ich weiß nicht, was ich Ihnen antworten soll, Chief. Die vulkanische Mentalverschmelzung ist eine Sache, die ich nur aus Büchern und nicht aus eigener Anschauung kenne. Ich könnte Instrumente herschaffen lassen, Selar daran anschließen und es mit Stromschlägen probieren. Vielleicht wird dadurch die telepathische Verbindung getrennt, sodass sie wieder freikommt, aber ich weiß nicht, ob ich es wirklich tun möchte, und ich weiß erst recht nicht, ob wir es tun sollten! Wir müssen Soleta holen, weil sie neben Selar die einzige Vulkanierin an Bord dieses Schiffes ist. Vielleicht kann sie …«

Plötzlich wurde im gesamten Schiff Alarm gegeben.

»Großartig«, knurrte Burgoyne. »Das hat uns gerade noch gefehlt!«

Als Kebron die Scheiben einsetzte, zeigte sich zunächst überhaupt keine Wirkung. Er war auf alles Mögliche gefasst, aber nichts davon schien einzutreten. Shelby wandte sich mit gerunzelter Stirn an Morgan. »Sie sind hier die angebliche Expertin, Morgan. Sie kennen sich am besten mit den Promethianern aus, wie Sie sie nennen. Sie sagten, wenn irgendwer uns helfen könnte, dann die Promethianer. Was sollen wir jetzt also ...«

Auf einmal gab die Waffe ein leises Summen von sich. Es wurde allmählich lauter, bis sich die Vibrationen in alle Richtungen ausbreiteten und körperlich zu spüren waren. Shelbys Zähne klapperten und sie fragte sich, was hier vor sich ging.

Dann löste sich der Planet vor ihren Augen in einen flimmernden Schleier aus Farben auf. Im nächsten Moment fand sie sich zusammen mit der restlichen Einsatzgruppe auf der Transporterplattform der *Excalibur* wieder.

An den Transporterkontrollen stand Chief Polly Watson. Sie atmete erleichtert aus und sagte: »Transporterraum an Brücke! Ich habe sie, Captain, und alle sind noch ganz.«

Shelby dankte Watson mit einem Nicken für ihre schnelle Arbeit. Sie und die anderen verließen die Plattform und machten sich unverzüglich auf den Weg zur Brücke.

Boyajian hatte Soletas wissenschaftliche Station übernommen, während sie sich auf dem Planeten aufhielt. Als er rief: »Captain, Energieanstieg! Da unten tut sich etwas!«, hatte Calhoun keine Nanosekunde länger gezögert.

»Transporterraum! Holen Sie die Leute sofort rauf! Boyajian, halten Sie mich auf dem Laufenden!«

»Die Werte steigen immer noch an, Captain. Was dahintersteckt, ist schwer zu sagen. Solche Muster habe ich noch nie gesehen, aber wenn ich raten müsste …«

»Ja?«

»Captain, ich glaube nicht, dass es zu einer Explosion kommt. Es sieht nicht nach einem vernichtenden Energieausbruch aus. Eher hat es eine gewisse Ähnlichkeit mit unseren Subraumwellen.«

»Sie meinen, das Ding will so etwas wie eine Nachricht senden?«

»Nun, das ist nur eine vorsichtige Vermutung, Captain.«

Calhoun runzelte die Stirn. »Aber wer soll gerufen werden?«

»Captain!«

Calhoun hatte ein zuverlässiges Gespür für Gefahren. Diesen sechsten Sinn, der ihn kurz vor dem Eintreten einer gefährlichen Situation warnte, hatte er schon immer gehabt. Diesmal jedoch nützte er ihm nichts, denn als er seine inneren Alarmglocken hörte, war es bereits zu spät.

Der Raum schien sich rund um das Schiff zu verzerren. Die Sterne zogen sich in die Länge, als wäre die *Excalibur* plötzlich auf Warpgeschwindigkeit gegangen … nur dass sie den Orbit um Ahmista gar nicht verlassen hatte. Eine riesige Korona aus tosender Energie hüllte sie ein, als stünde plötzlich der Weltraum in Flammen. Die Aura leuchtete in allen Farben des Spektrums. Es war, als hätte man sie in einen Ozean aus sämtlichen vorstellbaren Farben getaucht.

»McHenry, bringen Sie uns hier raus!«

McHenry scannte die Umgebung und suchte nach einem Ausweg, einem Kurs, den er anlegen konnte, doch dann schüttelte er frustriert den Kopf. »Wir können nirgendwohin, Captain! Es ist überall! Es ist, als wären wir in einer Warpblase gefangen! Aber die Werte sind völlig andere. Es ist wie eine alternative Version des Hyperraums, etwas, das seitlich von uns liegt, das ganz andere physikalische Eigenschaften hat.«

»Schilde hoch! Alarmstufe Rot!« Bevor die Sirenen einsetzten, war Calhoun bereits zu McHenry unterwegs und beugte sich über seine Instrumente. »Könnten wir einfach in irgendeine Richtung losfliegen und einen Ausbruch versuchen?«

»Das würde nichts nützen, Captain. Abgesehen von der Tatsache, dass es sich um eine extreme Raumkrümmung handelt, bekomme ich keine sinnvollen Messwerte herein. Es könnte uns in Stücke reißen, wenn wir es versuchen.«

Der Turbolift öffnete sich und das ehemalige Außenteam nahm schnell die gewohnten Plätze auf der Brücke ein. Shelby trat neben Calhoun. »Gut, Sie wieder hier zu haben«, sagte er. »Irgendeine Idee?«

»Wir scheinen mal wieder in Schwierigkeiten zu stecken«, sagte sie gepresst.

»Und zwar in gewaltigen, Commander. Das scheint langsam zur Gewohnheit zu werden. McHenry, ich will nicht untätig herumsitzen und abwarten, bis die Falle komplett zugeschnappt ist. Gehen Sie auf Kurs eins fünf acht Komma vier, volle Kraft voraus. Schilde auf Maximum.«

McHenry wollte die Anweisungen gerade ausführen, als sich die Lage plötzlich grundlegend änderte.

»Captain!«, rief Soleta von ihrer Station. »Was immer das ist ... es kommt aus dem Warpraum!«

»Wo?«

»Überall!«

Und so war es. Ein Schiff, wie sie es noch nie zuvor gesehen hatten, materialisierte rund um die *Excalibur* herum. Es gewann einfach Substanz, während es aus einem Bereich kam, der unpräzise als »seitlich« des Raumes gelegen bezeichnet worden war. Es schien keine festen Abmessungen zu besitzen, kein Innen oder

Außen, wie es der menschliche Geist von einem Körper erwartete. Das Schiff war größer als die Reichweite ihrer Instrumente. Noch weniger ließ es sich beschreiben, da es schimmernde Wellen aus nicht messbarer Energie in alle Richtungen verströmte. Es war, als würden sie plötzlich von einer Dyson-Sphäre umschlossen werden, die jedoch aus reiner Kraft bestand.

Das war also ein Schiff der Promethianer.

Sein bloßes Vorhandensein schien die Existenz der *Excalibur* zu bedrohen. Aus allen Richtungen schlugen Energiewellen über dem Starfleet-Schiff zusammen. Sie konnten sich nirgendwohin flüchten, es gab keine Mittel, die ihnen Schutz geboten hätten. Calhoun hatte sich in seinem ganzen Leben noch nie so hilflos gefühlt. Es war kein Feind, auf den man schießen konnte, es gab kein Ziel, auf das man die Phaser ausrichten konnte. Es war, als wäre der Raum selbst zum Leben erwacht und würde sie nun angreifen. Die *Excalibur* erzitterte unter dem Ansturm eines Universums, das plötzlich aus den Fugen geraten war.

Keiner von ihnen hatte jemals etwas Ähnliches gesehen. Wenn im Verlauf eines Gefechts ein Energiestrahl oder Projektil auf die Schilde traf, flammten sie normalerweise nur für einen kurzen Moment auf, während sie den Angriff absorbierten. Doch diesmal war es anders. Die Schilde leuchteten über die gesamte Fläche, da sie pausenlos von Energiewellenfronten bestürmt wurden. Sie strahlten so hell, dass der Anblick kaum zu ertragen war. Die Schilde waren nicht für eine derartige Attacke ausgelegt und ihre Kapazität verringerte sich schneller, als Lefler es ansagen konnte. In wenigen Sekunden würden sie komplett ausfallen und im nächsten Moment würde die *Excalibur* zu feinem Staub zerrieben werden.

Und es gab nichts, absolut nichts, was Calhoun dagegen tun konnte.

Selar hatte jedes Zeitgefühl verloren.

Sie kam sich vor, als würde sie seit Ewigkeiten in einem undefinierten Zustand des Glücks schweben. Sie war sich ihrer Umgebung nicht mehr bewusst. Stattdessen spürte sie eine Wärme, einen Frieden, den sie nie zuvor erlebt hatte und – wie sie vermutete – auch nie wieder erleben würde.

Nicht weit entfernt befand sich etwas, das in Kontakt mit einem Universum zu stehen schien, das einmal geheimnisvoll, unbegreiflich und vielleicht sogar Furcht einflößend gewesen war. Doch nun drang sie in diese Welt ein, die langsam Intelligenz und Weisheit entwickelte und gleichzeitig den Kontakt zu Selar suchte.

Sie nahm ihren Körper, der mit dem Warpkern verschmolzen schien, nicht mehr wahr, genauso wenig wie die Sorgen von Burgoyne und den anderen. Sie wusste nur noch von diesem wunderschönen Wesen, dem sie sich näherte …

Und dann spürte sie Unruhe.

Es geschah viel zu viel auf einmal, als dass es von ihr unbemerkt bleiben konnte. Die Rufe, der Alarm, die Angst, die das gesamte Schiff durchdrangen, die Panik, nicht zu wissen, was geschehen würde, die Vorstellung, dass all das irgendwie mit *ihm* zu tun haben könnte. Alles stürmte mit einem Mal auf ihr Bewusstsein ein.

Sie berührte den Geist, die Seele der Entität, sie suchte nach einer Verbindung, nach einer Vorstellung, die das Wesen verstehen würde. Und sie entschied sich für den ältesten, einfachsten und urtümlichsten Instinkt, den jedes lebende Wesen besaß: den Selbsterhaltungstrieb.

»Schütze deine Existenz«, flüsterte sie mit der Stimme ihres Geistes. *Schütze dich … du musst … deine Existenz schützen …*

In diesem Moment setzte sich Sparky zur Wehr.

»Kompletter Verlust der Schilde in fünf Sekunden«, rief Lefler. »… drei … zwei … eins …«

In dem Augenblick, als sie ›null‹ sagen wollte, hörten die Erschütterungen auf.

Calhoun blickte sich verwirrt um – genauso wie Shelby. »Was ist? Haben wir die Schilde verloren oder nicht?«

»Die Schilde sind ausgefallen, Captain, aber da ist …« Sie drehte sich zu Calhoun um und blickte ihn mit verständnislosem Gesichtsausdruck an. »Da ist jetzt etwas anderes. Eine Art … Energiebarriere, die sich plötzlich rund um die *Excalibur* gebildet hat.«

Dann sah auch Calhoun, was sie meinte. Es umgab die *Excalibur* und schien sie vor den Energien abzuschirmen, die von dem völlig fremdartigen Schiff der Promethianer auf sie eingestürmt waren. Für einen kurzen Moment erinnerte es Calhoun an den großen Feuervogel, dem sie während der Zerstörung von Thallon begegnet waren, aber dieses Phänomen schien keine bestimmte Gestalt zu haben. Es war lediglich ein gewaltiger Schild aus lodernder Energie, der das Schiff einhüllte und es vor allen äußeren Einwirkungen schützte.

»Captain«, sagte Soleta. »Ich habe die Energiewerte der Barriere analysiert. Sie sind identisch mit den Wellenmustern des Wesens, das sich gegenwärtig im Warpkern befindet.«

»Sie meinen, das … *Ding* im Maschinenraum … beschützt uns?«, fragte Shelby.

»Ja, das ist die einzig logische Schlussfolgerung. Und wie es scheint, bereitet es ihm keine besonderen Probleme, die Abschirmung aufrechtzuerhalten.«

»Brücke an Maschinenraum«, rief Calhoun.

»Hier Burgoyne.«

»Burgy! Haben Sie zufällig irgendeine Möglichkeit gefunden, die Energie des Wesens, das Sie als Sparky bezeichnen, für uns nutzbar zu machen? Denn im Augenblick ist es das Einzige, was uns vor der sofortigen Vernichtung bewahrt.«

»Nein, Captain. Ich habe nichts damit zu tun. Wenn, dann ist es Selar. Und wir könnten Soleta hier unten gebrauchen, weil sie die Einzige ist, die vielleicht in der Lage ...«

Der Rest von Burgoynes Worten ging im plötzlich einsetzenden Lärm unter. Es war ein ohrenbetäubendes Rauschen, das jeden auf der Brücke taumeln ließ, wie der Ansturm von Millionen Stimmen, die gleichzeitig riefen.

Obwohl jeder es spürte, sah Morgan es zuerst. Eine Energiewelle schien mitten auf der Brücke Gestalt anzunehmen. Die Erscheinung war so grell, dass Morgan beinahe den Blick abgewandt hatte, aber sie tat es nicht. Denn sie hatte bereits eine gewisse Vorstellung von dem, was sie in Kürze sehen würde.

Seit Jahren – seit über einem Jahrhundert – suchte sie schon nach den Promethianern. In dieser Zeit hatte sie viele seltsame Dinge erlebt und war vielen erstaunlichen Völkern begegnet. Sie hatte Wesen mit beinahe gottgleichen Fähigkeiten gesehen, Lebensformen, die aus nahezu reinem Geist bestanden, die unvorstellbar grotesk waren oder so schön, dass ihr Anblick zu Tränen rühren konnte. Und während all dieser Zeit hatte sie sich vorzustellen versucht, wie die Promethianer aussehen mochten. Die unbegreiflichsten und mächtigsten aller Wesen – in welcher Gestalt würden sie erscheinen? Waren es riesenhafte satanische Monstren mit Fledermausflügeln und schauderhaften Fratzen? Waren sie schwarze spinnenähnliche Geschöpfe oder engelhafte Wesen aus purem Licht, in deren Augen unendliche Friedfertigkeit und Glückseligkeit standen? Ganz gleich, was sie sich vorzustellen versucht hatte, letztlich war sie überzeugt, dass die Wirklichkeit ganz anders sein würde. Dass die Promethianer keinem Bild entsprachen, das sie sich von ihnen machen konnte.

Und als die Promethianer auf der Brücke der *Excalibur* materialisierten, als Morgan Primus' lange Suche endlich ihren Abschluss und Höhepunkt erreichte, musste sie unwillkürlich daran denken, wie sehr sie Recht gehabt hatte. Was immer sie sich vorgestellt hatte …

… *das* hatte sie auf gar keinen Fall erwartet.

16

»Ahoi allerseits! Na, wie läuft der Laden? Nett haben Sie's hier!«

Der Promethianer war fast einen Meter achtzig groß und sah wie ein ganz normaler Mensch aus – wie ein Mann Ende vierzig, höchstens Anfang fünfzig. Er trug einen knapp sitzenden weißen Anzug, der an die Ausgehuniform eines Matrosen aus dem 20. Jahrhundert erinnerte. Außerdem hatte er einen leichten Bauchansatz, blondes Haar und blaue Augen.

Er ging einen Schritt auf Lefler zu, lächelte sie an und tätschelte ihre Wange. »Na, meine Kleine! Alles in Butter?« Zu Calhoun sagte er: »Entschuldigen Sie, falls meine Ausdrucksweise nicht mehr ganz zeitgemäß ist. Ich war schon seit ein paar hundert Jahren nicht mehr auf der Erde.«

»Mir mir ist alles ... in Ordnung, danke«, sagte Lefler benommen. Sie wusste nicht, warum, aber sie verspürte den nahezu unwiderstehlichen Drang, zu schreien und dann in Ohnmacht zu fallen.

Der Promethianer nickte zufrieden, dann klatschte er in die Hände und rieb sie aneinander. »Sooo, wer ist denn nun der Käpt'n dieses feinen Schiffs?«, fragte er.

Calhoun musterte den Neuankömmling misstrauisch. »Ich bin Captain Mackenzie Calhoun, und das ist die *U.S.S. Excalibur*.«

»Einen netten Kahn haben Sie da, Mac. Ich darf Sie doch Mac nennen?«

»Unter den gegebenen Umständen würde ich die

Anrede ›Captain‹ vorziehen, wenn es Ihnen nichts ausmacht. Insbesondere angesichts der Tatsache, dass Ihr … Ihr Schiff meinen ›netten Kahn‹ beinahe zerstört hat.«

»So weit hätten wir es doch niemals kommen lassen!«, erwiderte der Promethianer zuversichtlich. »Wir wollten nur mal sehen, was Ihr Schiff so aushält. Und wer ist diese schmucke Deern?«

»Commander Shelby, mein Erster Offizier.«

Er nahm ihre Hand und verbeugte sich zu einem Handkuss. »Ich bin entzückt, mein schönes Frollein!«

»Sie sind … die Promethianer?«, fragte sie.

Er schenkte ihr ein hinreißendes Lächeln. »Wenn Sie uns so nennen möchten, werden wir selbstverständlich auf diesen Namen hören, Gnädigste. Ja, wir sind die Promethianer.«

»Vielen Dank«, sagte Shelby leicht verwirrt. »Es ist … mir eine Freude, ihnen zu begegnen.«

»Ganz meinerseits«, erwiderte er liebenswürdig.

»Sie sind ein Promethianer?«, fragte Calhoun.

»Nicht nur einer, sondern gleich alle auf einmal«, sagte er und schlug sich stolz auf die Brust. »Einer für alle, falls Sie verstehen, was ich meine.«

»Dürfte ich Ihnen eine Frage stellen?«, erkundigte sich Shelby.

»Fragen Sie mich, was Sie wollen, Frollein!«, sagte der Promethianer und breitete großzügig die Arme aus.

»Wie konnten Sie, ein hoch entwickeltes Volk, ihre Technologie einem Volk zur Verfügung stellen, das offensichtlich noch gar nicht darauf vorbereitet war?«

»Wir sind die Promethianer, meine Kleine. Wir geben unser Wissen gerne an andere weiter.«

»Ihr Wissen hat ein komplettes Volk vernichtet!«

Er hob tadelnd einen Finger. »Wir machen Geschenke, mehr nicht. Was die Leute damit anstellen … nun, das ist ihre Sache.«

Während er sprach, spazierte er über die Brücke, um den Besatzungsmitgliedern die Hand zu schütteln und ihnen jovial auf die Schulter zu klopfen. »Wir besuchen verschiedene Planeten, suchen uns geeignete Individuen heraus und offenbaren ihnen Wissen – ob sie nun darauf vorbereitet sind oder nicht. Manchmal funktioniert es, manchmal nicht. – Freut mich, Sie kennen zu lernen! – Letztlich liegt es allein bei den Völkern, die wir aussuchen. Und einigen ganz Glücklichen geben wir Rätsel auf, für die sie eine Belohnung erhalten. – Na, wie geht's denn so? – Deswegen sind wir jetzt hier aufgekreuzt. Wir haben ein paar von unseren Kontaktscheiben über diesen Raumsektor verstreut. Und gewartet, dass jemand sie zusammensucht und herausfindet, wie sie zusammengehören. – Alles klar Schiff? Das freut mich! – Es hat ja nur ein paar hundert Jahre gedauert. Sie machen wirklich große Fortschritte. Wir sind beeindruckt. Wir sind richtig stolz auf Sie!«

»Aber das ist verantwortungslos!«, protestierte Calhoun. »Wenn Sie wirklich ein hoch entwickeltes Volk sind, müssten Sie das eigentlich wissen! Sie tauchen wahllos auf verschiedenen Welten auf, Sie tun, was Ihnen spontan in den Sinn kommt, ohne einen Gedanken daran zu verschwenden, welche Folgen Ihre Handlungen für andere haben. Sie müssen doch wissen, dass es Grenzen gibt, dass man sich der Konsequenzen seiner Aktionen bewusst sein sollte. Sie können doch nicht tun und lassen, was Sie wollen! Sie …«

»Wir sollen nicht dasselbe tun wie Sie?«, fragte Promethianer.

Calhoun zögerte und sah sich zu Shelby um, die nur mit den Schultern zuckte. Offenbar war ihr der gleiche Gedanke durch den Kopf gegangen. Calhoun wandte sich wieder dem Promethianer zu. »Es ist nicht dasselbe.«

»Das ist es nie, Käpt'n«, sagte der Promethianer. »Das ist es nie.«

Er hatte seinen Rundgang über die Brücke nahezu abgeschlossen und blieb nun vor Morgan stehen. Er starrte sie längere Zeit an und kratzte sich nachdenklich an den Koteletten. »Kann es sein, dass wir uns kennen, gnädige Frau?«

Sie sagte nichts. Sie hatte die Arme verschränkt und sah ihn nur amüsiert an.

Er schnippte mit den Fingern, als würde er sich plötzlich erinnern. »Alabama! Neunzehnhundertvierunddreißig! Stimmt's oder habe ich Recht?«

»Möglicherweise«, sagte Morgan, »aber im Gegensatz zu Ihnen habe ich mich seitdem weiterentwickelt.«

Er zeigte auf Morgan, sprach aber Calhoun an. »Das ist eine ganz besondere Dame, wissen Sie? Sie hat schon ziemlich lange nach uns gesucht. Sie müssen gut auf sie Acht geben, haben Sie verstanden?«

Plötzlich ging ein Ruck durch die *Excalibur*. Dann vibrierte das Schiff ganz leicht und es schien, als könnte man hören, wie die Metallhülle unter der Beanspruchung knirschte.

Der Promethianer drehte sich mit einem breiten Grinsen auf dem Gesicht zu Calhoun um. Er hatte bemerkenswert weiße Zähne. »Jetzt wollen wir doch mal sehen, ob ich Sie richtig verstanden habe, Käpt'n. Sie sagen also, dass wir uns nicht einmischen sollen. Dass wir anderen mit unseren überragenden Fähigkeiten nicht helfen sollen. Nun, da unten hat sich ein ziemlich frecher Bengel bei Ihnen eingenistet, der Ihr schönes Schiff demnächst kaputt machen wird, wenn für ihn die Zeit zum Schlüpfen gekommen ist. Es würde mich nicht mehr als ein müdes Lächeln kosten, Sie von diesem Wildfang zu befreien. Damit hätten die Promethianer sozusagen mal wieder die Kartoffeln aus dem Feuer geholt. Andererseits könnten wir auch die Hände in den

Schoß legen und zusehen, wie er schlüpft und dabei das ganze Schiff in die Luft jagt. Wie er die gesamte Besatzung tötet. Ganz im Sinne des Prinzips der Nichteinmischung. Wäre Ihnen das lieber?«

»Nein«, sagte Calhoun. »Das wäre mir natürlich nicht lieber.«

»Dann möchte ich, dass Sie mich um Hilfe bitten. Nein, noch besser ...« Er grinste übers ganze Gesicht. Plötzlich schien sich etwas Düsteres und Furchteinflößendes in seine Ach-wir-werden-das-Kind-schon-schaukeln-Attitüde zu mischen. »Flehen Sie mich an ... genauso wie der Captain der *Grissom* Sie angefleht hat.«

Auf der Brücke herrschte Totenstille.

Schließlich sagte Calhoun: »Soleta, kommen Sie mit!« Er drehte sich auf dem Absatz um und ging zum Turbolift. Soleta folgte ihm gehorsam, sodass der Promethianer kurz darauf mit dem Rest der Brückenbesatzung allein war.

»Na, schlägt das nicht dem Fass den Boden aus!«, sagte er verdutzt.

Burgoyne blickte auf, als sich Calhoun und Soleta Dr. Selar näherten, an deren Zustand sich nichts geändert hatte. »Captain«, sagte er/sie förmlich, »die Energiewerte steigen allmählich auf ein unkontrollierbares Niveau. Es ist vielleicht an der Zeit, das Schiff zu evakuieren.«

»Noch nicht. Soleta, glauben Sie, dass Sie zu ihr durchkommen?«

Soleta musterte Selar, als würde sie eine Statue betrachten. »Ja, ich denke schon.«

»Kommuniziert sie mit dem Wesen?«

»Es macht zumindest diesen Eindruck.«

»Dann stellen Sie für mich eine Verbindung her«, sagte Calhoun.

Soleta blickte sich zu ihm um und gab sich keine

Mühe, ihre Überraschung zu verbergen. »Captain?« Offenbar war sie sich nicht sicher, ob sie ihn richtig verstanden hatte.

»Sie beide sollen als Dolmetscher, als Vermittler arbeiten … damit ich zu diesem Wesen sprechen kann.«

»So etwas haben wir noch nie zuvor gemacht, Captain«, sagte Soleta besorgt.

»Gut, dann machen wir es jetzt zum ersten Mal.«

Soleta blickte skeptisch von Calhoun zu Selar und schien zu überlegen, wie sie vorgehen sollte. »Also gut«, sagte sie schließlich mit leicht gezwungen wirkender Entschlossenheit. »Kommen Sie her. Leeren Sie Ihren Geist.«

Calhoun bemühte sich, ihre Anweisungen zu befolgen. Er verdrängte jeden Gedanken an die drohende Gefahr, jede Sorge um die Sicherheit seines Schiffs. Er suchte nach einem Ort, an dem Ruhe und Frieden herrschten, wo nichts und niemand ihm etwas anhaben konnten.

Soleta war von Calhouns Fähigkeiten der Konzentration und geistigen Disziplin beeindruckt. *Vielleicht funktioniert es sogar,* dachte sie und legte dann ihre Finger an seine Stirn. Gleichzeitig berührte sie mit der anderen Hand Selars Stirn. Sie entspannte sich und gab ihr Bewusstsein und ihre Individualität auf. »Unser Geist verschmilzt«, flüsterte sie.

Calhoun hatte plötzlich das Gefühl zu fallen, zu schweben und zu fliegen, alles auf einmal.

Der gesamte Raum öffnete sich für ihn und er verspürte einen Frieden, wie er ihn niemals zuvor erlebt hatte, den er niemals für möglich gehalten hätte …

Überall war Licht und Wärme und spontan wollte er davor zurückweichen, sich davor schützen, doch er drängte diesen Impuls zurück. Stattdessen ließ er sich einfach treiben, überließ sich der Strömung, die ihn hinunterzog, zu etwas, das ihn zu rufen schien. Er wurde von einem Licht angezogen und ein Teil seines Geistes schrie eine Warnung, welche Gefahren drohen konnten, wenn er dem Licht zu nahe kam. Aber es kümmerte ihn nicht. Er wusste, dass da etwas war, ein Ort, den er aufsuchen musste.

Er hörte das Flüstern eines fremdartigen Geistes, er spürte kalte Logik und gezügelte Emotionen, dann die Anwesenheit von Selar und Soleta. Er konnte nicht verstehen, was gesprochen wurde, aber es spielte keine Rolle, weil er spürte, wie Selar ihn führte, ihn in die Richtung drängte, in die er sich ohnehin bewegen wollte, bis er etwas Reines, Vollkommenes und Verängstigtes wahrnahm …

Dann sah er es: Es war leer und ohne erkennbare Form, aber es war nichtsdestotrotz existent. Es hatte ein Bewusstsein seiner Existenz und es hatte Angst, sehr große Angst. Trotz seiner überwältigenden Macht und Energie wich es zurück, als Calhoun näher kam.

Keine Zeit, rief ihm eine Stimme zu und er wusste nicht, ob es Selars oder Soletas war – oder vielleicht auch eine Warnung Burgoynes, die aus einer weit entfernten Realität zu ihm durchdrang. Calhoun befand sich in absoluter Finsternis, mit Ausnahme des Lichts, das das Wesen ausstrahlte. *Keine Zeit, schnell.*

Du musst gehen, sagte er zum Wesen. ***Du musst gehen. Sonst wirst du uns töten.***

Das Wesen konnte nicht in Worten kommunizieren. Dazu war es noch nicht fähig oder noch nicht intelligent genug. Immerhin war es noch gar nicht geboren, sondern eine Art Embryo, ein verwirrtes und desorientiertes Geschöpf.

Stattdessen wurde Calhoun von allen Emotionen, die es empfand, überschwemmt und er bemühte sich, einen Sinn darin zu entdecken, die Bedeutung zu verstehen … Dann erkannte er, dass das Wesen gar nicht danach drängte, geboren zu werden, sondern sich gegen die Geburtswehen wehrte. In seiner Angst und Unsicherheit klammerte es sich an die *Excalibur*, in der es die letzte Verbindung zu seiner »Mutter« sah, dem großen Energiewesen, das es – möglicherweise unbeabsichtigt – in diesem Schiff deponiert hatte.

Es kannte sich selbst nicht. Es kannte seine Mutter nicht. Es kannte nur die Angst. Als es vor einiger Zeit auf zerstörerische Weise aktiv geworden war, hatte es wie ein verängstigtes Kind reagiert.

Spüre und erkenne … dachte Calhoun, dann übermittelte er dem Wesen Bilder seiner Mutter, des gewaltigen, mächtigen Flammenvogels, eines Wesens von astronomischen Ausmaßen, wie es in die Leere davonflog – wahrlich eine der erstaunlichsten Lebensformen, die Calhoun jemals gesehen hatte.

Plötzlich empfand es Stolz. Stolz, Wissbegierde und Freude, weil es nun seinen eigenen Ursprung verstanden hatte. Selar war nicht in der Lage gewesen, ein Bild von diesem gigantischen Geschöpf zu projizieren, weil ihr Geist zu sehr von den Empfindungen und Bedürfnissen des Wesens im Warpkern überwältigt war. Doch die Bewusstseinsverschmelzung der drei Offiziere konnte sich behaupten und dem Wesen geben, was es wirklich brauchte.

Du kannst von hier fortgehen, sagte er zum Wesen. *Du kannst fortgehen, ohne uns Schaden zuzufügen. Wenn du hierbleibst, wirst du uns vernichten. Geh jetzt. Lass uns in Frieden und such nach deiner Mutter. Lass uns allein.*

Nachdem es neuen Mut und neue Zuversicht gefasst hatte, machte sich das Geschöpf bereit. Es ließ sich von den übermittelten Bildern inspirieren und verließ sein Nest …

Selar keuchte schockiert, während ihre Hände von der Hülle des Warpkerns glitten. Sie taumelte, ihre Beine gaben nach und Burgoyne fing sie auf, bevor sie stürzen konnte. Kurz darauf lösten sich auch Soleta und

Calhoun aus der Verschmelzung. Calhoun musste sich am Warpkern abstützten und versuchte, sich wieder in der Wirklichkeit zurechtzufinden. Er kam sich vor wie jemand, der aus einem ungewöhnlich intensiven Traum erwacht war.

Das Wesen hüllte die *Excalibur* wie eine Wolke ein und sammelte seine Substanz, dann löste es sich vom Raumschiff, wirbelte durchs All und schrie mit einer Stimme, die an Bord des ganzen Schiffes zu hören war. Es hatte noch keine Flügel und nur ein schwaches Bewusstsein seiner Existenz, aber das war bereits mehr als genug. Es breitete sich aus, genoss das Gefühl, im freien Weltraum zu schweben, und spürte, was es bedeutete zu leben.

Dann stieß es einen wütenden Schrei aus, ein verwirrtes Geheul … und verschwand.

Genauso wie das Schiff der Promethianer.

Burgoynes Instrumente bestätigten, was er/sie längst wusste. »Es ist fort, Captain. Sparky ist nicht mehr hier. Weder im Warpkern noch sonstwo im Schiff.«

Calhoun hatte sich in einen Stuhl fallen lassen und war immer noch damit beschäftigt, sich zurechtzufinden. Neben ihm atmete Selar tief ein und aus und wurde von Soleta gestützt. »Status der Schilde?«, fragte er.

»Ausgefallen, Captain. Wir brauchen mindestens drei Stunden, um die Generatoren zu reparieren und sie wieder hochfahren zu können.«

»Aber wir sind noch da«, sagte Calhoun langsam und erhob sich vorsichtig vom Stuhl. »Ich schätze, jetzt haben sie einen Eindruck gewonnen, wie viel unser kleiner Kahn aushält.«

Plötzlich war wieder ein Chor aus zahllosen Stimmen zu hören und eine grelle Lichterscheinung zu sehen.

Kurz darauf stand der Promethianer mit gelassener Miene unter ihnen. »Vielen Dank, Käpt'n.«

»Wofür?«, fragte Calhoun.

»Na, für unseren jüngsten Zugewinn. Das Wesen, das Sie da drinnen ausgebrütet haben. Weil Sie den Geburtshelfer gespielt haben. Jetzt ist es ein Teil unserer Ganzheit.«

»Lassen Sie es frei«, sagte Calhoun zornig. »Es ist ein unabhängiges Wesen und es hat ein Recht auf seine Freiheit.«

»Freiheit?«, wiederholte der Promethianer lachend. »Käpt'n, Sie scheinen es noch nicht ganz begriffen zu haben. Jetzt gehört es uns.«

Calhoun spürte, wie seine Wut immer mächtiger wurde. Er hatte die Angst des Wesens empfunden und er war sich ziemlich sicher, dass es ihm sogar vertraut hatte. »Ich sagte, lassen Sie es frei!«

»Wie wollen Sie mich dazu bringen zu tun, was Sie sagen?«, amüsierte sich der Promethianer.

Er lachte immer noch, als Calhoun seinen Überzeugungsversuch startete. Der Promethianer sah die Faust nicht kommen, die sein Kinn traf, und lag im nächsten Moment am Boden. Er blickte benommen und verdutzt zu ihm auf. »Junge, das war keine sehr intelligente Erwiderung«, sagte er langsam, während er sich das Kinn rieb.

»Lassen Sie es frei«, wiederholte Calhoun.

Der Promethianer machte sich nicht die Mühe, wieder aufzustehen. Er hockte sich auf den Boden, sah Calhoun an und schüttelte verwundert den Kopf. »Sie sind ja ein richtiger Heißsporn, Käpt'n! Dass Sie immer noch bei bester Gesundheit sind, verdanken Sie nur der Tatsache, dass ich Sie mag. Aber wenn Sie so weitermachen, könnte es sein, dass ich die Geduld mit Ihnen verliere. Sie wollen es sich ernsthaft mit mir verderben, nur wegen etwas, von dem Sie noch vor kurzem befürchteten, es würde Sie alle vernichten?«

»Es ist schützenswertes Leben. Das gilt für jedes Lebewesen. Vor allem für jene, die ganz allein im Universum sind.«

»Das ist ja ein richtig rührender Standpunkt. Mir kommen gleich die Tränen! Aber gehen wir mal rein hypothetisch davon aus, dass wir es freilassen, dass wir Winke-winke machen und es schwuppdiwupp verschwunden ist. Soll ich Ihnen sagen, was dann passiert? Es würde sich den nächsten dicht bevölkerten Planeten aussuchen, was den Bewohnern so einige Probleme bereiten dürfte. Weil das Energiewesen sie nicht als schützenswertes Leben, sondern als leckeren Happen betrachten wird. Was würden Sie dann sagen? Denn Sie können mir glauben, dass es genau das tun wird. Wollen Sie wirklich, dass es so kommt? Sie haben die freie Wahl, Käpt'n. Das Wesen … oder die Bevölkerung eines Planeten. Wofür entscheiden Sie sich?«

Alle Augen waren auf Calhoun gerichtet und langsam erkannte er, dass es keinen anderen Ausweg gab. »Also gut«, seufzte er. »Behalten Sie es in Ihrer Obhut. Aber tun Sie ihm nichts an!«

»Käpt'n, wir sind eine hoch entwickelte Spezies! Wir tun niemandem etwas zu Leide, wenn es nicht sein muss.« Er stand auf, klopfte sich den Staub von der Kleidung und fügte in beiläufigem Tonfall hinzu: »Ach, noch etwas – nur damit Sie Bescheid wissen. Der nächste dicht bevölkerte Planet nennt sich Tulaan IV. Da lebt ein ziemlich unangenehmes Volk, das im Allgemeinen als die Erlöser bezeichnet wird. Hätten Sie weiterhin darauf bestanden, dass ich das Wesen freilasse, hätte ich es getan und Ihnen dieses Volk aus dem Weg geschafft. Zufällig werden sich genau diese Leute über kurz oder lang an Ihre Fersen heften, und zwar mit der unfeinen Absicht, Sie aus dem All zu pusten. Ist es nicht komisch, dass es niemals eine einfache Antwort zu geben scheint?«

»Ja, sehr komisch«, sagte Calhoun ohne die winzigste Spur von Heiterkeit.

Der Promethianer salutierte lässig ... und war im nächsten Moment verschwunden.

»Soleta ... Selar ... haben Sie es gut überstanden?«, fragte Calhoun. Beide Frauen nickten ihm zu, obwohl Selar deutlich erschöpft und ausgezehrt wirkte. Dann tippte er auf seinen Kommunikator. »Calhoun an Brücke. Alarmstufe Rot beenden. Alle Stationen auf Normalbetrieb. Wie es aussieht, ist die Gefahr vorbei.«

17

Kein Wind wehte auf der Oberfläche von Ahmista. Es schien beinahe, als würde die ganze Welt auf etwas Bestimmtes warten.

Morgan betrachtete nachdenklich die Waffe. In ihrer Nähe stand Robin und ein Stück weiter hielten sich Kebron und Calhoun auf. Der Captain hatte darauf bestanden, diese Superwaffe mit eigenen Augen zu sehen. Nun schüttelte er den Kopf und staunte über den verhältnismäßig kleinen Gegenstand, der beinahe sein Schiff vernichtet hätte.

Morgan ging vor der Mündung in die Hocke und strich mit den Händen über das Metall.

»Na los, Mutter! Tu, was du tun musst«, sagte Robin leise.

Morgan blickte mit beherrschtem Gesichtsausdruck zu ihr auf. »Was meinst du damit?«

»Ich bin doch nicht blöd!«, erwiderte Robin. »Ich kann mir denken, warum du nach den Promethianern gesucht hast. Du wolltest eine Waffe, die deiner Existenz ein Ende bereiten kann. Die dir einen sicheren Tod ermöglichen würde. Und jetzt hast du sie gefunden. Jetzt hast du gefunden, wonach du dein ganzes Leben lang gesucht hast. Das hier ist mehr als nur eine Waffe. Du hast gehört, was Tarella gesagt hat. Sie wird alles tun, was du von ihr verlangst. Wenn du sterben willst, wird sie dir diesen Wunsch erfüllen. Also leg los. Verbinde dich mit ihr oder was immer du dazu tun musst, und mach Schluss. Du weißt doch, dass du nichts anderes willst.«

Ihr Blick wanderte kurz zu Calhoun. Er nickte. »Robin hat mir gesagt, wer Sie sind … und was Sie wollen. Wie kann ich mich einem so übermächtigen Wunsch widersetzen? Wenn Sie es wirklich wollen, werden wir Ihr Ansinnen respektieren.«

Wieder betrachtete sie die Waffe – als würde sie sie nun zum ersten Mal wirklich wahrnehmen. Dann blickte sie sich zu ihrer Tochter um, die – wenn auch unter großer Anstrengung – eine neutrale und entschlossene Miene zu wahren versuchte. Ihr Kinn war stolz vorgereckt und in ihren dunklen Augen standen keine Tränen.

Eine halbe Ewigkeit schien zu verstreichen – die fast so lang wie Morgans Leben war.

Schließlich wandte sie sich an Kebron. »Könnte ich mir für einen Moment Ihr Gewehr ausborgen?«

Kebron warf Calhoun einen fragenden Blick zu, doch der Captain nickte. Also nahm er das Phasergewehr vom Rücken und reichte es Morgan. Sie hielt es behutsam in den Händen und prüfte das Gewicht. Mit überraschender Kraft und Sicherheit setzte sie es an die Schulter, zielte und feuerte.

Morgan brauchte mehr als ein Dutzend Schüsse, aber schließlich hatte sie es geschafft, die Waffe in eine Wolke aus freien Atomen zu verwandeln.

Robin starrte sie mit offenem Mund an. Morgan gab das Gewehr an Kebron zurück und sagte: »Als Tarella bereit schien, auf mich zu schießen, hast du dich dazwischengestellt. Obwohl es völlig sinnlos war, wolltest du mich instinktiv beschützen. Du warst bereit, für mich zu sterben. Das Mindeste, was ich jetzt für dich tun kann, ist zu versuchen, für dich zu leben.«

Robin zitterte und versuchte ihr Schluchzen zu unterdrücken, doch sie hatte damit keinen großen Erfolg. Halb ging, halb lief sie ihrer Mutter entgegen, um sie zu umarmen.

»Was ist nur los mit den beiden?«, brummte Kebron.

»Genau das mag ich so sehr an Ihnen, Kebron«, sagte Calhoun. »Dass Sie so sentimental sein können.«

Shelby ließ sich von der warmen Dusche berieseln. Dabei dachte sie darüber nach, wie sich die Dinge entwickelt hatten. Sie waren mit einer tragischen Situation konfrontiert worden und hatten versucht, das Beste daraus zu machen, aber diesmal hatte es keine leichten oder klaren Antworten gegeben. Manchmal ging es offenbar nicht anders.

Als Pluspunkt ließ sich zumindest verbuchen, dass Mac es mit einem Wesen zu tun bekommen hatte, das die Inkarnation seiner eigenen, bis zur logischen Konsequenz fortgeführten Philosophie darzustellen schien. Die Promethianer verfolgten so etwas wie die Antithese zur Ersten Direktive. Ein ganzes Volk, das spontan nach Lust und Laune Entscheidungen fällte. Shelby hatte das Gefühl, dass Mac sich ein wenig darin wiedererkannt hatte. Vielleicht war er durch sie zu einer gewissen Selbsterkenntnis gelangt. Und vielleicht war er dadurch sogar ein kleines bisschen erwachsener geworden.

Einige Stunden später kam ihr Zak Kebron durch den Korridor entgegen. Er machte einen recht verwirrten Eindruck.

»Was haben Sie auf dem Herzen?«, fragte sie ihn.

»Commander«, begann er, »als der Promethianer die *Grissom* erwähnte, konnte man auf der Brücke eine Stecknadel fallen hören.«

»Spucken Sie es aus«, sagte Shelby, obwohl sie bereits ahnte, worauf der Sicherheitsoffizier hinauswollte.

»Ich habe mich gefragt, was auf der *Grissom* geschehen sein mag. Mit dem Captain, meine ich.«

»Es steht mir nicht zu, darüber zu sprechen«, erwiderte Shelby.

»Darf ich Sie dahingehend verstehen, dass ich mich mit dieser Frage direkt an den Captain wenden sollte?«

»Auch der Captain dürfte nicht gewillt sein, Ihnen diese Geschichte zu erzählen.«

»Und wenn ich trotzdem zu ihm gehe?«

»Möglicherweise fällt Ihnen dann die Aufgabe zu, in den nächsten sechs Monaten das Innere der Müllverwertungsanlage zu bewachen.«

»Vielen Dank, Commander.«

»Keine Ursache. Ich bin dafür da, gute Ratschläge zu erteilen.«

McHenry hielt sich wieder einmal in der Krankenstation auf, um seine Wunden von Dr. Selar versorgen zu lassen. »Sie entwickeln sich allmählich zu einem Stammkunden, Mr. McHenry«, stellte die Ärztin fest.

»Das war nicht unbedingt meine Absicht. Solche Dinge passieren mir einfach immer wieder. Apropos ... wie ich höre, darf man Ihnen gratulieren.«

»Vielen Dank, Mr. McHenry. Und ich ...« Sie räusperte sich. »Ich glaube, ich muss Ihnen auch für ... Ihren Gleichmut danken, mit dem Sie die recht seltsame Beziehung akzeptieren, die sich zwischen Burgoyne und mir entwickelt hat. Ich bin mir offen gesagt selbst nicht sicher, ob wir ein Paar sind oder nicht. Es ist sehr verwirrend und ...«

»Doktor«, sagte McHenry beruhigend, »machen Sie sich deswegen keine Sorgen. Was passiert, passiert nun einmal, und ich kann problemlos damit leben. Es gibt nur wenige Dinge, die ...«

In diesem Moment betrat Burgoyne den Raum und kam zu McHenry und Selar herüber. »Burgy«, sagte McHenry, »ich habe gerade zum Doktor gesagt, dass ich keine Probleme damit habe, was zwischen Ihnen beiden geschieht oder geschehen wird. Es gibt nichts, womit ich nicht fertig werden könnte.«

»Nun, das freut mich zu hören, vor allem in Anbetracht der Neuigkeiten, die ich habe. In gewisser Weise betrifft es Sie beide.«

»Tatsächlich?«, fragte McHenry. »Was ist passiert?«

»Nun, Selar, wie es scheint, wird Ihr Kind ein Brüderchen oder Schwesterchen bekommen.«

»Was?« Sie schüttelte den Kopf. »Das kann nicht sein, Burgoyne. Ich bekomme keine Zwillinge. Und falls Sie sich Hoffnungen machen, dass wir in näherer Zukunft ein zweites Kind zeugen werden ...«

»Nein, nein. Vielleicht hätte ich lieber von einem Halbbruder oder einer Halbschwester sprechen sollen. Wissen Sie ...« Burgoyne räusperte sich. »Ich bin selbst überrascht, wie ich gerne zugebe. Aber ... nun ja, wie es scheint, bin ich schwanger. Herzlichen Glückwunsch, Mark! Du wirst Vater.«

Mark McHenry fiel in Ohnmacht. Er sackte einfach bewusstlos auf der Untersuchungsliege zusammen.

»Tja, das beweist wohl, dass er doch nicht ohne weiteres mit allem fertig wird«, stellte Burgoyne fest.

Selar schüttelte tadelnd den Kopf, als sie nach einem Injektor griff, mit dem sie McHenry wieder auf die Beine bringen wollte. »Das war ganz und gar nicht witzig, Burgoyne«, sagte sie, während sie die Injektion vorbereitete. »Sich eine solche Geschichte auszudenken, nur um zu sehen, wie er darauf reagiert!« Dann hielt sie inne und setzte misstrauisch hinzu: »Burgoyne, diese Geschichte ... ist doch erfunden, oder?«

Burgoyne lächelte geheimnisvoll.

STAR TREK™

in der Reihe
HEYNE SCIENCE FICTION & FANTASY

STAR TREK: CLASSIC SERIE
Vonda N. McIntyre, Star Trek II: Der Zorn des Khan · 06/3971
Vonda N. McIntyre, Der Entropie-Effekt · 06/3988
Robert E. Vardeman, Das Klingonen-Gambit · 06/4035
Lee Correy, Hort des Lebens · 06/4083
Vonda N. McIntyre, Star Trek III: Auf der Suche nach Mr. Spock · 06/4181
S. M. Murdock, Das Netz der Romulaner · 06/4209
Sonni Cooper, Schwarzes Feuer · 06/4270
Robert E. Vardeman, Meuterei auf der Enterprise · 06/4285
Howard Weinstein, Die Macht der Krone · 06/4342
Sondra Marshak & Myrna Culbreath, Das Prometheus-Projekt · 06/4379
Sondra Marshak & Myrna Culbreath, Tödliches Dreieck · 06/4411
A. C. Crispin, Sohn der Vergangenheit · 06/4431
Diane Duane, Der verwundete Himmel · 06/4458
David Dvorkin, Die Trellisane-Konfrontation · 06/4474
Vonda N. McIntyre, Star Trek IV: Zurück in die Gegenwart · 06/4486
Greg Bear, Corona · 06/4499
John M. Ford, Der letzte Schachzug · 06/4528
Diane Duane, Der Feind – mein Verbündeter · 06/4535
Melinda Snodgrass, Die Tränen der Sänger · 06/4551
Jean Lorrah, Mord an der Vulkan Akademie · 06/4568
Janet Kagan, Uhuras Lied · 06/4605
Laurence Yep, Herr der Schatten · 06/4627
Barbara Hambly, Ishmael · 06/4662
J. M. Dillard, Star Trek V: Am Rande des Universums · 06/4682
Della van Hise, Zeit zu töten · 06/4698
Margaret Wander Bonanno, Geiseln für den Frieden · 06/4724
Majliss Larson, Das Faustpfand der Klingonen · 06/4741
J. M. Dillard, Bewußtseinsschatten · 06/4762
Brad Ferguson, Krise auf Centaurus · 06/4776
Diane Carey, Das Schlachtschiff · 06/4804
J. M. Dillard, Dämonen · 06/4819
Diane Duane, Spocks Welt · 06/4830
Diane Carey, Der Verräter · 06/4848
Gene DeWeese, Zwischen den Fronten · 06/4862
J. M. Dillard, Die verlorenen Jahre · 06/4869
Howard Weinstein, Akkalla · 06/4879
Carmen Carter, McCoys Träume · 06/4898
Diane Duane & Peter Norwood, Die Romulaner · 06/4907
John M. Ford, Was kostet dieser Planet? · 06/4922
J. M. Dillard, Blutdurst · 06/4929
Gene Roddenberry, Star Trek I: Der Film · 06/4942
J. M. Dillard, Star Trek VI: Das unentdeckte Land · 06/4943
Jean Lorrah, Die UMUK-Seuche · 06/4949
A. C. Crispin, Zeit für gestern · 06/4969
David Dvorkin, Die Zeitfalle · 06/4996

STAR TREK™

Barbara Paul, Das Drei-Minuten-Universum · 06/5005
Judith & Garfield Reeves-Stevens, Das Zentralgehirn · 06/5015
Gene DeWeese, Nexus · 06/5019
D. C. Fontana, Vulkans Ruhm · 06/5043
Judith & Garfield Reeves-Stevens, Die erste Direktive · 06/5051
Michael Jan Friedman, Das Doppelgänger-Komplott · 06/5067
Judy Klass, Der Boaco-Zwischenfall · 06/5086
Julia Ecklar, Kobayashi Maru · 06/5103
Peter Norwood, Angriff auf Dekkanar · 06/5147
Carolyn Clowes, Das Pandora-Prinzip · 06/5167
Michael Jan Friedman, Schatten auf der Sonne · 06/5179
Diana Duane, Die Befehle des Doktors · 06/5247
V. E. Mitchell, Der unsichtbare Gegner ·06/5248
Dana Kramer-Rolls, Der Prüfstein ihrer Vergangenheit · 06/5273
Barbara Hambly, Der Kampf ums nackte Überleben · 06/5334
Brad Ferguson, Eine Flagge voller Sterne · 06/5349
J. M. Dillard, Star Trek VII: Generationen · 06/5360
Gene DeWeese, Die Kolonie der Abtrünnigen · 06/5375
Michael Jan Friedman, Späte Rache · 06/5412
Peter David, Der Riß im Kontinuum · 06/5464
Michael Jan Friedman, Gesichter aus Feuer · 06/5465
Peter David/Michael Jan Friedman/Robert Greenberger,
Die Enterbten · 06/5466
L. A. Graf, Die Eisfalle · 06/5467
John Vornholt, Zuflucht · 06/5468
L. A. Graf, Der Saboteur · 06/5469
Melissa Crandall, Die Geisterstation · 06/5470
Mel Gilden, Die Raumschiff-Falle · 06/5471
V. E. Mitchell, Tore auf einer toten Welt · 06/5472
Victor Milan, Aus Okeanos Tiefen · 06/5473
Diane Carey, Das große Raumschiff-Rennen · 06/5474
Margaret Wander Bonanno, Die Sonde · 06/5475
Diane Carey, Kirks Bestimmung · 06/5476
L. A. Graf, Feuersturm · 06/5477
A. C. Crispin, Sarek · 06/5478
Simon Hawke, Die Terroristen von Patria · 06/5479
Barbara Hambly, Kreuzwege · 06/5681
L. A. Graf, Ein Sumpf von Intrigen · 06/5682
Howard Weinstein, McCoys Tochter · 06/5683
Judith & Garfield Reeves-Stevens, Die Föderation · 06/5684
J. M. Dillard, Sabotage · 06/5685
Denny Martin Flinn, Der Coup der Promethaner · 06/5686
Diane Carey/Dr. James I. Kirkland, Keine Spur von Menschen · 06/5687
William Shatner, Die Asche von Eden · 06/5688
William Shatner, Die Rückkehr · 06/5689
William Shatner, Der Rächer · 06/5690
Peter David, Die Tochter des Captain · 06/5691
Dean Wesley Smith/Kristine Kathryn Rusch, Die Ringe von Tautee · 06/5693
Diane Carey, Invasion – 1: Der Erstschlag · 06/5694

STAR TREK™

Dean Wesley Smith/Kristine Kathryn Rusch, Tag der Ehre – 4: Das Gesetz des Verrats · 06/5702
William Shatner, Das Gespenst · 06/5703
William Shatner, Dunkler Sieg · 06/5704
William Shatner, Die Bewahrer · 06/5705

STAR TREK: THE NEXT GENERATION
David Gerrold, Mission Farpoint · 06/4589
Gene DeWeese, Die Friedenswächter · 06/4646
Carmen Carter, Die Kinder von Hamlin · 06/4685
Jean Lorrah, Überlebende · 06/4705
Peter David, Planet der Waffen · 06/4733
Diane Carey, Gespensterschiff · 06/4757
Howard Weinstein, Macht Hunger · 06/4771
John Vornholt, Masken · 06/4787
David & Daniel Dvorkin, Die Ehre des Captain · 06/4793
Michael Jan Friedman, Ein Ruf in die Dunkelheit · 06/4814
Peter David, Eine Hölle namens Paradies · 06/4837
Jean Lorrah, Metamorphose · 06/4856
Keith Sharee, Gullivers Flüchtlinge · 06/4889
Carmen Carter u. a., Planet des Untergangs · 06/4899
A. C. Crispin, Die Augen der Betrachter · 06/4914
Howard Weinstein, Im Exil · 06/4937
Michael Jan Friedman, Das verschwundene Juwel · 06/4958
John Vornholt, Kontamination · 06/4986
Mel Gilden, Baldwins Entdeckungen · 06/5024
Peter David, Vendetta · 06/5057
Peter David, Eine Lektion in Liebe · 06/5077
Howard Weinstein, Die Macht der Former · 06/5096
Michael Jan Friedman, Wieder vereint · 06/5142
T. L. Mancour, Spartacus · 06/5158
Bill McCay/Eloise Flood, Ketten der Gewalt · 06/5242
V. E. Mitchell, Die Jarada · 06/5279
John Vornholt, Kriegstrommeln · 06/5312
David Bischoff, Die Epidemie · 06/5356
Peter David, Imzadi · 06/5357
Laurell K. Hamilton, Nacht über Oriana · 06/5342
Simon Hawke, Die Beute der Romulaner · 06/5413
Rebecca Neason, Der Kronprinz · 06/5414
John Peel, Drachenjäger · 06/5415
Diane Carey, Abstieg · 06/5416
Diane Duane, Dunkler Spiegel · 06/5417
Jeri Taylor, Die Zusammenkunft · 06/5418
Michael Jan Friedman, Relikte · 06/5419
Susan Wright, Der Mörder des Sli · 06/5438
W. R. Thomson, Planet der Schuldner · 06/5439
Carmen Carter, Das Herz des Teufels · 06/5440
Michael Jan Friedman & Kevin Ryan, Requiem · 06/5442
Dafydd ab Hugh, Gleichgewicht der Kräfte · 06/5443

STAR TREK™

Michael Jan Friedman, Die Verurteilung · 06/5444
Peter David, Q² · 06/5445
Simon Hawke, Die Rückkehr der Despoten · 06/5446
Robert Greenberger, Die Strategie der Romulaner · 06/5447
Gene DeWeese, Im Staubnebel verschwunden · 06/5448
Brad Ferguson, Das letzte Aufgebot · 06/5449
Kij Johnson/Greg Cox, Die Ehre des Drachen · 06/5751
J. M. Dillard/Kathleen O'Malley, Wahnsinn · 06/5753
Dean Wesley Smith/Kristine Kathryn Rusch, Invasion – 2: Soldaten des Schreckens · 06/5754
Pamela Sargent/George Zebrowski, Verhöhnter Zorn · 06/5756
J. M. Dillard, Star Trek VIII: Der erste Kontakt · 06/5757
Diane Carey, Tag der Ehre – 1: Altes Blut · 06/5763
John Vornholt, Der Dominion-Krieg – 1: Hinter feindlichen Linien · 06/5765
John Vornholt, Der Dominion-Krieg – 3: Sternentunnel · 06/5766
Peter David, Imzadi II · 06/5767
John de Lancie/Peter David, Ich, Q · 06/5768
J. M. Dillard, Star Trek IX: Der Aufstand · 06/5770
Greg Cox, Das Q-Kontinuum 1: Die galaktische Barriere · 06/5771
Greg Cox, Das Q-Kontinuum 2: Die Entführung · 06/5772
Greg Cox, Das Q-Kontinuum 3: Der Widersacher · 06/5773

STAR TREK: DIE ANFÄNGE
Vonda N. McIntyre, Die erste Mission · 06/4619
Margaret Wander Bonanno, Fremde vom Himmel · 06/4669
Diane Carey, Die letzte Grenze · 06/4714

STAR TREK: DEEP SPACE NINE
J. M. Dillard, Botschafter · 06/5115
Peter David, Die Belagerung · 06/5129
K. W. Jeter, Die Station der Cardassianer · 06/5130
Sandy Schofield, Das große Spiel · 06/5187
Dafydd ab Hugh, Gefallene Helden · 06/5322
Lois Tilton, Verrat · 06/5323
Esther Friesner, Kriegskind · 06/5430
John Vornholt, Antimaterie · 06/5431
Diane Carey, Die Suche · 06/5432
K. W. Jeter, Das Böse · 06/5433
Melissa Scott, Der Pirat · 06/5434
Nathan Archer, Walhalla · 06/5512
Greg Cox/John Gregory Betancourt, Der Teufel im Himmel · 06/5513
Robert Sheckley, Das Spiel der Laertianer · 06/5514
Diane Carey, Der Weg des Kriegers · 06/5515
Diane Carey, Die Katakombe · 06/5516
Dean Wesley Smith/Kristine Kathryn Rusch, Die lange Nacht · 06/5517
John Peel, Der Schwarm · 06/5518
L. A. Graf, Invasion – 3: Der Feind der Zeit · 06/5519
Michael Jan Friedman, Saratoga · 06/5721
Diane Carey, Neuer Ärger mit den Tribbles · 06/5723

STAR TREK™

L. A. Graf, Tag der Ehre – 2: Der Himmel von Armageddon · 06/5725
Diane Carey, Der Dominion-Krieg – 2: Verlorener Friede · 06/5727
Diane Carey, Der Dominion-Krieg – 4: Beendet den Krieg! · 06/5728

STAR TREK: STARFLEET KADETTEN
John Vornholt, Generationen · 06/6501
Peter David, Worfs erstes Abenteuer · 06/6502
Peter David, Mission auf Dantar · 06/6503
Peter David, Überleben · 06/6504
Brad Strickland, Das Sternengespenst · 06/6505
Brad Strickland, In den Wüsten von Bajor · 06/6506
John Peel, Freiheitskämpfer · 06/6507
Mel Gilden & Ted Pedersen, Das Schoßtierchen · 06/6508
John Vornholt, Erobert die Flagge! · 06/6509
V. E. Mitchell, Die Atlantis Station · 06/6510
Michael Jan Friedman, Die verschwundene Besatzung · 06/6511
Michael Jan Friedman, Das Echsenvolk · 06/6512
Diane G. Gallagher, Arcade · 06/6513
John Peel, Ein Trip durch das Wurmloch · 06/6514
Brad & Barbara Strickland, Kadett Jean-Luc Picard · 06/6515
Brad & Barbara Strickland, Picards erstes Kommando · 06/6516
Ted Pedersen, Zigeunerwelt · 06/6517
Patricia Barnes-Svarney, Loyalitäten · 06/6518
Diana G. Gallagher, Tag der Ehre – 5: Ehrensache · 06/6530

STAR TREK: VOYAGER
L. A. Graf, Der Beschützer · 06/5401
Dean Wesley Smith/Kristine Kathryn Rusch, Die Flucht · 06/5402
Nathan Archer, Ragnarök · 06/5403
Susan Wright, Verletzungen · 06/5404
John Betancourt, Der Arbuk-Zwischenfall · 06/5405
Christie Golden, Die ermordete Sonne · 06/5406
Mark A. Garland/Charles G. McGraw, Geisterhafte Visionen · 06/5407
S. N. Lewitt, Cybersong · 06/5408
Dafydd ab Hugh, Invasion – 4: Die Raserei des Endes · 06/5409
Karen Haber, Segnet die Tiere · 06/5410
Jeri Taylor, Mosaik · 06/5811
Melissa Scott, Der Garten · 06/5812
David Niall Wilson, Puppen · 06/5813
Greg Cox, Das schwarze Ufer · 06/5814
Michael Jan Friedman, Tag der Ehre – 3: Ihre klingonische Seele · 06/5815
Christie Golden, Gestrandet · 06/5816
Dean Wesley Smith/Kristine Kathryn Rusch/Nina Kiriki Hoffman,
Echos · 06/5817
Christie Golden, Seven of Nine · 06/5818

STAR TREK: DIE NEUE GRENZE
Peter David, Captain Calhoun · 06/6551
Peter David, U.S.S. Excalibur · 06/6552

STAR TREK™

Peter David, Märtyrer · 06/6553
Peter David, Die Waffe · 06/6554

STAR TREK: DIE BADLANDS
Susan Wright, Die Badlands 1 · 06/6475
Susan Wright, Die Badlands 2 · 06/6476

DAS STAR TREK-UNIVERSUM, 2 Bde.,
von *Ralph Sander* · 06/5150
DAS STAR TREK-UNIVERSUM, 1. Ergänzungsband
von *Ralph Sander* · 06/5151
DAS STAR TREK-UNIVERSUM, 2. Ergänzungsband
von *Ralph Sander* · 06/5270

Ralph Sander, Star Trek Timer 1996 · 06/1996
Ralph Sander, Star Trek Timer 1997 · 06/1997
Ralph Sander, Star Trek Timer 1998 · 06/1998
Ralph Sander, Star Trek Timer 1999 · 06/1999

William Shatner/Chris Kreski, Star Trek Erinnerungen · 06/5188
William Shatner/Chris Kreski, Star Trek Erinnerungen: Die Filme · 06/5450

Phil Farrand, Cap'n Beckmessers Führer durch
STAR TREK – DIE CLASSIC SERIE · 06/5451
Phil Farrand, Cap'n Beckmessers Führer durch
STAR TREK – DIE NÄCHSTE GENERATION · 06/5199
Phil Farrand, Cap'n Beckmessers Führer durch
STAR TREK – DIE NÄCHSTE GENERATION – Teil 2 · 06/6457
Phil Farrand, Cap'n Beckmessers Führer durch
STAR TREK – DEEP SPACE NINE · 06/6458

David Alexander, Gene Roddenberry – Die autorisierte Biographie · 06/5544
Judith & Garfield Reeves-Stevens, Star Trek Design · 06/5545
Nichelle Nichols, Nicht nur Uhura · 06/5547
Leonard Nimoy, Ich bin Spock · 06/5548
Lawrence M. Krauss, Die Physik von Star Trek · 06/5549
Judith & Garfield Reeves-Stevens, Star Trek – Deep Space Nine:
Die Realisierung einer Idee · 06/5550
Herbert F. Solow & Yvonne Fern Solow, Star Trek: Das Skizzenbuch –
Die Classic-Serie · 06/6469
Judith & Garfield Reeves-Stevens, Star Trek – Phase II: Die verlorene Generation · 06/6470
Herbert F. Solow/Robert H. Justman, Star Trek – Die wahre Geschichte · 06/6499
J. M. Dillard, Star Trek: Wo bisher noch niemand gewesen ist · 06/6500

Diese Liste ist eine Bibliographie erschienener Titel,
KEIN VERZEICHNIS LIEFERBARER BÜCHER!

HEYNE BÜCHER

Philip K. Dick

Das Orakel vom Berge

Was wäre, wenn Deutschland und Japan den Zweiten Weltkrieg gewonnen und die USA unter sich aufgeteilt hätten? Der große Klassiker der Alternativwelt-Literatur, erstmals in ungekürzter Neuübersetzung. Mit einem Anhang aus dem Nachlass des Autors.

»Philip K. Dick war einer der größten Visionäre, die die amerikanische Literatur des 20. Jahrhunderts hervorgebracht hat.« *L. A. Weekly*

06/8203

HEYNE-TASCHENBÜCHER